KB060278

우주를

담아줘

우주를 담아줘

© 박사랑 , 2019

초판 1쇄 인쇄일 2019년 5월 9일
초판 1쇄 발행일 2019년 5월 30일

지은이   박사랑
펴낸이   정은영
편집   안태운 김정은
마케팅   이재욱 백민열 이혜원 하재희
제작   박규태

펴낸곳   (주)자음과모음
출판등록 2001년 11월 28일 제2001-000259호
주소   04047 서울시 마포구 양화로6길 49
전화   편집부 (02)324-2347 경영지원부 (02)325-6047
팩스   편집부 (02)324-2348 경영지원부 (02)2648-1311
이메일   munhak@jamobook.com

ISBN 978-89-544-3981-7 (03810)

이 도서의 국립중앙도서관 출판예정도서목록(CIP)은 서지정보유통지원시스템 홈페이지
(http://seoji.nl.go.kr)와 국가자료공동목록시스템(http://www.nl.go.kr/kolisnet)에서
이용하실 수 있습니다.(CIP제어번호 : CIP2019015619)

• 이 책은 대산문화재단의 2018년 대산창작기금을 받아 출간되었습니다.

샛
소설

02

박사랑 장편소설

우주를

담아줘

자음과모음

차례

현오빠는
나를 달리게 한다

1

눈앞에 펼쳐진 여섯 개의 시계. 각각의 시계는 2~3초 정도의 차이로 움직이고 있었다. 이 중에서 가장 믿을 만한 시계는 뭘까. 어떤 사람은 휴대폰 시계가 위성에서 쏴주는 거라 가장 정확하다고 했고 또 어떤 사람은 시스템 설정이 서버용 시계로 되어 있으니까 그게 가장 정확하다고 했다. 떠도는 말은 많아도 백 퍼센트 확신할 수 있는 정보는 없었다. 그냥 운에 맡길 뿐이었다.

휴대폰 시계가 50초대로 들어섰다. 서버 시계가 2초 차이로 그 뒤를 따랐다. 서버 시계에 눈을 두고 손은 마우스 위에 두었다. 58, 59, 8:00. 정각 8시. 나는 한 치의 오차도 없이 새로고침을 클릭했다. 회색이었던 예매 예정 버튼이 빨간색 예매 버튼으로 바뀌었다. 빠르게 예매 버튼을 누르고 호흡을 가다듬었다. 하지만 결과는 처참했다. 로딩창이 뜨기도 전에 '죄송합니다' 하는 네모창이 화면을 가득 채웠다.

절망하기에는 일렀다. 나는 침착하게 새로고침과 엑스버튼을 번갈아가며 클릭했다. 화면은 뜨는가 싶다가도 다시 죄송합니다, 로 넘어가기 일쑤였지만 실망하지 않고 냉정하고도 익숙하게 같은 동작을 반복했다. 때때로 로딩이 시작됐는데 관성의 법칙에 의한 연속 동작으로 창을 닫아버리기도 했다. 그러면 망할 손을 욕하며 다시 예매하기 버튼을 눌렀다.

친구 앵에게서 카톡 메시지가 도착했다.

ㅡ됐어?

주어도 목적어도 없는 간단한 물음. 내 대답 또한 짧았다.

ㅡ될 리가.

그 뒤에는 둘 다 ㅠㅠㅠㅠㅠㅠㅠㅠㅠㅠㅠㅠㅠ와 울음 이모티콘만 이어졌다. 물론 메시지를 주고받는 동안에도 내 손은 쉴 새 없이 창을 열고 닫았다. 아마 앵도 같은 상황일 게 분명했다.

그때 새로 연 창이 로딩을 길게 하기 시작했다. 나는 숨까지 참으며 파란색 동그라미가 돌고 도는 것을 지켜봤다.

나를 애태우던 푸른 동그라미는 곧 달력창으로 변했다. 망설임 없이 선택 가능한 3일 중 가장 뒷날인 일요일을 클릭하고 공연 시간 설정까지 마쳤다. 결전은 이제부터.

공연장 배치도가 펼쳐지고 오른쪽에는 남은 좌석 수가 표시되었다. 아직 스탠딩은 좀 남아 있었지만 이 바닥에서 삼십대는 노약자 수준이기에 2층 좌석부터 클릭했다. 중앙과 돌출 무대 쪽은 이미 다 나갔을 테니 사이드를 노려야지. 시야 제한이 있긴 했지만 몇몇 무대를 제외하고는 사이드도 괜찮았다. 오히려 멤버들이 아주 가까이까지 와주는 경우도 있었다. 나는 17구역에 들어가 제일 뒷좌석을 클릭했다. 선택 완료를 누르자 결제 정보와 수령 정보를 확인하는 창이 떴다. 떨리는 손을 애써 다잡으며 무통장입금과 은행을 선택하고 마지막 결제 버튼을 눌렀다. 그러나 떠야 할 결제 완료 버튼은 나타나지 않고 불안하게 로딩 바가 떴다. 로딩 바의 네모칸은 중간 정도 채워지다 말고 멈췄다. 내가 아무리 애절하게 바라보고 애원하며 빌어도 로딩 바는 끝까지 채워지지 않았다.

결제에서 밀리고 다시 새 창을 열어 들어갔지만 포도알*

---

* 포도알은 좌석을 가리키는 은어이다. 선택 가능한 좌석이 보라색으로 뜨기 때문에 포도알이라는 별칭을 얻게 되었다. 팬들은 예매창까지 이르지도 못하고 티켓팅을 마칠 때가 많아서 포도알이라도 보는 것이 소원이라는 말이 심심찮게 나돈다.

은 드문드문 남아 있을 뿐이었고 내가 클릭할 때마다 '이미 다른 고객이 선택한 좌석입니다'*라는 문구만 떠올랐다. 노선을 바꿔 3층 꼭대기를 노렸지만 이미 하느님석**도 다른 고객이 선택한 좌석이 되어 있었다.

8시 32분. 화면에는 선택할 수 없는 좌석들이 하얀 네모 칸으로 표시되었고 나는 패잔병이 되어 트위터를 뒤적였다. 내가 확인하지 못했던 시간 동안 타임라인의 감정 변화는 내 상태와 흡사했다. 7시 50분부터 8시 직전까지는 똥줄이 탄다, 이러다 명이 줄겠다 등의 긴장이 여실히 드러나는 문구가 가득했고 8시가 지나고 나서는 미친 서버, 뭘 또 죄송하대, 이게 서버 증설이냐 등의 욕설이 난무했고 조금 전부터는 이번에도 내 자리는 없었지, 다른 고객만 만나다 인생 종쳤지, 왜 내 한 몸 껑길 자리는 없나요 등의 설움 섞인 한탄이 이어졌다.

이쯤 되면 대체 티켓은 누가 구하는 건지, 줄기차게 내 클릭을 방해하던 다른 고객이 실재하기나 하는 건지 심히 궁금했다. 왜 20년을 피켓팅***에 바치고 있는데도 기술은

---

* 이미 선택된 좌석입니다, 라는 말을 줄여 '이선좌'라고 한다. 팬들은 티켓팅을 할 때마다 대개 몇몇의 이선좌를 만나는데 수십 번의 이선좌만 만나다 티켓팅을 끝내는 경우가 허다하다.
** 가장 꼭대기에 있는 좌석을 일컫는다. 공연장 제일 위쪽이기에 무대에서는 제일 멀지만 하늘과는 제일 가까워 하느님석이라고 불리게 되었다.

전혀 늘지 않고 오히려 순발력은 떨어져서 이렇게 바닥을 헤매고 있는지. 이제 더 이상 절망할 기운도 없었다.

앵의 메시지는 여전히 짧았다.

—어떡해?

패잔병들에게 대안은 어차피 하나였다.

—양도받아야지.

앵은 메시지를 보내는 대신 전화를 했다. 휴대폰 화면에는 앵이 좋아하는 멤버인 민영의 얼굴이 떴다.

"우린 언제쯤 티켓팅 성공해?"

"나 결제까지 갔다 밀렸어."

"그런 사람 많더라. 나는 예매창도 못 봤어."

"왜 갈수록 더 힘들어져?"

"업보야, 업보."

업보를 외치는 앵은 방금 PC방에서 나와 집에 가는 길이라고 했다. 담배 냄새도 지하도 컴퓨터도 싫어하는 앵은 티켓팅 날만 되면 무조건 PC방으로 달려갔다. PC방 컴퓨터는 집보다 나을 거라는 실낱같은 희망을 품고. 그러나 안타깝게도 매번 돈만 날렸다. 앵은 통화를 하며 편의점으로 들어가 네 개에 만 원인 수입 맥주를 사서 나왔

*** 피켓팅은 피의 티켓팅의 줄임말이다. 피 튀기게 티켓팅에 참전하고도 피만 흘리며 패배하는 일이 비일비재해서 생긴 신조어이다.

다. 비닐봉지의 부스럭대는 소리가 수화기 너머로 들려왔다. 통화 음질이 끝내준다는 내 비싼 스마트폰은 가끔 사람의 목소리보다 쓸데없는 주변 소리를 더 잘 들리게 하는 이상한 기능이 있었다.

"그냥 양도받아. 별수 없어."

"얼마까지 부를까?"

"중콘은 몰라도 막콘*은 한 장에 이십씩은 불러야 할걸."

"또 월급은 통장을 스치기만 하겠네."

"너나 나나 통장에 빨대 꽂은 애들이 한둘이어야지."

방금 전까지 절망에서 허우적대던 얭과 나는 금세 킥킥 댔다. 그도 그럴 것이 우리는 부모님 주머니를 털어서 티켓을 사야 하는 십대도 아니고 알바비를 박박 긁어 티켓을 사야 하는 이십대도 아니었다. 또한 오빠가 세상의 전부인 십대도 아니고 오빠가 하는 모든 공연에 출석을 찍어야 직성이 풀리는 이십대도 아니었다. 우리는 티켓팅에 실패하면 웃돈을 주고서라도 티켓을 살 수 있는 자금력을 갖췄고 국내 공연에 실패하면 해외 공연에 갈 수 있는 행동력까지 갖춘 삼십대 빠순이니까. 누가 인생은 삼십대부

* 마지막 콘서트를 뜻한다. 대개 한국의 아이돌은 금토일 3일을 기준으로 잡아 공연을 하기에 일요일 콘서트가 막콘이 되는 일이 많다. 응용하면 첫날은 첫 콘, 둘째날은 중콘이다.

터라고 말하던데, 나는 빠순질 역시 삼십대부터라고 말하고 싶다. 이제야 좀 할 만해졌다고나 할까.

통화 중에 제나에게서 메시지가 왔다.

"제나 톡 왔는데?"

"그러게. 끊고 톡으로 하자."

전화는 다 좋은데 여러 명이 함께 얘기할 수 없다는 게 불편했다. 뭐 다중 통화 기능인가 뭔가가 있다고는 하는데 이제 우리도 노쇠한 축에 속해서 무언가를 새로 배우거나 익히는 게 반갑지 않았다. 게다가 원래 우리는 글로 떠드는 게 편한 빠순이들이기도 했고.

—제나 : 니네 표 구했냐?

—디디 : 구했겠냐.

—앵 : 진짜 미친 팬덤이야.

—제나 : 중콘 연석 건졌어, 3층이긴 해도. 니네 가.

—디디 : 언니 ㅠㅠㅠㅠㅠㅠㅠㅠㅠ 언니밖에 없어요. ㅠㅠㅠㅠㅠㅠㅠ

—앵 : 제나님 뭐 드시고 싶은 거 없으세요? (굽신굽신)

—제나 : 주말에 술이나 사.

—디디 : 응, 너 먹고 죽을 때까지 살게.

패잔병의 언덕에도 해가 솟는구나. 나와 앵은 흥분을 감추지 못하고 내 아이돌의 얼굴이 담긴 사랑의 이모티콘

을 날려댔다. 역시 티켓 기근에 허덕이는 중생을 구하는
건 제나 여신뿐.

2

앵과 제나와 나는 수능을 보고 할 일 없이 지내던 고3
겨울에 처음 만났다. 좋아하던 그룹의 콘서트에 가고 싶
었는데 혼자 갈 용기가 나지 않아 팬사이트에 친구를 구
한다는 글을 올렸고 그때 연락을 해온 게 둘이었다. 2호선
시청역에서 앵은 커다란 눈을 깜박이며 수줍게 서 있었
다. 나와 앵이 어색하게 인사를 나눌 때 우리 사이로 샛노
란 머리의 조그만 여자아이가 끼어들었다. 그게 제나였다.
안 그래도 커다란 앵의 눈이 더 커졌고 나는 괜히 크게 웃
어버렸다.

어색한 것도 잠시, 우리는 같은 그룹을 좋아한다는 이
유만으로 금세 친해졌다. 온라인 모임의 관례대로 우리는
서로를 닉네임으로 불렀는데 제나는 언제나mvp라는 다
소 직설적이면서도 나름 순수한 닉네임이었고 앵은 크리
스티나라는 어쩐지 뜻을 알 수 없는, 당시에는 꽤 고급스
럽게 느껴지던 닉네임이었고 나는 좋아하던 멤버 이니셜

을 딴 디디라는 뻔한 닉네임이었다. 처음 만났는데도 무슨 말이든 툭툭 내뱉던 제나가 앵의 닉네임에 딴지를 걸었다.

"크리스티나, 너무 길어. 부르기도 어렵고. 왜 그렇게 지은 거야?"

"그냥 이름인데, 영어 학원에서 쓰는."

왠지 모르게 공격적인 말투의 제나에게 눌려 앵은 말끝을 흐리는 자세를 취했다.

"무슨 크리스티나 앵도 아니고. 니네 그거 봤냐. 미드에 나오는데, 닥터 크리스티나 앵!"

제나는 당시 유행하던 미드의 배우를 흉내 내며 미국식으로 크뤼스티너 앵, 을 아주 리얼하게 구사했다. 나는 그 드라마를 몰랐지만 웃음이 터졌고 몇 번이나 제나에게 또 해봐, 하고 요구했다. 기대에 부응하듯 제나는 더 웃기게 성대모사를 했고 나는 깔깔대며 뒤로 넘어갔다. 그 와중에 앵은 진짜 자기 성이 양씨라는 것을 언제쯤 말해야 할지 망설이고 있었다고 나중에 고백했다. 그때부터 우리는 제나, 앵, 디디가 되었다.

제나와 나는 좋아하는 멤버가 같았고 앵만 달랐다. 그 것 때문에 우리는 콘서트장에서 어느 위치에 서야 할지 심각하게 고민했다. 우리 셋 모두를 만족시키는 자리가 어디일까 모든 정보를 총동원해서 고민했지만 답은 나오지 않았다. 어차피 멤버들의 동선이야 그날그날 본인의 취향에 따라 갈리기 때문에 점쟁이도 맞추기 힘들었다. 결국 우왕좌왕하다 앞도 뒤도 아닌 어중간한 위치에 서게 되었고 멤버들이 등장하기 전까지 우리의 선택이 맞는지 아닌지 몰라 불안을 감출 수가 없었다.

셋 다 첫 콘서트였기에 뭐가 어떻게 되는지 알 수 없었고 우리가 공연을 하는 것도 아닌데 바짝 얼어서 말도 잘 나오지 않았다. 마침내 공연이 시작되었고 객석에 불이 꺼지며 저 멀리서 멤버들의 목소리가 들려왔다. 나는 지금까지 내보지 못한 큰 소리, 아니 괴성에 가까운 소리를 냈다. 그 탄성은 몇 년 동안 꾹 눌러 담아온 감동이었고 기다림이었으며, 사랑 그 자체였다. 걸어오는 그가 너무나 눈부셨다. 아무리 눈을 크게 떠봐도 잘 보이지 않았다. 그래도 좋았다. 그 어른거리는 형체만으로도 충분했다.

오빠를 처음 본 날의 기억은 어느 빠순이에게나 핵심 기억이 되기 마련이었다. 몇 년 동안 텔레비전으로만 봐오던 오빠는 내가 상상한 것보다 키가 컸고 어깨가 넓었고 눈이 깊었다. 그리고 반짝였다. 오빠는 뾰루지도 빛난다는 농담이 진짜였구나, 하는 생각이 들 정도였다. 오빠가 여기 어디쯤을 볼 때 나를 보는 게 아니란 걸 알았으면서도 오빠와 눈이 마주쳤다고 믿고 싶었다. 그것만으로 벅찼다.

제나와 앵과 나는 오빠들이 귀엽고 예쁜 짓을 할 때마다 순간순간 손을 꽉 맞잡았고 그 맞잡은 손에서 오가던 것들이 얼마나 소중했는지 더 말할 것도 없었다. 세상에 태어나 처음으로 이해받고 인정받고 나누는, 그런 기분. 빠순이들이 왜 적이 아닌 동지가 될 수 있는지 그날 배웠다. 두 시간이 넘는 공연이 끝나고 집에 돌아가면서 제나와 앵과 나는 서로 많은 이야기를 하지는 않았다. 흥분 상태는 여전했지만 말을 아꼈다. 아마 다들 마음속에 새기고 싶은 것들이 많아서였겠지.

지하철역에서 셋이 세 갈래로 흩어지면서 우리는 우리가 다시 만날 것을 알고 있었다. 만날 수밖에 없으리라는 것을. 지난 10여 년의 생활을 일일이 다 말할 수는 없지만 우리는 그날부터 많은 오빠들을 아꼈다. 같은 오빠를 아끼기도 하고 다른 오빠를 아끼기도 하면서 서로를 응원하고 이해했다. 현재 제나는 탈덕을 선언했지만 앵과 나는 그것을 휴덕으로 받아들였다. 휴덕은 있어도 탈덕은 없다*라는 오랜 명언을 비켜갈 수 없을 것이기에.

* 덕질을 쉬는 것을 휴(休)덕, 아예 그만두는 것을 탈(脫)덕이라고 부른다. 그러나 이미 덕후 세계에 발을 담근 자가 탈덕하기는 무척 어려운 법. '휴덕은 있어도 탈덕은 없다'는 진리에 가까운 명언이다.

3

공연 일정이 잡히면 빠순이의 하루는 멤버들만큼이나 바빠졌다. 우선 우리처럼 티켓이 없는 자들은 양도를 받아야 하고 또 티켓이 있는 자들도 원하는 자리나 날짜를 위해 교환을 해야 했다. 그러니까 티켓팅은 공연 시작을 알리는 신호탄일 뿐, 오늘의 할 일 섹션에는 일이 늘어만 갔다.

앵과 나는 일단 양도 티켓 검색에 들어갔다. 물론 예매 사이트를 거치지 않은 개인 양도는 불법이었다. 하물며 웃돈을 주고 거래하는 경우에는 더 말할 것도 없고. 그러나 현실적인 여건에서 취소표를 잡는다는 건 한 손에 바늘을, 다른 손에 실을 들고 우연히 지나쳤는데 바늘귀에 실이 한 번에 딱 들어갈 정도로 어이없는 확률이었다. 많은 빠순이들은 어쩔 수 없이 양도에 손을 뻗칠 수밖에 없었다. 어째서 티켓을 구할 때까지는 없었던 급한 일정이 티켓을 구하자마자 생기는지 도무지 알 수 없었지만 아무튼 그런 자들의 티켓을 사는 수밖에 다른 길이 없었다.

정직하게 원가로 표를 내놓는 사람들이 더러 있었지만 대체로 트위터에서 리트윗을 받고 그 명단을 가지고 뽑는 추첨식이었다. 몇천 분의 1의 확률을 뚫고 당첨이 된다는 건 포도알 바다에서 포도알을 구하는 것보다 더 힘든 일이었다. 가끔 공연에 꼭 가야만 하는 이유를 적으라는 사연팔이식 양도도 있었다. 사연팔이는 추첨보다 더 짜증났다. 뭐, 불치병이라도 걸려서 이게 마지막 콘서트예요, 이런 걸 바라는 거냐고. 가야만 하는 이유야 다 오빠가 좋으니까, 오빠를 보고 싶으니까! 그거 아니냐고.

트위터에 들어가 검색어에 '티켓 양도'를 누르자 수백 건의 양도 트윗이 떴다.

—첫콘 30구역 연석 양도합니다, 원가× 디엠으로 제시* 해주세요.

—첫콘 43구역 1장 양도, 디엠으로 제시 부탁드려요. 직거래 불가.

—막콘 양도합니다. 26구역 100번대 연석입니다. 직거래 가능하고 빠른 거래 우대합니다.

—막콘 41구역 140번대 1장 양도합니다. 제시 디엠 주세요.

쏟아지는 양도 트윗 속에서 나름 조건이 맞는 것을 추

---

* 제시는 빠순이들이 가장 혐오하는 단어이다. 왜 정가가 뻔히 있는 티켓을 내가 가격 제시까지 해야 하나고. 제시 따위 꺼져! 하고 외치고 싶으나 티켓 없는 빠순이는 굽신거리며 상대방이 만족할 금액을 제시해야 하는 것이 안타까운 현실이다.

려내야 했다. 우선 가격대가 맞아야 했고 직거래가 가능해야 했다. 예전에는 알계*가 아닌 것도 조건 중 하나였는데 그건 일단 제외해야 티켓을 구하기가 편했다. 앵은 막콘을 나는 첫콘을 각각 알아보며 가격대를 조정하고 직거래 약속을 잡았다. 매번 이렇게까지 하면서 공연에 가야 하는지 회의감이 들기도 하지만 막상 그날이 되어 공연장에 가면 그 모든 수고로움을 다 잊게 된다는 게 빠순이의 한계이자 행복이었다.

앵과 나는 결국 첫콘은 장당 3만 원의 웃돈을 주고, 막콘은 장당 9만 원의 웃돈을 주는 것으로 티켓을 구했다. 앵은 신도림에서 나는 강남에서 직거래 약속까지 잡아두고 트위터 서치를 끝냈다. 티켓팅만큼이나 양도 또한 전쟁이었다. 티켓 가격은 천정부지로 오르고 있었다. 오죽하면 재테크에 그룹 이름을 붙여 엑테크라는 말이 나올 정도로. 아이돌에 전혀 관심도 없는 사람들이 일부러 티켓을 예매해 비싼 값으로 팔아넘기는 건 그들 입장에서는 재테크나 다

* 트위터에서 새로 계정을 파면 기본 설정으로 프로필에 알 사진이 뜬다. 오랫동안 쓰던 계정이 아닌 당장 급하게 목적을 위해 만든 계정을 알계라고 하는데 알계는 계정 주인의 어떤 정보도 알 수 없고 쉽게 삭제되기 때문에 믿고 거래를 하기가 힘들다. 그러나 요즘엔 웃돈 받고 티켓을 파는 게 일반적인 일이 되었고 같은 팬으로서 웃돈을 받고 티켓을 판다는 게 스스로도 감추고 싶은 일이므로 티켓 판매를 위한 알계를 파는 게 자연스러운 현상이 되었다.

름없는지 모르지만 우리에게는 형벌이었다. 그래도 실제 티켓을 파는 건 그나마 다행이었다. 있지도 않은 티켓으로 사기만 치는 사기범도 엄청 늘어서 불신만 쌓이고 있었다. 어디선가 깨인 자들이 신고하라는 조언을 하지만 신고를 해도 가해자나 피해자 모두 늘어만 가는 상황이었다.

어쨌든 티켓은 구했으니 해봤자 힘들어지기만 하는 생각 대신 애들이나 보자. 나는 침대에 누워 스마트폰으로 오늘 올라온 출국 사진을 하나하나 넘겨보았다. 오늘은 멤버 중 하나가 토끼가 그려진 귀여운 후드티를 입었고 다른 멤버는 핑크색 베레모를 썼다. 어느새 모든 근심 걱정이 사라지고 귀엽네, 귀여워, 를 연발하는 나만 남아 있었다. 오랜 시간 터치하지 않아 까매진 화면에 광대를 한껏 올리고 웃는 내가 비쳐서 괴물이라도 본 듯 놀라 스마트폰을 던질 뻔했다. 침착하자, 웃는 오징어 처음 본 거 아니잖아.

출국 사진 탐방이 끝나고 나서는 오픈채팅방을 확인했다. 백여 명의 팬들이 오가는 '고독한 루이방'*에는 평소대로 짤들이 잔뜩 쌓여 있었다. 입이 쩍 벌어지게 하품을 하는 사진, 귀여운 셀카에 토끼 귀를 합성해놓은 사진, 아기처럼 웃으며 박수를 치는 움짤**을 저장했다. 사진 여러 장을 받은 뒤 내 사진첩에서 고맙습니다, 하면서 고개를 숙이는 루이의 짤을 찾아서 채팅창에 올렸다. 십대 친구들처럼 자주 사진을 올리지는 못해도 받으면 감사할 줄 아는 것이 삼십대 언니의 예의니까.

그 뒤에는 자연스럽게 유튜브 앱에 들어가 지난주 방송되었던 음악 방송을 클릭했다. 혼잣말이 방언처럼 튀어나왔다. 아유 우리 애기 예쁘다. 이건 정면에서 찍어야지 왜 애들 등짝을 찍고 난리야. 민영이 입은 셔츠 개이쁨. 누가 우리 리더 머리 저렇게 자르래, 미친 거 아님? 시발 골반 돌리는 안무 만들어준 안무가님 사랑합니다! 환호와 욕설이 난무하는 방에서 나는 계속 다른 영상을 켜고 광대를 발사할 듯 웃어댔다.

문득 사는 게 편해졌다는 생각이 들었다. 예전에는 음악 방송을 보려면 꼭 제시간에 텔레비전 앞에 앉아서 기다리

---

* 카카오톡 오픈채팅방에는 각종 아이돌 그룹의 방이 개설되어 있다. 이 중 '고독한'이라는 제목이 앞에 붙으면 그 방에서는 채팅이 금지되고 오로지 사진(짤)만 주고받는 것이 규칙이다. 멤버들 사진이 주를 이루지만 어떻게 한마디도 안하겠는가. 고독한 채팅방에서 질문이나 답을 하고 싶을 때에는 사진 위에 글씨를 쓰거나 메모장에서 텍스트를 작성해 캡처한 이미지로 보내곤 한다. 그렇게 하면 룰 위반을 피할 수 있다. 결국 세상 어느 구석이라도 편법은 있고 범법을 하지 않고도 교묘하게 돌아가는 길이 있다는 것을 여기서도 배운다.
** 움직이는 짤(사진)을 말한다. 보통 JPG 파일이 정지되어 있는 사진이라면 GIF는 사진 여러 장을 붙여 동영상 효과를 준다. 움짤을 만드는 것을 '움짤을 찐다'고 하는데 전문적으로 움짤만을 찍는 팬도 있다. 주로 3~5초 정도 되는 짧은 컷인데도 무한 반복 되는 움짤에서 출구를 찾지 못할 때가 종종 있다.

24

다 녹화 버튼을 눌러야 했다. 약속이라도 있는 날이면 출연 예상 시간 10분 정도를 남기고 예약 녹화도 했었는데. 지금도 부모님 집에 녹화 테이프가 몇 개쯤 남아 있을지도 몰랐다. 그때는 내가 삼십대가 되도록 팬질하고 살줄 몰랐지. 이렇게까지 과하게 오래 할 줄은 정말 몰랐다.

다음 날 나는 6시가 되자마자 칼퇴를 하고 강남역으로 향했다. 트위터 디엠으로 강남역 11번 출구 앞에서 보자는 메시지가 와 있었다. 나는 웃는 이모티콘과 함께 네, 하는 답장을 보내고 지하철을 기다렸다. 생각보다 일찍 도착해 편의점에 가서 시원한 커피와 작은 초콜릿을 샀다. 11번 출구 앞에서 스마트폰을 꼭 쥐고 서성거리는 나에게 누군가 티켓, 하고 말을 걸어왔다. 내가 고개를 끄덕이자 파란 원피스를 입은 늘씬한 여자는 급한 손놀림으로 티켓을 내밀었다.

"아, 저 그런데, 죄송하지만 앱으로 정품 인증 좀 해봐도 될까요?"

"그럼요, 당연히 하셔야죠."

파란 원피스의 여자는 털털하게 바닥에 쪼그려 앉아 정품 인증 앱을 켰다.

"이게 반듯하게 놓고 찍어야 되더라고요."

티켓은 다행히 정품이었다. 나는 흰 봉투에 넣어둔 빳

빳한 현금을 건넸다.

"금액 맞나 확인해보세요."

"네, 맞아요. 감사합니다. 공연 재밌게 보세요."

"첫콘은 안 보세요?"

"네, 저는 회사일이 겹쳐서 중콘 막콘만 보기로 했어요."

"그러시구나. 아! 이거 별거 아니지만 드세요."

내가 커피와 초콜릿을 내미는 동안 파란 원피스 여자의
가방에서도 같은 브랜드의 초콜릿이 나왔다.

"어? 같은 거네요."

"통했나 보다."

우리는 삼각기둥 모양의 초콜릿을 서로 주고받았다. 잠
깐 스치듯 보는 사람들인데도 단지 같은 가수의 팬이라는
이유로 동질감을 느끼고 친절을 건넬 수 있어서 기뻤다.
양도는 피곤했지만 가끔은 이렇게 서로를 훈훈하게도 만
들었다.

4

토요일 오전, 눈을 떴을 때 시계는 10시를 넘어서고 있
었다. 나는 다시 눈을 감고 스스로를 토닥였다. 토요일 오

전에 일어나는 건 나에 대한 학대야, 나는 좀 더 자야 해, 아주 푹 자야 해! 이상하게도 일어나야 할 때는 그렇게 쏟아지던 잠이 자도 될 때는 오지 않고 싹 달아났다. 베개에 얼굴을 파묻으며 저항해봤자 도망간 잠이 다시 찾아올 리 없었다. 괴로움에 얼마쯤 뒤척이다 일어났을 때 거울에 비친 나는 헝클어진 머리에 기름 뜬 얼굴로 눈곱 낀 눈을 비비고 있었다.

침대에서 벗어나지 않고 리모콘을 찾아 텔레비전을 켰다. 습관처럼 음악 방송으로 채널을 맞추자 마침 내 아이돌의 뮤직비디오가 나오고 있었다. 소리를 키우고 재빨리 이불로 내 몰골을 감췄다. 아무리 텔레비전이라도 이런 더러운 얼굴로 오빠들과 마주하는 건 부끄러운 일이었다. 나는 백 번쯤 본 뮤직비디오를 처음 보는 것마냥 심취해서 봤고 점점 흥이 올라 막판에는 안무까지 따라했다.

오만 채널을 돌려가며 텔레비전을 시청하는 동안 시간은 잘도 흘러 오후 3시가 되었다. 나는 그때서야 어쩔 수 없이 침대에서 벗어나 샤워를 했다. 저녁에는 앵과 제나가 놀러오기로 했으니 미리 장을 봐둬야 했다. 특히 티켓을 구해준 고마운 제나 여신에게 술을 대접하기 위한 날이었으므로 다른 날보다 더 살뜰한 준비가 필요했다. 작년에 처음으로 독립을 하면서 무리한 지출로 인생 전반을 후회하는 지경까지 이르렀지만 가난한 생활에 조금 익숙해지자 혼자 사는 것의 기쁨을 알게 되었다. 특히 이렇게 친구들과 밤새 술 마실 계획을 세우는 날이면 역시 나오길 잘했어, 하고 생각했다. 물론 이따위 것으로 독립의 즐거움을 찾는 것이 얼마나 유아적인 발상인지는 아주 잘 알고 있었다.

머리를 대충 말리고 휴대폰 하나만 든 채 집을 나섰다. 요즘엔 지갑이 없어도 휴대폰만으로도 결제가 가능하고 포인트 적립도 하기 쉬웠다. 그만큼 휴대폰 없이는 아무것도 할 수 없게 되어버렸지만. 아무튼 나는 생명줄 같은 휴대폰을 들고 걸으면서도 틈틈이 멤버들의 인스타그램과 트위터에 뜨는 입국 사진을 확인했다. 그것은 매우 기계적인 일이라서 〈생활의 달인〉 출연자라도 된 것처럼 한치의 오차도 없이 자연스럽게 이뤄졌다.

철제 카트를 끌고 대형 마트 안으로 들어가면서 연속 동작으로 입구에 있는 감자칩을 카트 안에 담았다. 감자칩은 혼술족의 영원한 동반자였다. 혼자 살게 된 뒤, 집에 밥과 김치는 없어도 맥주와 감자칩이 떨어져본 적은 없었다. 그게 없다면 나는 심리적 박탈감에 시달리며 금단 현상이 나타날 것이기에. 수입 맥주 코너에 가서 네 개씩 묶여 있는 할인 맥주를 세 묶음 담고 고민하다 한 묶음을 더 담았다. 역시 술은 모자란 것보다는 남는 게 낫지. 앵과 제나가 나를 칭찬해줄 것이었고 술을 먹다 보면 한 묶음을 더 산 나에게 리스펙트를 외칠 것이 자명했다.

술을 잔뜩 집어넣고 나서야 식품 코너로 향했다. 해산물 코너로 가서 새우 앞에 멈춰 섰다. 어른의 안주를 먹고 싶은데 할 줄 아는 요리가 거의 없는 나에게 있어서 재료 선택은 난제였다. 자숙 새우와 칵테일 새우 사이에서 망설이며 허리를 굽혀 자숙 새우와 한 번, 칵테일 새우와 한 번, 눈을 마주쳤지만 알아낸 정보는 없었다. 자숙 새우가 뭐야? 자숙하는 새우인가, 무슨 잘못을 했기에. 그럼 칵테일 새우는 칵테일에라도 담가놓았던 건가. 생각만으로도 얼굴이 붉어졌다. 아마 이런 아재 개그를 입 밖으로 냈다가는 앵과 제나를 폭력범으로 만들지도 몰랐다.

결국 내가 택할 수 있는 길은 단 하나, 스마트폰을 열어 자숙 새우와 칵테일 새우를 검색창에 넣어보는 것이었다. 똑똑한 지식인은 둘 다 익혀서 다시 얼린 새우라는 공통점과 자숙 새우는 통째로 조리한 데 비해 칵테일 새우는 껍질을 까고 내장을 제거한 뒤 조리한 것이라는 차이점을 알려주었다. 나는 가벼운 손놀림으로 칵테일 새우를 카트에 담았다.

집에 돌아와 모든 재료를 냉장고에 넣어두고 다시 드러

누워 텔레비전을 켰다. 이번 주부터는 활동이 끝나서 내 아이돌이 음악 방송에 나올 일은 없었지만 나는 습관적으로 음악 방송에 채널을 맞췄다. 그래도 나름 아이돌 팬질을 하고 있는데 왜 이렇게 모르는 아이돌이 많은 건지. 예전에는 스쳐 지나가는 아이돌도 다 기억했는데 요즘은 내 아이돌이나 겨우 아는 정도였다. 하긴 내 아이돌도 데뷔한 지 1년이 지나서야 우연히 보고 덕통사고*를 당하기 전까지는 그 팀의 멤버가 몇 명인지도 몰랐으니까.

밖이 어둑해질 무렵 앵이 술을 가득 안고 집에 들어섰다.

"술 또 샀어? 집에 많은데."

"많기는. 많은 술이 어딨어. 곧 없어질 술이지."

앵은 조신한 입을 오물대며 묘하게 설득력 있는 말을 내던지고는 캔을 하나 땄다. 벌써 마시려고? 하고 묻는 내게 뭘 묻느냐는 듯한 눈빛이어서 나도 입을 다물고 옆에 앉아 캔 뚜껑을 열었다. 제나가 오려면 멀었는데 앵과 나는 있는 술을 다 비워버릴 기세로 안주도 없이 마셔댔다.

"너 왜 이렇게 빨리 왔어? 제나는 11시 넘어야 도착할

---

* 우연히 아이돌을 보고 덕질에 빠지게 되는 순간을 덕질과 교통사고를 합쳐 덕통사고라고 부른다. 덕통사고의 순간은 개인마다 다르지만 유난히 귀여운 면이 드러나는 방송이 전파를 타면 전 세계의 수많은 덕통사고를 야기하기도 한다. 참고로 나는 지나치게 평범한 일반 대중이기에 이번 덕통사고도 백만 명과 함께 당했다.

텐데."

"엄마가 또 잔소리할 것 같은 눈으로 쳐다봤어."

"잔소리하면 들으면 되지, 뭐 별거라고."

"내용이 너무 뻔해. 그놈의 결혼. 민영이 데려와, 당장 하게."

"민영이가 전생에 무슨 죄를 지었길래 너랑 결혼을 해."

그 순간에 민영이가 턱시도를 입은 모습을 떠올렸다. 턱시도 밖으로 빼쭉 나온 그 작고 귀여운 손과 발과 얼굴. 리본 모양 보타이까지 하면 딱이겠지. 나도 모르게 흐뭇한 얼굴로 웃다가 앵과 눈이 마주쳤다. 앵도 웃고 있었다.

"너 지금 나랑 같은 생각했지?"

"변태 같으니까 입 밖에는 내지 마. 우리 민영이 들어."

어떤 화제도 아이돌로 귀결되는 깔때기 대화는 우리의 전매특허였다. 우리는 일상에서 툭하면 멤버들을 떠올렸고 그것으로 말도 안 되는 상상을 하고 공상을 이어가다 농담으로 마무리 지었다. 그것만으로도 충분할 때가 많았고 그러려고 좋아하나 보다, 하고 생각할 때가 대부분이었다.

제나가 오기도 전에 우리 주위에는 이미 빈 맥주캔이 이열 횡대로 늘어서 있었다. 술 모자란 거 아니야? 앵은 심각한 얼굴로 제나한테 더 사오라고 할까? 하고 주섬주섬 휴대폰을 찾아 들었다. 그때 안타깝게도 벨 소리가 들렸다. 틀렸네, 틀렸어. 나는 한숨을 쉬며 현관문을 열었다. 그런데 문을 열자 한숨은 금세 환호로 바뀌었다. 제나 여신은 우리의 마음을 꿰뚫어 양손 가득 맥주를 들고 들어섰다. 얭은 뛰어나와 제나 대신 맥주를 끌어안았다.

"왜 다들 안주 없이 술만 사와?"

투덜대는 나에게 제나가 정답처럼 대답했다.

"안주는 없어도 술 마실 수 있지만 술 없이는 술 마실 수 없잖아."

얭은 반쯤 누워 박수를 쳤다.

"음, 매우 적절한 논리야."

투덜대봤자 달라지는 건 없었다.

"뭐가 적절한 논리야?"

그때 문득 냉장고 속에서 자숙하고 있을 칵테일 새우가 떠올랐다. 나는 짠! 하고 칵테일 새우를 봉지째 내밀었다. 제나는 재빨리 '칵테일 새우 맛있게 요리하는 법'을 검색했고 얭은 팬을 달구고 올리브유를 둘렀다. 나는 제나에게 물었다.

"뮤지컬 재밌었어?"

"그저 그랬어."

"그래도 희성이 노래 잘하잖아."

"그 새끼 노래 잘하는 거야 굳이 말할 거리도 안 된다."

제나는 구오빠*인 희성을 꼭 '그 새끼'라고 불렀다. 제나에게 희성은 20년 팬질을 정리하게 할 만큼 미우면서 좋은 오빠였다. 늘 사람을 얼마나 더 미워할 수 있나 시험하는 것 같다면서도 제나는 희성을 놓지 못했다. 어떤 감정도 아주 커지면 반대의 감정과 맞닿게 된다는 걸 우리는 경험으로 알았다. 너무 좋으면 싫었고 너무 싫으면서도 갖고 싶었고 어차피 가질 수 없으니까 다시 미워지다 결국에는 또 보고 싶은 마음으로 이어지는, 악순환.

제나는 그 새끼 뒤에도 또 다른 아이돌을 아꼈고 팬질을 하면서도 그 새끼가 하는 공연이나 뮤지컬은 꼭 찾아다녔다. 보고 오면 밤새 욕하고 억울해했지만 그래도 그랬다. 그 새끼 전화번호를 모르는 게 다행이지, 알았으면 나는 찌질한 구남친짓을 매일 했을 거야. 쿨한 제나 여신을 찌질이로 만드는 그 새끼의 매력은 아마 제나만이 알 것이었다. 제나가 그 새끼 욕을 하는 동안 앵은 칵테일 새우를 요리로 둔갑시켜 데려왔다.

순식간에 쌓여 있던 새우를 먹어치우고 접시에는 올리

---

* 예전에 좋아했던 아이돌을 일컫는다. 과거에 좋아했던 아이돌을 구오빠, 현재 좋아하는 아이돌을 현오빠라고 부른다. 아이돌을 좋아하는 이들은 한 그룹, 한 사람에만 머물러 있는 경우가 드물어 대개 구오빠 하나쯤은 마음속 깊은 곳에 품게 된다.

브유에 찌든 새우가 한 마리 남겨져 있었다. 다들 배가 불러 먹을 생각 없이 쳐다만 보고 있는데 제나가 문득 말을 꺼냈다.

"나 결혼해."

놀란 앵이 들고 있던 포크를 떨어뜨렸고 포크는 하필 접시 끝에 닿아 접시가 뒤집어졌다. 다행히 접시는 깨지지 않았지만 올리브유에 절어 있던 새우가 처참하게 굴러떨어졌다.

5

두세 달 전 스치듯 제나에게 들었던 기억이 있다, 만나는 남자가 있다고. 하지만 제나가 만나는 남자는 꽤 많았고 자주 바뀌었다. 그래서인지 결혼을 안 하고 싶으면서도 불안해하는 나나 앵과는 달리 결혼은 해도 그만 안 해도 그만, 이라는 말을 입버릇처럼 달고 다녔다. 그런데, 그랬었는데, 만난 지 몇 달 되지도 않은 사람과 결혼이란 걸할 수가 있어? 그런 건 주말 연속극에나 나오는 거 아니야? 놀라서 굳어버린 나와 앵을 버려두고 제나는 태연히떨어진 새우를 주워 음식물 쓰레기통에 버렸다.

"뭐야, 어디서 만난 사람이야?"

"그냥 일하다 만났어."

"몇 살인데?"

"우리보다 아홉 살 많아."

아홉 살. 사십대 중반. 그럴 수 있지, 그렇게 많은 나이 차는 아니지 싶었어도 잠시 숨이 턱 막히는 걸 숨길 수는 없었다. 취조하던 내가 입을 닫자 앵이 다음 질문을 이어 갔다.

"뭐 하는 사람인데?"

"그냥 회사원."

"키는?"

"175나 176쯤?"

"얼굴은?"

"별로야."

"이름은?"

나름 진지한 태도로 성실히 답변에 임하던 제나가 풋, 웃어버렸다.

"야, 이름이 뭐가 중요해?"

지금까지 서로의 남자친구 이름을 딱히 물어본 적은 없었다. 대충 오빠나 남친 정도의 호칭으로 대신했으니까. 나는 제나와 앵의 지난 아이돌, 즉 구오빠들의 이름은 다 알고 있었지만 그들이 사귀던 남자들의 이름은 잘 몰랐다. 예전에 알았던 것도 지금은 기억이 희미해졌고. 하긴 내 구남친 이름도 가물거리는데 하물며 친구 남친, 아니 이제 남편이 될 사람의 이름을 알아서 뭐 하겠어.

"그 사람 좋아해?"

"뭐, 적당히."

나는 좀 뜬금없는 것을 묻고 싶었다.

"희성이보다?"

"미쳤냐."

그 한 단어 안에 숨겨진 수많은 의미를 다 헤아리긴 어려웠다. 좋아하는 감정의 경중을 잴 수 없다는 것, 혹시 더 무거운 감정이어도 어쩔 수 없다는 것, 더 알 필요도 없는 문제라는 것을 다 알고 있었지만 그래도 묻고 싶었다. 결혼을 결심할 만한 남자에게는 그 이상의 감정이 생기는 건지, 아니면 그냥 그런 건 줄 알면서도 하는 건지, 제나가 말하는 적당히가 어느 정도인지, 제나는 나와 다른지.

"날 잡았어, 아주. 오늘 밤새도록 털어놔. 한 톨의 거짓도 없이."

앵은 캔을 높이 들어 건배를 외쳤고 제나는 그 캔에 자신의 캔을 부딪치고 나서 남아 있던 술을 모두 비웠다.

제나

나는 대학에서 심리학을 전공했지만 인간 심리에 대해 전혀 관심이 없었다. 관심 있는 건 오직 좋아하는 아이돌 희성의 심리뿐이었다. 나는 짧은 전공 지식을 바탕으로 늘 희성의 심리를 분석했고 연구했고 나름의 결론을 내렸다. 누나가 많은 집에서 자라서 머리를 만질 때 여자들과 비슷한 손모양을 한다든지, 어려서부터 낯선 도시에서 자취를 한 탓에 모르는 사람을 보고 순간적으로 몸을 움츠리는 버릇이 생겼다든지 하는 것들. 나는 희성이 손톱을 물어뜯고, 시선만 피해도 그 행동에 의미를 부여했고 과대 해석을 늘어놓았다. 그렇게라도 희성의 안쪽에 닿고 싶었다.

희성의 활동 기반이 일본으로 넘어가면서 내 활동 기반도 바뀌었다. 나는 한 마디도 할 줄 몰랐던 일본어를 배우기 시작했다. 아침 9시 학교 수업에도 결석하기 일쑤였지만 7시에 시작되던 일본어 수업은 빠지지 않았다. 나는 스스로도 주체할 수 없는 사랑에 빠져버렸다. 처음 목표는 희성이 더듬거리며 하는 말을 다 알아듣는 것이었지만 점점 그 수준이 높아져 너에게 일본어를 가르칠 수있을 정도로 하겠다고 다짐했다. 내가 너보다 나은 게 하나쯤은 있었으면 했다. 희성은 언어적인 센스가 있는 편이라 꽤 괜찮은 페이스메이커가 되어주었다. 나는 전공까지 다 버리고 무모하게 일본어에 뛰어들었다. 내 목표는 오로지 네 뒤를 좇는 것. 하나였다.

나는 졸업한 뒤 워킹 홀리데이 비자를 받아 일본으로 떠났다. 처음 한 일은 호텔 메이드였다. 매번 잠만 자고 나오던 호텔방에 들어가 시트를 갈고 청소기를 돌렸다. 때로는 객실에서 희성의 사진과 마주칠 때가 있었다. 그때마다 손을 멈추고 생각했다. 여기도 너의 연인이 있구나. 아르바이트를 하면서 수많은 희성의 연인과 마주쳤다. 특히 콘서트가 열리는 기간에는 훨씬 더 많은 희성의 연인들을, 아니 그들의 흔적들을 마주해야 했다. 나는 똑같기만 한 호텔방에서 희성의 방을 상상했다. 너의 방을 치운다면 어떨까. 아무 정보 없이도 네 방을 단번에 알아볼 수 있을까. 너는 호텔에 어떤 것들을 남겨두고 떠날까. 쓰다 만 비누, 물기가 남은 칫솔, 축축이 젖은 타월 같은 건 가져도 될까. 그런 것을 갖는다고 무엇이 달라질까.

매일 모르는 사람들의 방을 치우면서 나는 희성의 방을 그리고 또 그렸다. 그 상상에 지칠 때쯤 내가 구한 두 번째 일은 스타벅스 스태프였다. 그곳에서도 나는 꿈을 버리지 못했다. 언젠가 너와 우연처럼, 운명처럼 마주칠 수 있을까. 달달한 것을 좋아하는 희성이 오면 어떤 메뉴를 주문할지 매일 상상해보았다. 새 메뉴가 나오면 시음을 하면서 희성이 좋아할지, 싫어할지 구분해 나눴다. 희성이 구석진 동네의 작은 스타벅스에 올 리 없다는 것을 알면서도 문이 열리는 순간을 놓치지 않으려 노력했다. 하지만 그 순간은 결국 내 손에 잡히지 않았다.

내 근무 시간은 월수금 오전과 토일 오후 타임이었다. 나는 금요일 오전, 평소보다 손님이 적어 널널하게 일을 마쳤다. 교대하는 시간에 옷을 갈아입고는 교대한 친구에게 아이스 아메리카노를 주문해 테이크아웃해 갔다. 유난히 날이 맑았고 오후에는 딱히 할 일도 없어서 산책하듯 길을 걸으며 내내 희성의 노래를 들었다. 그런데 다음 날, 어제 교대한 친구가 매장에 희성이 왔다는 말을 툭, 던져놓았다. 나는 친구에게 일코* 중이었으므로 최대한 침착하게 되물었다.

"언제?"

"너 가고 바로 왔어. 매니저랑 같이 왔는데 매니저가 아이스 아메리카노 두 잔 주문할 때 그냥 뒤에 서 있었거든. 그런데 매니저가 화장실 간다고 나가니까 갑자기 나한테 와서 한 잔은 아이스 초코로 바꿔달라고 엄청 작고 빠르게 말하는 거야. 뭐지 싶어서 내가 좀 멍하게 있었더니 자기 다이어트해서 몰래 말하는 거라고. 귀엽더라. 나중에 매니저가 와서 커피 받다가 잘못 나왔다고 말하는데 엄청 빨리 와서 아이스 초코 채갔어."

살면서 일본어가 그렇게 또렷하게 들린 적이 없었다. 나는 친구의 말을 듣는 동안 화가 나다 울컥하다 슬퍼지다 힘이 빠졌다. 커

* 일반인 코스프레의 준말이다. 팬이 아닌 척하고 살아가는 것을 일컫는다. 대개 이십대가 되면 자신의 사회적 지위와 상황을 고려해 일반인 코스프레를 펼치는 경우가 많다. 물론 그러다가도 어떤 계기가 생기면 팬임을 밝히기도 하는데 그것을 일코해제라고 한다. 하지만 일코해제는 본인이 스스로 하는 것보다는 강제로 당하는 일이 더 많다. 휴대폰 속의 가득한 사진을 들킨다든지, 택배로 온 물품에 그룹명이 적혀 있는지 하는 일들로 당하게 되는 강제 일코해제는 일상생활에 놀림과 비웃음 등의 상흔을 남긴다.

피도 샀는데 그냥 앉아서 마시다 갈걸. 교대를 조금만 늦게 할걸. 아니 그냥 문 앞에서라도 서성거릴걸. 생각해봤자 소용없는 일들을 떠올리면서 폭풍과도 같은 자괴감에 시달렸다. 계산대 앞에 선 희성은 무척 현실감이 없었지만 분명 어제의 현실이었고 나는 그 현실 속에 존재하지 않았다. 여기까지 따라와도 나는 널 만날 수 없어. 희성과 시공간을 공유할 수 없다는 사실을 인정하면서도 괴로웠고 그 괴로움이 우스웠고 끝에 가서는 허탈해졌다.

나는 스타벅스를 그만두고 집에 틀어박혀 한동안 희성을 끊었다. 그러면서 깨달았다. 컴퓨터만 켜지 않아도 너와 끊어질 수 있다는 걸. 희성은 컴퓨터 안에 사는 존재나 다름없었다. 그것을 통하지 않으면 만날 수 없었고 볼 수 없었다. 어디든 쫓아가서 너의 주위를 아무리 맴돌아도 닿을 수 없었다. 내 모든 행동은 희성에게 가기 위한 길을 닦는 것이었다. 그러나 너는 그 길 끝에 서 있지 않았다.

허탈함이 극에 달할 무렵, 문자를 하나 받았다. 몇 주 전 응모했던 음악 방송 당첨 문자였다. 끊겠다는 결심은 마른 모래알처럼 흩어졌다. 가지고 있는 옷 중 가장 예쁘고 비싼 옷을 입고 최선을 다해 화장을 하고 희성이 좋아한다고 말했던 향수를 뿌리고 희성을 만나러 갔다. 희성이 스튜디오에 들어선 순간 나는 내 얼굴을 가렸다. 너무 가까이라 너에게 내가 보일 것 같아서. 희성아, 하고 부르면 돌아볼 정도의 거리였다. 그런데도 너를 부르지 못했다. 너와 나의 세계는 나뉘어져 있었다.

나는 자꾸만 흐릿해지는 눈을 깜박이며 희성을 놓치지 않으려 노력했다. 희성은 잘 웃고 잘 얘기하고 잘 노래했다. 뭐든 잘했다. 나는 너를 따라 웃을 수가 없었다. 화가 났다. 나만 너를 보고 싶었다. 오직 나만. 그것으로도 부족했다. 그보다 더한 것. 나는 너를 갖고 싶었다. 너를 내 안에 가두고 싶었다. 네가 너무 예뻤다. 너무 예뻐서, 나는 네가 되고 싶었다. 나라는 존재가 다 흩어지고 그냥 너였으면 좋겠다고.

이런 미친 생각을 하고 있는 내가 우스웠다. 언젠가 내가 희성을 사랑하지 않는 날이 올까. 그때에는 너를 보고도 무심히 지나칠 수 있을까. 예전에 좀 좋아했던 연예인 정도로 네 이름을 떠올리게 될까. 나는 네가 싫었다. 이렇게 나를 미치게 만드는 그 새끼가 끔찍했다. 너를 좋아하는 내가 싫었다. 아무것도 모르는 그 새끼는 여전히 너무나 잘 노래했다. 노래를 끝내고 카메라가 꺼지자 팬들에게 허리 숙여 인사했다. 그 와중에 단정한 정수리가 예뻤다. 정말 싫었다. 그 새끼도 나도.

그렇게 1년간의 일본 생활을 마치고 돌아와 제나는 희성 대신 다른 아이돌로 넘어갔다. 희성을 아주 버린 것은 아니었지만 희성 말고도 제나를 행복하게 해줄 수 있는 존재가 하나 더 늘어난 것이었다. 제나가 새로 좋아하게 된 아이라고 하면서 모리의 사진을 보여주었을 때 나는 어딘가 희성과 닮은 것 같아서 잠시 갸웃했다. 제나는 내 반응을 눈치채고 안 닮았어, 하면서 선수를 쳤다. 나는 웃고 말았다. 자기 타입이 어디 가는 줄 알고. 몇 번을 갈아타도 갈 사람한테 간다는 진리를 모르지 않았으니까.

제나가 새롭게 찾은 아이, 모리는 일본인이었고 제나는 더더욱 가열차게 공부에 임해서 마침내 일본어 번역가가 되었다. 이쯤 되면 아이돌이 밥 먹여주느냐는 사람들의 말은 틀렸다. 제나의 아이돌은 제나를 밥 먹이기 시작했으니까. 제나는 출장을 빙자해 일본에 오가며 자신의 덕력을 마구 뽐냈고 나도 그 무렵 제나가 좋아하는 모리를 보다가 그 옆에 있는 다른 그룹의 멤버에게 마음을 빼앗겨 같이 해외 팬질을 시작했다. 덕질은 품앗이였으므로 제나는 능력도 정보도 부족한 나에게 자료를 베풀며 공유했다.

그러고도 몇 년이 지나 제나는 이제 아이돌은 그만 좋아해도 될 것 같다는 되지도 않는 말로 탈덕을 선언했지만 앞서 말했듯 요즘도 틈틈이 희성의 공연을 보러 갔고 모리의 CD를 공구*로 샀다. 그러면서도 남자도 많이 만났

* 공동구매의 준말이다. 일본 아이돌의 경우 한국에 들어오는 라이센스반은 일본 차트에 반영이 되지 않기 때문에 일본 차트에 반영되게 하려고 공동으로 일본에서 직접 CD를 사서 들여오는 형태를 취한다. 아이돌의 음반 판매량은 팬들에게 있어 자존심과 같은 것이기에 더 큰 돈은 주고도 직접 구매를 선호하는 팬이 많다.

고, 그 남자들 중 하나와 결혼도 하겠다고 한다. 나는 어쩐지 제나가 부럽기도 했고 안쓰럽기도 했다. 왜 그런 감정이 드는지는 잘 모르겠지만.

6

제나의 결혼 이야기는 시시했다. 단언컨대 제나의 아이돌 이야기보다도 재미가 없었다. 남의 연애 이야기는 왜 그렇게 뻔한지. 드라마나 영화만큼의 스펙터클하고 로맨틱한 스토리를 원한 건 아니었지만 너무하다 싶을 정도로 별게 없었다. 말하는 제나조차도 해봤자 지겹다며 고개를 저을 정도였다. 하지만 제나는 아이돌 말고는 거의 세상만사에 대해 그런 태도를 취했으므로 당연한 반응일지도 몰랐다. 함께 공연을 보러 가서 제나의 반짝이는 눈을 볼 때면, 이게 사랑이지 다른 게 사랑일까 싶었다. 나는 나 자신보다 제나의 눈을 보면 우리가 하고 있는 게 사랑이라는 확신이 생겼었다.

제나의 결혼에서 더 이상 캐낼 것이 없어진 우리는 자연스레 화제를 희성의 뮤지컬로 옮겼다. 나쁜 놈, 썩을 놈, 죽일 놈, 하지만 노래 하나는 기가 막히게 잘하는 놈. 늘

레퍼토리처럼 이어지는 제나의 찰진 욕에 희성의 노래가 그리워졌다. 나는 희성의 CD를 플레이어에 넣고 재생했다. 좀 더 정확히 말하자면 희성이 속해 있던 그룹의 2집 앨범을. 제나가 희성을 좋아하는 동안 나와 앵은 각자 그 그룹의 다른 멤버를 좋아하고 있었으므로 당연히 모든 앨범을 다 소장하고 있었다. 요즘에는 음악을 스마트폰에서 스트리밍하는 게 훨씬 편했지만 그래도 굳이 CD를 재생시키는 게 더 빠순이다워서 좋았다.

우리는 노래를 따라 부르다 금세 추억 속에 잠겼다.

"그날 부도칸에 별이 쏟아지는 것 같았어."

"악기 다 빠지고 애들 목소리만 들릴 때, 너무 좋아서 숨도 못 쉬었지."

"죽을 때도 생각날 거야, 그날 그 노래, 그 아이들."

누가 한 말도 내가 한 말처럼 고개를 끄덕일 수 있었다. 그들은 나와 앵과 제나가 정말 온 청춘을 바쳐 좋아한 아이돌이었고 다시 볼 수 없는 그룹이었다. 소중한 것은 부서지기 쉽다는 그들의 노래 가사처럼 그들은 5년 만에 깨졌고 이제 우리의 외장하드 속에만 존재했다. 보고 싶다, 제나의 말에 보고 싶다, 앵의 말이 겹쳐지고 보고 싶다, 나의 말도 섞여 들었다. 보고 싶다. '사랑한다'와 '좋아한다'보다 늘 우위에 있는 감정은 '보고 싶다'였다. 항상 보고 싶었다. 보러 가는 길에도, 보고 있을 때에도, 더 이상 보지 못하는 순간에도.

추억과 술독에 빠져 허우적대는데 날이 밝아지고 있었다. 제나는 반쯤 감긴 눈을 갑자기 또렷하게 뜨더니 집에 가겠다며 일어섰다. 제나의 집은 걸어서 10분 거리라 술에 취해도 꼭 집에 갔다. 물론 멀리서 마셔도 잠은 집에 가서 자겠다며 매번 나와 앵을 버려두고 자리를 뜨는 나쁜 습관이 있었다. 잠자리가 바뀌면 절대 못 자는 예민보스였으니까.

제나가 가고 어질러진 방을 대충 정리한 뒤 앵과 나란히 누웠다. 술을 그렇게 마셨는데 취하는 게 아니라 오히려 정신이 또렷해지는 것 같았다. 앵은 뒤척이다 내게 물었다.

"제나가 결혼한다는 게 믿어져?"

"식장에 들어갈 때까진 못 믿지."

"너도 빨리 해."

"너나 해."

"아니야, 하지 마. 나랑 같이 살아. 하지 마, 하지 마."

앵은 하지 말라는 말을 몇 번이고 반복했다. 저렇게 여러 번 말하지 않아도 어차피 결혼할 기미도 보이지 않는데. 삼십대가 되자, 주변에는 결혼해서 애를 둘이나 낳은 친구도 꽤 있었지만 결혼 같은 건 영 할 생각이 없다는 친구도 많았고 한 번 하고 돌아온 친구도 몇 있었다. 결혼이 필수는 아니라지만 고민이 되는 건 어쩔 수 없었고 하기 싫은 마음과 하고 싶은 마음이 엎치락뒤치락해서 어느 쪽으로도 결정을 내리지 못했다. 뭐, 결정을 내린다고 해서 그대로 되지도 않겠지만.

사실 앵은 우리 셋 중에서 가장 결혼 확률이 높았었다. 우리가 미쳐서 셋이 일본 콘서트까지 다니며 팬질을 할 때에도 유일하게 연애를 하고 있었으니까. 앵은 대학에 들어가자마자 남자친구를 사귀었다. 우리 셋 가운데 가장 조신하고 얌전하던 앵이 제일 먼저 남자친구를 사귄다고 했을 때 제나와 나는 한동안 멍했다. 제나는 혀를 차며 부뚜막에 올라갔네, 부뚜막에 올라갔어, 하고 중얼거렸고 나는 고개를 깊이 끄덕였다. 앵이 수줍어하면서도 조용히 할 건 다 한다는 걸 알게 해준 첫 번째 사건이었다. 앵은 그 남자친구와 5년 동안이나 연애를 했다. 5년 중 군대가 2년이긴 했어도 아무튼 5년 동안은 헤어지지 않고 안정적인 관계를 이어갔다.

앵의 이별 통보는 연애 통보보다도 훨씬 더 나와 제나를 멍하게 했다. 그날 앵은 남자친구를 만나고 나서 좀 늦은 시간에 술자리에 합류했다. 도착하자마자 아무렇지 않은 얼굴로 맥주를 시켜 빠른 속도로 한 잔을 다 비우고 나서는 나 헤어졌어, 하고 툭 내뱉었다. 너무 가볍고 간결해서 그게 무슨 뜻인지 한참을 생각해야 했다. 앵이 장난으로 혹은 화가 나서 그런 말을 하는 사람은 아니었으므로 제나는 조심스레 물었다.

"왜 그래? 싸웠어?"

"싸운 거 아니고 헤어진 거야."

"왜?"

묻는 제나의 목소리가 높아졌다. 말은 안 했지만 나도 그렇게 묻고 있었다. 아주 이해가 안 간다는 투로, 왜?

"그냥 별로 안 좋아하는 것 같아서."

"네가 언제는 뭘 그렇게 많이 좋아했다고."

제나의 시니컬한 대꾸에 나는 격하게 고개를 끄덕였다. 별로 안 좋아하는 것 같다, 는 앵의 말버릇이었다. 앵은 자신의 아이돌에 대해서도 늘 그 자세를 취했다. 별로 안 좋아한다, 잘 모르겠다, 그냥 따라간 거다. 모르겠다는 건 좋아한다는 앵의 표현법이었다. 겁 많은 앵은 뒷걸음질 치듯 자신의 감정을 숨기며 지냈다. 자신의 진짜 감정은 알려 하지도 않았고 알아도 모른 척했다. 공연장에 가면 제나의 눈이 그렇듯 앵의 눈에서도 빛이 도는데 앵은 항상 그것을 부정했고 모르겠다며 넘겼다.

연애에서도 마찬가지였다. 남자친구를 좋아하냐고 물으

면 늘 잘 모르겠다고 대답했고 농담처럼 아이돌이 더 좋다고 대꾸하면서 지나치곤 했다. 별로 안 좋아해서 헤어진다는 건 너무나 새삼스럽고 이상한 일이었다. 말을 재촉할 수 없어서 눈빛으로만 신호를 보냈지만 앵은 조용히 술잔만 비웠다. 나는 앵의 술이 떨어지지 않도록 계속 술을 시켰고 제나는 틈틈이 앵과 술잔을 부딪쳐주었다. 앵은 끝까지 별다른 말을 하지 않았다. 그리고 술자리가 끝날 때쯤 제나와 나를 한 번씩 안았다. 나는 말하지 않고 듣지 않아도 안다는 건 그래서 좋다고 생각했다.

앵

사는 건 대체로 재미없었다. 내 삶엔 지나치리만큼 굴곡이 없었다. 어디서도 크게 반응하지 않는 내 성격까지 더해져 인생은 잔잔하기만 했다. 평범함에 만족했고 감사했지만 심심한 건 어쩔 수 없었다. 심심해서 친구들의 대화에 끼어보려고 아이돌을 파기 시작했다. 그냥 적당히 좋아하려고 했는데 사람 마음이 그게 되나. 깨달았을 때에는 이미 마음이 커져버린 뒤였다.

그래도 그만두려면 언제든 그만둘 수 있다고 믿었다. 남들이 말하듯 그깟 아이돌까지는 아니어도 시간이 지나고 나이를 먹으면 자연스럽게 그만두게 되겠지, 하고 생각했다. 디디와 제나를 만나기 전까지는. 아마 고등학교 때 만났다면 한 반에 있어도 쉽게 친해질 친구들은 아니었을 것이다. 우리 사이를 돈독하게 다져준 건 당연히 오빠였다. 나는 친구들과 오빠 이야기를 하는 게 세상에서 가장 재밌었다. 혼자 가지고 있던 마음을 말로 꺼내놓으면 더 커지는 것처럼, 친구들과 오빠 이야기를 나누고 나면 사랑도 불어났다.

우리가 좋아하던 그룹이 해체를 하고 제나와 디디가 다른 그룹으로 넘어갔을 때 나는 조금 초조했다. 앞으로도 나는 친구들과 계속 오빠 이야기를 하고 싶은데 오빠가 없어지면 어떡하나. 성인이 되고도 이런 고민을 하는 게 우스웠지만 실제로 그랬다. 친구는 어릴 때만 필요한 게 아니니까, 평생 필요하니까. 물론 고민의 시간은 짧았다. 나는 한껏 흥이 올라 오빠 찬양을 하는 디디와 제나 사이에서 아주 자연스럽게 내 오빠를 발견했다.

윤은 소위 말하는 입덕요정*이었다. 나는 귀여운 캐릭터나 인형이나 동물 심지어 아이에게도 별 관심이 없었다. 하지만 윤과 만나면서 내 취향이 철저히 '귀여움'으로 귀결된다는 것을 깨달았다. 윤은 진짜 미치게 귀여웠다. 말을 하다가도 어버버하기 일쑤였고 어순을 바꾸어 말하는 건 흔히 있는 일이라 놀랍지도 않았다. 어순파괴자이자 국어파괴자인 윤은 두 가지 말을 빠르게 하고 싶어 하다

---

* 팬이 되는 것을 입덕(덕질에 입문한다)이라고 한다. 입덕을 부르는 요인은 물론 많고도 많지만 그중에서도 앞장서서 덕후의 마음을 흔드는 멤버를 입덕요정이라고 한다. 입덕요정은 대개 귀여움으로 중무장한 경우가 많으며 잔망스러움과 깨방정 등으로 머글(팬이 아니었던 자)을 입덕의 길로 이끈다.

'안녕갑습니다', '오랜만갑입니다'라는 획기적인 말실수를 하기도 했다. 그럴 때마다 나는 주먹을 쥐고 부들부들 떨었다. 귀여워서. 시발 너무 지랄맞게 귀여워서.

단기 어학연수를 떠났던 반년 동안 나는 처음으로 혼자가 되었다. 처음에는 3개월만 머물 예정이어서 굳이 친구를 사귀지 않았다. 과제를 하기에도 벅차서 빨리 과정을 끝내고 한국에 돌아가고만 싶었다. 첫 번째 과정을 끝내고 3개월 더 머무는 것으로 결정이 났을 때 친한 무리들은 이미 그룹지어 몰려다니고 있었다. 나는 어디에도 낄 수 없었다. 따돌림까지는 아니었지만 늘 혼자 다니고 혼자 밥 먹고 혼자 공부했다. 그 시간에 나와 같이 있어준 건 윤 하나였다. 오직 윤만이 내 곁에서 웃고 떠들고 노래해주었다. 나는 우울함에 처져 있다가도 예능 프로그램에서 태양이 너무 뜨거워, 라는 문장을 영작하라는 말에 네가 오 마이 갓 썬! 을 외칠 때가 생각나 깔깔대며 웃었다. 너의 귀여움은 내 인생의 행복 버튼이었다.

한국에 돌아와 교생 실습을 나갔을 때 나는 한 학생의 책상에 붙어 있는 아이돌 사진을 발견했다. 그는 내가 좋아하는 아이돌 그룹과 라이벌 관계에 있는 그룹에 속해 있었다. 나는 친근한 교사 코스프레를 해보고자 학생에게 말을 걸었다. 얘가 왜 좋아? 학생들에게 친구처럼 다가가고 싶은 마음도 있었으나 실제로 궁금하기도 했다. 다른 사람은 아이돌을 왜 좋아하는지.

"최고잖아요. 맨날 1등만 하고."

세상 어딘가에서 어중간하게 지내는 우리에게 1등은 멀기만 했다. 생각해보면 나도 어디서 1등을 했던 적이 없었다. 남들이 봤을 때 나름 탄탄한 인생을 사는 것처럼 보여도 늘 고만고만했다. 1등은 내 아이돌이 내게 주는 선물 같은 것이었다. 나는 아니지만 내가 좋아하는 너는 매번 1등이니까. 너는 최고니까. 너를 보면 나도 잠시 꿈을 꿀 수 있었다. 나는 학생에게 너도 열심히 해서 1등을 하라는 꼰대 같은 말은 하지 않았다. 할 수가 없었다. 나도 못 하는 1등을 누구보고 하라고.

나는 남자친구와 함께 있는 것보다 제나와 디디와 노는 게 좋았다. 친구들하고 너무 붙어 다니는 거 아니냐고 남자친구가 충고 섞인 말을 늘어놓으면 들은 척도 하지 않았다. 싸우는 건 싫으니까 네가 뭘 알아? 하고 속으로만 투덜거렸다. 가끔 아이돌이 뭐가 그렇게 좋으냐고 묻는 사람들에게는 그냥 웃어주고 말았다. 왜 사냐건, 웃지요. 그런 마음이랄까.

사실 나도 내가 왜 아이돌을 좋아하는지, 얼마나 좋아하는지 잘 모른다. 어쨌든 나는 제나와 디디와 오빠 이야기를 하는 것이 좋았다. 구오빠든 현오빠든 오빠 이야기를 할 때 술도 가장 맛있고. 제나의 그 새끼 이야기를 듣는 것도 좋고 디디의 우리 애기 이야기를 듣는 것도 좋았다. 임용고시를 준비하는 동안 내가 다짐한 건 딱 하나였다. 시험만 붙으면 맘껏 덕질해야지. 귀여우려고 태어난 애들을 만나 죽도록 귀여워해줘야지. 나는 내 행복 버튼을 포기할 마음이 없다.

앵은 남자친구와 헤어진 뒤 공부에만 매진해 1년 만에 바로 임용고시에 붙어 교사가 되었다. 그리고 붙자마자 남자친구를 사귀는 것이 아니라 수많은 아이돌을 수집하기 시작했다. 구오빠들을 챙기면서 조금이라도 관심이 생기는 아이돌은 꼭 챙겨 보고 챙겨 들었다. 앵의 두 뺨에 다시 생기가 돌기 시작했다. 앵은 나와 제나가 좋아하는 일본 그룹도 함께 봐주었고 새롭게 데뷔한 구오빠 소속사의 후배 그룹도 빠뜨리지 않았고 역주행으로 차트를 점령한다던 헌 아이돌도 다시 보는 것을 잊지 않았다. 남자보다 아이돌이 나아, 습관처럼 그 말을 중얼거리며.

그러다 앵은 자신의 정착지를 찾았다. 물론 남자가 아니라 새 아이돌이 생긴 것이었다. 트위터 타임라인을 떠들썩하게 했던 아이돌 프로그램을 본 다음 날, 앵과 나는 서로 눈을 맞추며 봤어? 하고 물었다. 사랑에 빠지는 데 얼마나 긴 시간이 필요할지 모르지만 덕통사고를 당하는 건 몇 분, 아니 몇 초면 충분했다. 나는 수많은 멤버들 중에서도 내 타입을 찾는 데 1분도 걸리지 않았고 앵 또한 마찬가지였다. 나는 루이로, 앵은 민영으로 본진을 옮겼다. 그날 메시지로 주고받았던 수많은 사진은 사진첩에 고이 저장되었다. 그리고 곧 그들의 사진으로 사진첩이 가득 찰 것을 우리는 말하지 않아도 알고 있었다.

물론 앵은 이번에도 민영이 좋아? 하고 물으면 크게 좋을 것도 나쁠 것도 없어, 라는 밋밋한 말로 일관했다. 별로야, 예전만큼 열정이 안 생겨, 하고 말하면서도 CD를 몇십 장씩 사다 날랐고 자신이 갖지 못한 굿즈*를 학생이 가지고 있으면 퇴근 후에 바로 굿즈 매장으로 달려가곤 했다. 새 굿즈가 나오던 날 누구보다 빨리 손에 넣기 위해 뛰어갔다가 매장에서 제자와 스친 적도 있었다. 앵은 일코해제당하는 것을 참을 수 없었지만 몇 개 안 남은 굿즈를 놓치는 것은 더더욱 참을 수 없었기에 머플러에 얼굴을 깊게 파묻고 뻣뻣한 고개를 이리저리 돌리면서 첩보 작전을 펼친 후 다행히 굿즈를 샀다. 심지어 내 것까지.

새 아이돌이 생기면서 앵의 생활은 활력을 되찾았고 교사 생활도 익숙해지면서 안정까지 얻었다. 그러나 그때부터 부모의 걱정은 시작된 모양이었다. 앵의 엄마는 툭하면 결혼 이야기를 꺼내 앵을 질리게 만들었다. 교사라는 직업

---

* 아이돌의 얼굴이나 로고를 박아 제작한 상품(goods)을 말한다. 사진이나 카탈로그처럼 단순한 제품이 있는가 하면 머그컵이나 접시처럼 생활용품도 있다. 일반 상품보다는 가격이 조금 비싸지만 내 스타의 얼굴이 박혀 있다는 특수성 때문에 구매욕이 생긴다. 최근에는 어른의 굿즈로 소주잔이나 맥주잔이 나오기도 해서, 우리의 전용잔이 되었다.

적 이점이나 참해 보이는 외모적 이점이 결혼하기엔 더없이 괜찮은 조건이었기에 제나와 나도 앵에게는 결혼을 추천했지만 앵은 달가워하지 않았다. 집안의 성화에 못 이겨 선을 보더라도 한 번 이상 만나는 법이 없었고 소개팅도 잘하지 않았다. 그러면서 남자가 싫으냐는 물음에는 고개를 세차게 흔들었다. 남자가 왜 싫어, 세상 좋은데. 그러고 보면, 앵의 온 일상을 뒤덮은 민영도 확실히 남자이긴 했다.

앵과 나는 해도 좋고 안 해도 상관없을 무용한 이야기를 나누다, 해가 뜨고도 한참이 지나서야 잠이 들었다. 죽은 듯이 자고 일어나자마자 앵은 눈도 뜨지 못한 채 텔레비전을 켰다. 나도 그 소리에 깨 눈을 비비며 앉았다. 민영이 음악 방송 MC를 보는 날이라는 것을 둘 다 잊지 않고 있었다. 다들 하는 말이지만 이 정도 열정과 기억력으로 공부를 했으면 지금쯤 뭐가 됐어도 됐을 텐데. 우리는 그열정을 모두 여기에 쏟았고 그래서 행복한 빠순이였다.

7

잘 모르는 자들은 빠순이가 아이돌 활동 시기에만 바쁠 것으로 착각한다. 하지만 빠순이는 아이돌이 활동하지 않을 때에도 절대 쉬지 않았다. 우선 우리에게는 영상회와 전시회*가 있었다. 우리처럼 일개 무능력자 팬들은 생산 자일 수는 없으나 성실한 소비자는 될 수 있었다. 가끔 영상이 예쁘기로 유명한 영상회의 경우는 신청부터 콘서트 티켓 전쟁을 방불케 하는 폼림, 멜림** 지옥이 있었다. 나는 지독한 수전증에 시달리고 있었으므로 폼림이고 멜림이고 밀리는 일이 더 많았다. 내 돈 주고 가겠다는데도 못 가는 건 콘서트나 다를 바가 없었다. 여기서도 부익부 빈익빈은 끝이 없었다.

인기 많은 홈마***가 영상회를 연다고 하면 팬들은 일단

* 영상회와 전시회는 자리 잡은 지 몇 년 되지 않은 팬덤 문화인데 홈마들이 활동 기간 동안 찍은 가수의 영상을 상영하거나 사진을 전시하는 형태로 이루어진다. 전시회는 대개 구민회관이나 문화회관 등의 전시 공간을 빌려서 사진을 전시하고 그중 마음에 드는 액자를 구입할 수 있게 한다. 영상회는 구민회관이나 영화관 등을 대관해 90분 정도 편집한 영상을 관람하는 것이다. 홈마들은 이를 통해 얻은 수익으로 멤버들을 서포트(생일 및 기념일 선물 등)하거나 포토북, DVD 등을 제작하기도 한다.
** 폼림은 폼 올림픽, 멜림은 메일 올림픽의 준말이다. 영상회는 영화표를 예매하듯 구글폼이나 메일로 먼저 신청을 받는다. 신청한 사람 중 선착순으로 관람 가능한 인원을 정리해 명단으로 올리면 그 안에 든 사람이 영상회비를 입금하는 식으로 이뤄진다. 좌석도 입금순으로 좋은 좌석부터 배치되기 때문에 경쟁이 치열하다. 특히 인기 있는 영상회는 일단 신청을 해두고 더 비싼 값에 양도하는 일도 많아서 논란을 낳기도 한다.
*** 홈페이지 마스터의 준말로 홈페이지의 운영자를 일컫는 말이다. 예전에는 홈페이지를 운영하는 지기 몇 명이 모여 함께 관리하곤 했는데 요즘에는 개인적으로 홈페이지를 운영하는 일이 훨씬 더 많다. 팬덤에서도 개인화, 파편화 현상은 피할 수 없는 모양이다.

한숨부터 쉬었다. 저 안에 내가 들어갈 수가 있을 것인가를 생각하면 머리만 아팠다. 모든 것이 다 속도 전쟁이었다. 느리고 망설이는 자들에게는 기회조차 주어지지 않았다. 분명히 정각에 폼을 보냈는데 왜 내 폼은 저 아래 있는 건지. 현실 아이돌이나 스크린 아이돌이나 보기 어려운 건 똑같았다. 물론 팬들이 파는 DVD를 사서 집에서 개인 영상회를 개최하기도 했으나 커다란 스크린으로 보는 재미를 들이고 나서부터는 영상회에 집착하게 되었다.

화창한 주말 얭과 나는 대한극장으로 향했다. 나는 대한극장에 여러 번 가봤지만 여기서 영화를 본 적은 한 번도 없었다. 그곳에서는 늘 영상회를 봤다. 내가 좋아하는 루이, 얭이 좋아하는 민영, 그 밖에 다른 멤버들의 영상회가 자주 그곳에서 열렸다. 스크린을 내려서 프로젝터로 빔을 쏘는 대관처와 영화관은 확실히 영상의 질이 달랐다. 영화를 볼 때는 맨 뒤에서 몸을 뒤로 젖히고 보는 걸 좋아하는 내가 영상회를 볼 때는 앞자리를 선호했다. 영상이라도 앞에서 보고 싶은 이 짠내 나는 심정을 어떻게 설명할 수 있을까. 스크린 가득 차오른 오빠의 얼굴을 보면 나는 쿵쿵거리는 마음을 숨길 수 없었다.

영상은 주로 콘서트나 지난 활동기에 찍었던 영상들을 편집한 것으로 이루어졌다. 개인 캠은 오직 한 멤버만 따라다니며 찍는 것이라서 본 방송에서는 볼 수 없었던 컷들을 볼 수 있었다. 나의 루이는 노래를 부르지 않는 순간에도, 안무상 뒤로 빠지는 순간에도 입을 앙다물어 힘 있는 동작을 만들어내거나 눈꼬리를 내리며 사르르 웃었다. 그럴 때마다 팬들은 앓는 소리를 냈다. 노래의 마지막 부분에서 루이가 골반을 튕기며 입술을 쓸어내렸다. 누군가 참지 못하고 꺅, 소리를 질렀다. 그 뒤 찾아온 1초의 정적. 정적 뒤에는 웃음이 터져 나왔다. 루이가 없어도, 실제의 루이가 아니라도 우리는 이렇게 즐거워.

영상회가 끝난 뒤에는 극장 근처에 마련해둔 전시회장으로 향했다. 회장에 들어서자 벽면 가득 걸린 사진과 그 사진을 찍으려고 스마트폰을 들이대는 팬들이 눈에 들어왔다. 아이돌 전시회는 사진 찍는 것이 허용되었다. 우리는 찍힌 사진을 다시 찍었다. 그는 대체 몇 개의 렌즈를 거쳐야 나에게 오는 건지. 지난 사진들을 보고 또 찍으며 그때의 그를 떠올리고 그를 보던 나를 떠올리고 그러는 동안 그리워졌다. 왜 지나고 나면 모든 시간이 아쉽고 그리운지 모를 일이었다.

전시회에서는 전시된 사진을 도록으로 만들어 팔기도 했고 세워두는 판넬이나 포토 카드 등의 굿즈를 제작해 팔기도 했다. 하지만 가장 많이 팔리는 것은 사진이 인쇄

된 액자 그 자체였다. 마음에 드는 사진으로 주문서를 넣으면 업체에서 발송해주는 형식이었다. 나는 웬만하면 굿즈를 사지 않으려고 노력하는 편이었다. 뭐 아이돌 팬질 하루 이틀 하는 것도 아니고, 살 때만 좋지 일단 집에 가져가 책장에 넣으면 보지도 않았다. 그래도 독립하고 처음 받은 선물은 루이 액자였다. 내 집이 생기면 제일 먼저 루이와 눈 마주치는 환경으로 만드는 게 내 오랜 숙원이었으니까.

나는 오늘도 계속 눈 마주치고 싶은 액자 앞에 섰다. 루이는 팬이 준 꽃다발에 코를 묻고 웃고 있었다. 우연히 카메라를 쳐다봤던 건지 시선은 나를 향한 채. 사진 앞을 지나칠 때마다 사람들의 감탄이 이어졌다. 이거 진짜 예술이네, 계 탔네. 프리뷰* 때도 예뻤는데 고화질이 더 죽이네. 네 맘이 내 맘이었으므로 32번 액자 앞에는 사람이 떠나지 않았고 그들은 사진을 한참 쳐다보다 홀린 것처럼 주문서를 넣었다. 무슨 로렐라이의 노래가 따로 없네. 눈을 뜨고도 앞이 안 보이는 사람처럼 멍하니 있던 나를 앵

* 아이돌의 공식 스케줄에는 늘 사진 찍는 팬들이 쫓아다닌다. 그들은 엄청난 크기의 카메라로 아이돌을 찍고 그 사진을 보정해서 올리기 전 휴대폰으로 찍어서 먼저 트위터에 공개하는데 그것을 프리뷰라고 부른다. 이상하게도 프리뷰가 엄청 예뻤는데 고화질로 보면 그저 그런 사진이 많다. 그러고 보면 뿌옇고 흔들린 것들이 오히려 마음을 사로잡는 면이 있는 것도 같다.

이 툭툭 쳤다.

"어차피 집에 걸 데도 없다며?"

"거울을 떼고서 달까? 어차피 못생긴 내 얼굴 따위 볼 필요도 없는데?"

서로의 지름을 절대 막지 않는 앵이 굿 아이디어! 하며 주문서를 작성하는 나를 격려했다. 그래, 4만 원으로 오늘 치의 행복을 구입했으니 됐다.

다음 날 나는 회사에서 오로지 시계만 보고 있었다. 오늘은 빠순이의 모든 일정 중 가장 하이라이트라고 할 수 있는 음반 발매일이었다. 콘서트 전에 리패키지 앨범을 발매한다고 해서 진짜 통장이 '텅장' 되겠구나 싶었지만 그래도 막상 앨범이 나온다니 설렜다. 처음 팬질을 시작할 때부터 오빠들의 새 앨범이 나오는 날은 매번 축제였다. 이번 노래는 어떨까, 또 얼마나 좋을까, 무대는 어떻게 꾸몄을까 등을 생각하면 그냥 일을 하고 밥을 먹다가도 슬며시 미소가 피어올랐다.

그러나 어떤 일이든 빛이 있으면 어둠도 있기 마련. 앨범이 나오는 것은 빛과 같은 일이었지만 그 안의 포토 카드, 줄여서 포카를 찾아나가는 여정은 어둠이었다. 요즘 아이돌은 앨범 안에 랜덤으로 포카를 넣어두었다. 운 좋게 내가 원하는 최애* 멤버를 한 번에 뽑으면 좋겠지만 그런 일이 누구에게나 쉽게 일어나는 건 아니었다. 퇴근이 가까워져오자 나는 더욱 안절부절못했다. 트위터에 떠도는 말로는 이번에 루이를 구하기 어렵다고 했고, 긴장 상태는 한층 두터워졌다.

나는 전장에 나가듯이 신용카드 한 장을 들고 카운터에 서서 당당하게 말했다. 버전별로 두 장씩 주세요. 이번에는 앨범 버전이 네 개였으니까 내게는 여덟 장의 앨범이 주어졌다. 앨범들을 들고 매장 구석으로 가 자리 잡았다. 이미 앨범을 산 뒤 포카를 교환하고 싶어 하는 자들이 안 깐 복권을 들고 있는 내게서 시선을 떼지 못했다. 나는 비장하게 조금 전 계산하는 데 썼던 신용카드를 세로로 세워서 앨범 사이에 넣고 죽 밀었다. 앨범 비닐이 수줍게 열렸다. 손톱을 사이에 끼워 넣고 비닐을 훅 열어젖혔다. 자꾸 손에 달라붙는 얇은 비닐을 쇼핑백 구석에 넣고 경건하게 앨범을 펼쳤다.

첫 번째 앨범에서 나온 건 민영이었다. 앵도 퇴근했을

* 가장 애정하는 멤버를 지칭하는 말이다. 이 말도 유행을 타는 경향이 있다. 내가 고등학교 때에는 '퍼스트'라는 영어 단어를 사용했고 대학교 때에는 '이치방(첫째)'이라는 일본어를 사용했다. 그러던 것이 사오 년쯤 전부터는 '최애'라는 중국식 표현으로 바뀌었다. 최애돌(가장 좋아하는 아이돌), 최애즈(가장 좋아하는 멤버들, 한 그룹에서 최애 멤버가 둘 이상일 때 영어의 복수형 s를 붙여 최애즈라고 부른다), 최애템(가장 좋아하는 아이템) 등으로 응용해 쓰기도 한다.

텐데 민영을 구했는지 궁금했다. 나는 빠른 손놀림으로 다음 앨범을 열었다. 거기서 나온 건 빨간 옷을 입은 다른 멤버였다. 주변에서 안타까운 탄식이 들려왔다. 그것은 여기 있는 누구나가 한 장씩 가지고 있는 흔한 포카였다. 매번 앨범이 나올 때마다 화가 나는 건, 포카 유무가 아니라 그 개수가 너무 심하게 차이 난다는 것이었다. 내가 원하는 멤버를 못 뽑을 수야 있지만 아예 시장 안에 돌지 않는 그 아이를 대체 어떻게 구하라는 건지. 그렇게 레어템이 되고 나면 프리미엄 가격이 붙어서 팔리기도 했다.

여덟 장의 앨범을 까는 동안 3, 2, 1, 1, 1의 포카가 내 손에 주어졌다. 이번에 흔하다고 했던 한 멤버의 포카가 내 손에도 세 장이나 들어왔다. 물론 말할 것도 없이 내 최애는 내 손에서 등장하지 않았다. 너무 흔한 일이라 절망도 익숙할 법했지만 익숙한 절망에도 고통은 따랐다. 나는 앨범을 쇼핑백에 잘 챙겨 넣고 포카 여덟 장을 손에 들고 먼 교환의 여정으로 떠났다. 우선 주변을 돌면서 서 있는 사람들에게 누구 찾으세요? 하고 물었다. 그들은 내가 갖고 있지 않은 멤버를 말하거나 아니면 나와 같은 멤버를 찾고 있었다. 돌다가 내가 원하는 포카를 들고 있는 사람을 만났으나 그 사람은 내가 가진 것 중에는 필요한 게 없다고 했다.

매장을 두 바퀴쯤 돌았을 때 여기 있는 사람들 중에는 나와 매치되는 사람이 없다는 것을 깨달았다. 그러면 방법은 하나, 새로 오는 사람을 공략하는 것밖에는 없었다. 나는 카운터 주변을 맴돌면서 매의 눈으로 앨범을 구입하는 자들을 스캔했다. 앨범 비닐을 잘 열지 못하는 사람 옆에 서서 앨범 까는 것을 도와주면서 그들의 포카를 훔쳐봤다. 짐이 많아 어쩔 줄 몰라 하는 사람 옆에 조용히 슥 다가갔다.

"들어드릴까요?"

"네, 감사합니다."

"이렇게 카드 세워서 뜯으시면 편해요."

"정말 그렇네요!"

여자의 서툰 손길에 내가 확 뜯어주고 싶은 마음이 부풀어 올랐으나 최대한 가라앉히고 여자가 열고 있는 앨범에 시선을 집중했다. 처음 두 장에서는 내가 원하는 멤버도 여자가 원하는 멤버도 나오지 않았다. 그리고 세 번째 앨범을 뜯었을 때 나는 참지 못하고 소리를 질러버렸다. 내가 그렇게도 기다리던 루이가, 바로 거기 있었다. 저, 누구, 누구 찾으세요? 흥분해서 말까지 더듬었다. 내가 가지고 있던 포카를 쭉 펴서 여자 앞에 내밀었다. 내가 가진 포카를 보고 이번에는 여자가 소리를 질렀다. 꺅, 이거요,

이거!

여자와 나는 아주 성공적인 교환을 마치고 다정하게 인사를 나누고 각자의 길로 헤어졌다. 그것으로 나의 포카 여정도 마무리되었다. 진짜 이번에는 못 구하는 줄 알았는데 하늘이 도왔지. 나는 가방 안에 잘 있는 줄 알면서도 집에 가는 길에 몇 번이나 포카를 꺼내 확인했다. 어릴 때 따조에도 딱지에도 관심 없던 내가, 무언가를 수집하는 것 자체를 그렇게도 귀찮아했던 내가 서른이 넘어 이러고 있었다. 겨우 종이 조각 하나에 집착과 집착을 더해가며.

8

콘서트 당일, 나는 잠을 설쳤다. 매번 그랬다. 내가 공연을 하는 것도 아닌데 괜히 떨리고 잠도 안 오고 마음이 불안하고. 너무 일찍 깨서 좀 더 자고 싶었지만 뒤척이기만 할 뿐이라 일어나 앉았다. 통통 부은 얼굴을 씻고 마스크 팩부터 붙였다. 오늘은 분명 길고 긴 하루가 될 것이라 준비를 철저히 해야 했다. 생수 한 병을 냉동실에 넣고 티켓을 확인하고 입을 옷을 탁탁 털어 걸어두고. 또 무엇을 해야 하는지 생각하며 주위를 살폈다.

일단 트위터를 확인하려고 켜니 오늘 콘서트 공연 순서
가 정리된 세트 리스트가 떠 있었다. 세트 리스트가 뜨면
공연하는 입장에서는 공들여 준비한 이벤트를 들킨 기분
이어서 무척 기운이 빠지고 화가 난다던데 솔직히 팬 입
장에서는 알아도 좋고 몰라도 좋다는 식이었다. 다만 애
들 속상하겠다, 하는 엄마 같은 마음은 들었다. 나이를 먹
고 내 아이돌과의 나이 차가 늘어날수록 나는 그들을 오
빠보다는 아들로 대하고 있었다. 내가 낳은 자식은 아니
더라도 업어 키운 새끼처럼 예쁘고 귀엽고 안쓰럽고. 나
는 습관처럼 내 새끼, 우래기(울 애기)라는 표현을 쓰는데
그러면 정말 내가 그들을 키우는 것 같은 기분이 들기도
했다.

앵에게서 메시지가 왔다.

—앵 : 언제 볼래?

—디디 : 3시? 4시?

—앵 : 3시 반으로 합의 봐, 그럼.

—디디 : ㅇㅋ

—앵 : 출근 프리뷰 봤어?

—디디 : 눈 못 뜬 강아지 같아, 개귀엽.

—앵 : 귀여우려고 태어났어.

앵과 나는 만나서도 할 얘기를 신나게 늘어놓았다.

콘서트장에 도착해 앵과 나는 누가 먼저랄 것도 없이 주변을 살피고 줄을 섰다. 일단 줄을 서고 나서 앞사람들에게 물었다. 이거 뭐예요? 앞사람들이 곤란하다는 듯 저희도 잘 몰라요, 하고 대답하자 그 앞에 있던 사람들이 뒤돌아 민영이 부채예요! 하고 대답해주었다. 앵과 나는 작은 탄성을 질렀다. 내가 앞사람에게 인증 있어요? 하고 묻자 티켓인가 봐요, 하는 대답이 되돌아왔다.* 앵과 나는 티켓을 확인받고 민영이 입술을 쭉 내민 사진이 있는 부채를 받았다. 그러고 나서 바로 또 다른 줄을 찾아갔다.

몇 군데 돌아 굿즈를 몇 개 챙긴 뒤에 입장 줄에 섰다. 날은 더웠고 줄은 길었고 우리는 금세 지쳤다. 항상 공연은 공연장 안에 들어가는 것부터가 전쟁이었다. 만 명이 넘는 사람들이 티켓을 일일이 확인받고, 몸수색**까지 거쳐 들어가기에 시간이 많이 걸렸다. 공연하는 가수는 준

---

* 아이돌의 콘서트에서는 홈페이지를 운영하는 지기, 소위 홈마라고 불리는 팬들은 다른 팬들을 위해 무료 나눔 굿즈를 제작하곤 한다. 부채가 일반적이고 슬로건, 스티커, 포토 카드 등 품목은 다양하다. 멤버들의 얼굴과 이름이 박힌 굿즈는 응원하는 데 유용하게 쓰인다. 아무에게나 줄 수는 없기에 당일 티켓이나 멤버들의 공식 포토 카드 같은 것을 확인하는 팬 인증을 받은 후에 나누어 주는 형태를 취한다.
** 불법 촬영을 막기 위해 카메라나 캠코더 등을 압수한다. 그러나 홈마(홈페이지의 주인)들은 수색을 뚫고 카메라를 가지고 들어가 멋들어진 사진을 찍어낸다. 그 커다란 카메라를 어떻게 숨겨 들어가는지는 늘 미스터리이다.

비가 다 됐는데 관객 입장이 끝나지 않아 공연이 늦어지는 경우도 종종 있었다. 앵과 나의 말수가 급격히 줄었다. 우리는 말없이 기다리기만 했다. 공연을 보는 것은 기다림의 연속이었다. 내내 줄을 서고 반복되는 영상을 보고 그러고도 한참이 지나야만 공연이 시작됐다.

우리는 오늘도 불이 꺼지기만 기다렸다. 그동안 응원봉의 건전지를 체크하고 이벤트 슬로건을 챙겨두고 물을 마시며 초조함을 달랬다. 마침내 불이 꺼지자 빈 공연장이 함성으로 메워졌다. 그 사랑으로 빽빽한 공기 속에서 그들이 등장했다. 환호하는 소리가 더 높아졌다. 그들의 손짓하나, 윙크 한 번에도 공연장은 요동쳤다. 나는 그곳이 무척 좋았다. 스치는 눈빛 모두에 설렘과 환희가 서려 있었다. 그저 맹목적인 애정만으로 가득 찬 공간의 힘은 우리만 알고 있었다. 그들은 적고 우리는 많아서 성립되지 않는 함수 같았으나 무대에서는 '너와 나'만 남아서 일대일 대응을 이루는 기분이었다. 그래서 맘껏 착각해도 좋았다.

내 아이돌은, 나의 최애 우리 루이는 무척 신나 보였다. 눈이 부셔서 잘 보이지 않을 정도로 예쁘게 웃었다. 나는 그의 웃음을 아꼈다. 그가 웃으면 내 세상도 밝아졌다. 그의 밝음이 내게로 흘러들어 내 발밑을 환하게 밝혔다. 그러면 어디로 발을 옮길지 겁내지 않아도 됐다. 그는 나뿐만 아니라 이 수많은 사람들의 빛이었다. 나는 그것을 절대 질투하지 않았다. 그것 때문에 좌절하지도 않았다. 그는 빛나는 사람이니까 더 많이 나누어줘도 나에겐 충분했다. 손 닿지 않는 곳에 있는 사람이어도 괜찮았다. 멀어서 좋은 관계도 있다는 것을 이제 알았으니까.

세 시간여의 공연이 끝나고 앵과 나는 늘어진 몸을 겨우 추슬렀다. 줄을 서서 나가는 팬들 사이에 서서 물결에 몸을 맡기듯 따라 걸었다. 스탠딩에 있는 팬들은 아직 나가지 못하고 끼어 서 있었다. 나는 고개를 가로저었다. 아무리 스탠딩이 무대와 가까워도 스탠딩에서 공연을 보는 건 아니지 싶었다. 아이들이 스탠딩 관객들과는 눈도 맞출 수 있고 대화도 할 수 있어서 좋다는 식으로 말하면 나도 다음에는 스탠딩으로 가볼까 하다가도 겁이 나서 포기했다. 물론 나도 무조건 스탠딩만 찾아다니던 어린 시절이 있었다. 같이 뛰고 밀리고 하는 게 공연의 참맛이라고 생각했으므로. 그런데 몇 년 전 공연에서 밀려다니다 정신을 잃은 뒤로 스탠딩과는 안녕을 하고 말았다. 기절하는 건 별로 무서울 것도 없었지만 그동안 공연을 못 본다는 건 공포와 경악 그 자체였다.

힘들게 공연장을 빠져나와 버스에 올랐다. 한숨을 몰아쉬었다. 아이들을 보고 있을 때에는 더위도 추위도 아픔도 심지어 생리현상까지 느끼지 못하는데 아이들이 무대 뒤로 사라지는 순간 그 모든 것이 몰려들었다. 앵과 나는 대화도 없이 앞뒤로 앉아서 각자 공연 프리뷰를 보고 있었다. 프리뷰를 보면서 나는 고개를 몇 번이나 갸웃거렸다. 이런 표정을 지었었구나, 이런 일이 있었구나, 같은 공연을 본 것이라고는 믿을 수 없을 정도로 생소한 장면이 많았다. 게다가 기억은 왜 이렇게 빨리 흩어지는 건지. 방금 본 공연인데도 아이들이 어땠고 무슨 일이 있었는지 기억이 나지 않았다. 언젠가 기억 재생기가 발명된다면 내가 제일 먼저 달려가 사고 싶었다.

집 앞 술집에서 늦은 저녁과 함께 맥주를 한잔 하자, 그때서야 정신이 돌아오는 기분이었다. 앵과 나는 서로의 부족한 기억을 더듬으며 대화를 이어나갔다. 사실 기억이란 건 어느 정도 조작되고 미화되어도 상관없었다. 아니 오히려 조작된 기억이 더 소중한지도 몰랐다. 내가 기억하는 건 사실이라기보다는 믿음이었고 믿음이라기보다는 환상에 가까웠으니까. 뭐든 좋았다. 귀여워, 멋있어, 예뻐, 를 연발하며 잔을 부딪쳤다. 내 아이돌의 비즈니스는 가장 맛있는 술안주였다.

9

꿈같은 주말이 흘러가고 시궁창 같은 일상이 돌아왔다. 주말 내내 무리한 탓에 월요일 출근은 어느 때보다 끔찍했다. 2호선 지옥철에서 당장이라도 회사를 때려치우고 싶은 충동을 억누르며 콘서트 녹음 음성에 귀를 기울였다. 그래, 이 노래 더 들으려면 돈이 필요하고 돈을 벌려면 회사에 가야지. 루이야, 누나 통장에 꽂은 빨대 회수하지 마, 누나가 더 열심히 돈 벌게. 끼인 몸을 이리저리 빼는데 사람들 사이로 휴대폰 뒤에 붙은 네임 스티커가 보였다. 스쳐봐도 알 수 있었다, 루이의 이름인 것을. 그 짧은 순간에 휴대폰 기종이 내 것과 같다는 것까지 확인하고 에어 드롭을 켰다. 몇몇의 휴대폰이 떴지만 왠지 빠순이일 것 같은 기기를 클릭해 루이 사진을 보냈다.

여자의 반응을 알고 싶었지만 사람으로 가득 찬 지하철 안에서 그것은 무리였다. 그래도 실망할 필요는 없었다. 곧 내 휴대폰에도 루이의 사진이 도착했으므로. 루이는 두 손을 꽉 쥐고 파이팅 포즈를 취하고 있었다. 옆에 말풍선으로 '힘내요, 누나!'까지 쓰여 있었다. 나는 배시시 웃다가 내릴 역을 놓칠 뻔했다. 그래도 힘을 내서 지하철을 갈아탔다. 아슬아슬한 시간이라 최선을 다해 뛰었지만 안타깝게도 1분 늦고 말았다. 고작 1분! 이라며 당당하고 싶었지만 그럴 만한 성격은 되지 못해 고개를 숙이고 자리에 앉았다.

재빨리 컴퓨터를 켜고 업무 파일을 열어두었다. 일을 하든 안 하든 하는 것처럼 보이는 건 중요했으니까. 메일 체크를 하려고 메일함을 열면서 나는 짧게 기도했다. 제발 쓸데없이 무리한 요구가 담긴 메일이 없기를. 실눈을 뜨고 천천히 받은 편지함 버튼을 클릭하며 침을 삼켰다. 다행히 지난주에 보낸 서류에 대해 확인했다는 답변이 담긴 메일만 하나 도착해 있었다. 월요일 아침, 시작이 이 정도면 나쁘지 않았다. 나는 안심하고 탕비실로 가 커피믹스를 탔다. 요즘 에스프레소 머신이 있는 회사도 많다는데 우리 회사는 아직도 맥심 모카골드에서 벗어나지 못하고 있었다. 작은 불만이 없는 것은 아니었지만 나는 아직도 1일 1 커피믹스를 해야 하는 촌스러운 사람이기에 괜찮았다.

월요일 10시, 제일 의욕이 없는 시간에 회의가 시작되었다. 팀장님은 온화한 얼굴로 팀원들을 하나하나 정성껏 갈구기 시작했다.

"김 대리는 오늘도 5분 늦었더군요. 적어도 10분 일찍 도착하는 게 예의 아닐까요."

"이 주임은 기획서를 아예 다시 써야겠더라고요. 내일 이면 되겠죠?"

"강 주임은 비품 신청했나요? 왜 매번 처리가 늦죠?"

그리고 내 차례.

"서 대리는 제안서 언제까지 되나요?"

"내일 오전까지라고 하셔서 준비하고 있는데요."

"매번 겨우 딱 맞춰서 일 처리 할 건가요?"

"죄송합니다. 최대한 빨리 하겠습니다."

그럼 처음부터 일찍 달라고 하든가. 팀장님이야말로 매번 데드라인 설정해놓고 앞당겨서 제출하라고 할 건가요? 그래도 오늘은 심하지 않은 편이었다. 나는 자리로 돌아와 바로 일을 하는 대신 콘서트 사진을 봤다. 그래, 월요일 회의 다음에는 월급 루팡*을 해줘야 인생이 평화로워지지. 아이들은 몰래 보는 작은 창 안에서도 빛났고 그 빛남으로 나를 잠시 웃게 했고 그 웃음으로 오늘을 견딜 수 있게 해주었다. 나는 적당한 선에서 팬질을 위한 창을 닫고 제안서 작성을 서둘렀다.

점심을 먹고 들어와서도 제안서 작성에만 몰두했다. 팀장이 저 정도 갈구면 적어도 오늘 퇴근 전에는 팀장님 책

---

* 업무 시간에 딴짓을 해서 월급을 루팡(훔친다)한다는 의미로 생긴 신조어이다. 팬들은 대개 업무 시간 틈틈이 팬질을 하는 것으로 월급 루팡을 이뤄낸다.

상 위에 제안서 초안이 올려져 있어야 한다는 뜻이었으므로. 나름 몇 년 차 사회인인데 이 정도 분위기도 못 읽을까. 나는 기필코 오늘 안에 끝낸다는 마음으로 제안서에만 집중했다. 팬질도 딴짓도 접어두고 열중한 끝에 5시쯤 제안서를 마칠 수 있었다. 팀장님에게 제출하고 몸을 쭉 늘려 스트레칭을 했다. 오랜만에 뿌듯한 나른함이 몰려들었다.

퇴근 전까지는 여유롭게 보내야지, 하면서 커피 대신 허브티를 끓였다. 내일 처리해야 하는 업무 파일들을 정리하고 습관적으로 포털 사이트를 열었다. 흥미 없이 연예 기사의 제목을 훑다가 숨을 멈췄다. 일본 유명 아이돌, 이마무라 유야 중태. 내가 알고 있는 그 사람이 맞는지. 그 이름을 가진 다른 사람은 없는지. 잘못된 기사가 아닌지. 중태, 라는 단어가 어떤 의미인지. 손이 떨려서, 아니 손보다는 마음이 떨려서 기사를 클릭할 수가 없었다. 시끄러운 사무실이었는데도 아무 소리도 들리지 않았다. 물이 가득 찬 감옥에 갇힌 것처럼 숨도 쉴 수 없었고 소리도 지를 수 없었다.

누군가 내 어깨를 쳤다. 몸이 흔들리는데도 반응을 할 수 없었다.

"대리님! 팀장님이 부르세요."

그때서야 일상적인 회사 풍경이 눈으로 귀로 밀려들었

다. 허둥지둥 팀장님 자리로 갔다. 팀장님은 제출한 제안서의 수정 내용을 지적해주었다. 나는 아주 잘 알아듣는 척 고개를 끄덕이고 대답을 했다. 누구도 내가 이상하다고 지적하지 않았다. 오히려 이상하게 느껴지는 건 나뿐이었다. 나는 지금 너무 슬픈데. 아니 슬픈가. 너무 놀랐는데. 그게 다인가. 아무튼 이렇게 있을 수는 없는 것 같은데 아무렇지 않게 웃고 말하고 일한다는 게 이상했다. 평소처럼 책상을 정리하고 컵을 씻어두고 파우치에서 립스틱까지 찾아 바르고 회사에서 나왔다.

너무 평범한 퇴근길이었다. 나는 내가 아직도 그 기사를 클릭해보지 않은 것을 알았지만 용기가 나지 않았다. 제나와 앵에게서 문자들이 와 있는 것도 알았지만 그것도 열어볼 수 없었다. 나는 눈을 똑바로 뜨고 곧게 걸었다. 어차피 눈물은 나지 않으니까 참을 것도 없었다. 지하철을 기다리며 고개를 숙였을 때, 나는 우는 대신 웃어버렸다. 회사에서 신는 낡은 슬리퍼를 그대로 신고 나온 게 너무 우스워서. 부끄럽고 창피하고 어이가 없어서. 다시 돌아갈 겨를도 없이 사람들에게 떠밀려 열차에 올랐다. 집에 갈 때까지 나는 내내 헤진 슬리퍼 이음새만 쳐다보고 있었다.

집은 깜깜했다. 현관 센서등을 갈아두는 것을 깜박했다. 어둠 속에서 벽을 더듬어 불을 켰다. 그리고 옷도 갈아입지 않은 채 침대로 가 누웠다. 천장에 유야의 사진이 붙어 있었다. 웃음이 샜다. 저건 언제 저기에 붙여놨지. 이사 왔을 때였나. 매일 저기 붙어 있었을 텐데 왜 몰랐지. 귀엽네, 저게 몇 년 전 사진이지. 3년 전인가, 4년 전이었나. 오늘은, 지금은 어떤 얼굴일까.

별일 아니겠지, 별일 아닐 거야. 중얼거리며 컴퓨터를 켜서 기사를 찾았다. 아니 찾을 것도 없었다. 너무도 눈에 잘 띄는 곳에 너의 이름이 있었다. 우리나라 연예 뉴스에서는 너를 본 적이 없었는데. 기사는 짧았다. 오후 1시경 도쿄에서 교통사고로 큰 부상을 입은 이마무라 유야, 병원으로 옮겨져 수술 중. 구글을 켜서 일본 기사를 검색해봤다. 짧은 일어로 더듬더듬 너의 이름이 담긴 기사를 차례로 읽었다. 일본 뉴스에서도 더 자세한 기사는 찾아보기 힘들었다. 소속사의 입장도 나오지 않았다. 오로지 수술이 끝나야 알 수 있다는 말만 반복되었다.

나는 눈을 감고 손을 모았다. 기도를 하고 싶었지만 누구에게 어떤 기도를 해야 하는지 알 수가 없었다. 딱히 종교가 없었기에 내 기도는 늘 사랑하는 그들을 향해 있었다. 그래서 이번에도 그에게 기도했다. 제발, 살아주세요. 제발, 살아서 다시 웃어주세요. 제발, 돌아와서 노래해주세요. 제발, 우리를 떠나지 마세요. 제발, 내일도 모레도 여기에 있어주세요. 기도 수준이 유치하네. 유치원생이 따로 없네. 그래도 좀 들어주세요. 다른 말이 생각나지 않아요.

앵과 제나에게 같은 메시지를 보냈다. 나 괜찮아, 유야도 괜찮을 거고. 그 이상 어떤 말도 더할 필요가 없었다. 아무리 찾아도 수술이 언제 끝나는지 알아볼 방법은 없었고 나는 기사를 찾다가 잠이 들었다. 두 시간쯤 자다 깨서 바로 검색을 해보았지만 여전히 수술 결과에 대한 기사는 없었다. 멍하니 침대에 앉아 있는 동안 배가 고프다는 것을 깨달았다. 여전히 졸립고 배고프고 그러네. 그게 당연한데도 나는 미안했고 미안해도 어쩔 수 없었다. 너는 괜찮을 거니까 나도 괜찮아야지. 나는 너의 노래를 흥얼거리며 밥상을 차렸다.

잠깐 잤기 때문인지 누워 있어도 더 이상 잠이 오지 않았다. 계속 기사를 검색했지만 새로운 소식은 없었다. 처음으로 용기를 내 트위터를 켰다. 너의 이름을 검색하자마자 수많은 글이 떠올랐다. 아주 많은 사람이 너를 걱정하고 응원하고 있었다. 나도 한마디쯤 보태려고 쓰기 버튼을 눌렀다. 몇 번이나 네 이름을 불렀다가 지우기를 반복하며 할 말을 고르고 골랐지만 아무 말도 할 수가 없었다. 네가 듣지 못해도 마음은 전해질 테니까, 네가 잘 싸우고 있다고 믿으니까, 그런 뻔한 말들을 되뇌다 창을 내렸다. 나중에 할게, 나중에 지금 참아두었던 말 다 할게.

그러는 사이 수술이 끝났다는 트윗이 올라오기 시작했
다. 누군가 링크를 걸어준 기사를 클릭했다. 기사 안에는
알 수 없는 한자가 가득했다. 나는 천천히 모르는 단어를
번역해가며 기사를 읽어나갔다. 복잡한 한자어를 번역 앱
에 넣을 때마다 대퇴부 골절, 기흉, 장 파열과 같은 무서운
단어들이 결과로 나왔다. 수술은 잘 끝났지만 중환자실로
보내졌고 아직 위험한 고비가 남았다고. 휴대폰을 던져두
고 숨을 쉬었다. 이제부터 또 시작이었다. 기운 빠져 있을
수 없었다. 너를 위해서 뭐든 하고 싶었다.

제나에게서 문자가 왔다.

—제나 : 자니?

—디디 : 뭐야, 이런 구남친 같은 말투는. ㅋㅋㅋ

—제나 : 그냥, 잘 있나 해서.

—디디 : 잘 있지, 잘 있을 거야.

—제나 : 수술 끝났다던데.

—디디 : 응, 잘 견딜 거야.

—제나 : 힘들면 연락해.

—디디 : 아직은 괜찮아.

아직은, 그 단어를 한참 쳐다봤다. 괜찮아, 보다 아직은,
쪽에 더 눈길이 가는 것은 어쩔 수 없었다. 아직은 괜찮

아. 너의 얘기이기도 했고 나의 얘기이기도 했다. 아직은 괜찮다. 앞으로는 어떻게 될지 모르지만 적어도 아직은 괜찮다.

10

네가 버틴 건, 그로부터 이틀이었다. 나는 그 이틀 동안 밥도 잘 먹고 잠도 잘 잤다. 불안했지만 너를 믿었고 나쁜 기사에도 속지 말자고 다짐했다. 그래서인지 사망, 이라는 단어를 봤을 때에도 오보일 거라고 중얼거리며 울지도 않았다. 이상하게 눈물이 안 났다. 일도 잘하고 커피도 한잔 마시고 동료들과 웃으며 인사도 했다. 낡은 슬리퍼를 그대로 신고 나오는 실수도 하지 않았다. 너무 아무렇지 않아서, 내 세상에 네가 사라진 게 별일이 아니라서 울지 않았다. 어쩌면 너는 늘 없었던 사람인지도 모른다는 생각도 들었다. 너는 모르는 아주 먼, 사람이지. 역시 그렇지.

내가 가지 못하는 너의 장례식에는 아주 많은 사람들이 왔다고 했다. 유명 연예인들뿐만 아니라 정치인이나 종교인들도 더러 끼어 있었다. 팬들은 분향소에 들어갈 수 없었다. 그래서 전국 각지에서 모인 수많은 팬들은 따로 만

들어진 임시 분향소에서 추모를 해야 했다. 너를 많이 사랑하지만 너와 아는 사이가 아니라서 네 가까이로 갈 수 없었다. 마지막까지, 정말 마지막 하루에도. 아마 너의 분향소에 오가는 사람들 중 너를 잘 모르는 사람도 많을 텐데, 그냥 스쳐 지나가는 사람들도 있을 텐데. 우리는 너를 사랑하고 아끼고 그렇게 오랜 시간 봐왔는데도 너를 보내는 길에 동참하지 못했다.

나는 평소 너와 나의 거리를 재는 습관이 있었다. 서울과 도쿄 사이의 거리는 1100km, 내가 도쿄로 가면 3km, 공연장 안에 들어서면 100m, 운이 아주 좋아서 앞자리에 앉는다면 10m. 거기까지가 끝이었다. 그래도 물리적 거리는 가까운 편이었다. 심리적으로 재면 결과는 더 참담했다. 내가 잘 모르는 너는 백만 광년쯤 떨어져 있는 것 같았다. 지구를 몇 바퀴 돌아도 절대 닿을 수 없는 거리. 그래도 노래를 부르는 너에게 위로받는 그 순간에는 거리가 0으로 수렴되기도 했다. 먼지 하나 끼어들 틈 없이 가까운 거리에서 너를 느꼈던 그 순간들을 부정할 수는 없는데, 이제 너와 나의 거리는 얼마쯤인지. 이승과 저승의 거리는 검색이 되지도 않았다.

집에 도착하니 문 앞에 앵이 맥주 꾸러미와 함께 쪼그려 앉아 있었다. 나는 굳이 왜 왔냐고 묻지 않았고 앵도 별말 하지 않았다. 앵은 캔맥주를 줄줄이 늘어놓으며 오늘은 딱 요만큼만 마실 거라고 말했다. 요만큼이라는 단어를 쓰기에 어울리지 않는 앵이었지만 피식 웃고 말았다. 나는 현관 옆에 있던 상자를 끌어다 열었다.

"잘 왔네, 안 그래도 너 이거 주려고 했는데."

몇 주 전에 미국 사이트에서 직구한 화장품 택배를 뜯어서 앵과 나누고 제나 것은 따로 챙겨두었다. 앵의 화장품을 꺼내 보다 나는 눈살을 찌푸렸다.

"녹색 립스틱은 왜 산 거야?"

"넌 이게 얼마나 섹시한지 몰라."

앵은 바로 자신의 입술에 립스틱을 발랐다. 분명 연예인 누가 발랐을 때는 섹시하고 고혹적인 색이었을 텐데 앵이 바르자 그저 슈렉에 지나지 않았다. 나는 고개를 저었지만 앵은 개의치 않고 내 입술에도 녹색 립스틱을 뭉개듯 발랐다.

"이게 뭐야, 풀 뜯어 먹고 토한 것 같은데?"

앵은 깔깔거리며 웃었다. 그래도 우리는 립스틱을 지우지 않고 그대로 건배를 했다. 맥주캔에 녹색 립스틱이 지저분하게 묻어났다. 슈렉과 토인은 서로를 보고 웃다 스스로를 보고 웃었으며 그러다 맥주를 뿜었고 그 잔해를 치우다 또 자지러지게 웃었다. 뭐가 그렇게 우스운지 알 수 없었지만 그냥 웃음이 났다.

제나는 들어오자마자 인상을 구겼다. 이게 무슨 시추에이션? 하고 묻는 제나의 입술에도 다짜고짜 녹색 립스틱을 발랐다. 제나는 반항했지만 결국 쑥떡 입술이 되어 자리에 앉았다. 잠시 그쳤던 웃음이 다시 터졌고 우리는 눈물이 날 정도로 뒹굴며 웃었다. 우리는 이렇게 모여 있었고 웃고 떠들며 밤을 지냈다. 웃는 중에도 문득 떠오르는 너를 일부러 지우려고 하지는 않았다. 아직은, 아직까지는 괜찮았다.

너는 앵과 제나 없이 처음으로 나 혼자 좋아한 아이돌이었다. 그 전까지는 같은 그룹에 있는 멤버들을 좋아했으니까 내가 좋아하는 사람에 대해 굳이 설명할 필요가 없었는데 너를 좋아하고 나서부터는 하나부터 열까지 다 설명해야만 했다. 어제 본 너에 대해서 이야기하면 앵과 제나는 잘 들어주었다. 몇 년간 듣다 보니 아는 사람 같다고 대꾸해주기도 했다. 일본 여행을 갔다가 너의 사진을 발견할 때면 찍어서 보내주었다. 너의 생일에 같이 파티를 한 적도 있었다. 마치 내 생일이라도 되는 듯 내가 초를 불고 케이크를 잘랐다. 자연스럽게 멀어지고 나서도 생일만은 잊지 않고 챙겼다. 내 생일 2주 전이라 내 생일보다 먼저 미역국을 끓여 축하하기도 했다. 한국식 축하

방법이라고 말하면 네가 어떻게 대답할까 상상하면서.

네가 떠난 오늘, 나 홀로 치르는 너의 장례에 친구들이 모여 시끌벅적하게 웃어준다. 울어도 되겠지만 웃어준다. 어릴 때는 장례식장에서 웃는 게 이해가 되지 않았는데 이제 조금 알 것 같기도 하다. 슬픔을 어떻게 이겨. 슬픔은 이겨내는 것도 아니고 참아지는 것도 아니다. 그러나 웃는 동안에 서서히 아주 느릴지라도 지나간다. 친구들은 슬픔 속에 머물지 말라고 함께 지나가자고 내게 손을 내민다. 나는 아직 네가 떠났다는 것을 믿고 싶지 않다. 믿기지 않는다. 너는 여전히 1100km 거리 안에는 있을 것 같다. 그건 비행기만 타면 따라잡을 수 있는 거리인데. 바다를 건너고 서둘러 걸으면 그 어디쯤엔 네가 있을 것만 같은데.

나는 네가 화장되어 고향으로 돌아간 며칠 동안 울지 않았다. 혼자 남겨지면 울지도 모른다고 생각했지만 그러지 않았다. 내가 냉정한가, 되돌아보아도 왜 그런지는 알지 못했다. 천장에 붙어 있는 네 사진은 그대로였고 휴대폰의 음악을 랜덤으로 켜놓으면 몇 곡 지나 한 곡 정도는 네 목소리가 들렸다. 신곡이 나오면 CD를 사고 음악 파일을 휴대폰에 넣어두었는데 이제 신곡이 나오지 않는다고 생각하면 이상했다. 아직 지난 콘서트 DVD도 발매 전인데. 그것이 유작일 줄은 아무도 몰랐겠지.

그렇게 한 달쯤 너를 추모하는 사람들 속에 숨어 있다가 우연히 자살 의혹, 이라는 단어를 발견하고 고개를 들었다. 그건 아니지? 하고 묻고 싶었다. 처음으로 목소리를 내고 싶었다. 울음이 치받쳤다. 너를 사랑하는 사람들을, 우리를 버리고 혼자 떠난 건 아니지. 갑자기 억울해졌다. 너를 사랑한 내 시간이, 너를 품었던 내 마음이, 너로 인해 따사로웠던 내 세상이, 깜깜해졌다. 한번 고개를 든 의혹은 꼬리를 물고 이어졌고 나는 길을 잃었다. 울기 싫었고 화내기 싫었는데 그것밖에 남지 않았다. 더는 슬프지 않았다.

하룻밤 사이 나는 내가 모을 수 있는 만큼의 분노를 모아 너에게 던졌다. 울고 화내고 욕을 뱉었다. 천장에 붙어 있는 사진을 뜯어서 구겼다. 토하듯이 울었고 우는 내가 싫어서 침을 뱉었다. 그렇게 할 수 있는 성질을 다 부리고 구겨진 사진 속 너를 봤다. 너는 구겨진 채 웃고 있었다. 왜 너를 믿지 못했을까. 너에게 들은 말이 아니면 아무것도 믿지 말자고 순진하게 다짐했을 때도 있었는데. 나는 지금 사람들이 떠들어대는 말만 가지고 너를 구기고, 우리의 시간을 내동댕이치고 있었다. 한바탕 감정의 폭풍이 휩쓸고 지나자 내게 남은 건 슬픔뿐이었다. 정갈한 슬픔이 다소곳이 내 안에 들어앉았다.

나는 우는 대신 비행기 표를 알아봤다. 회사에 급히 휴가계를 내고 무작정 공항으로 갔다. 한 번도 해보지 않은 일탈이었다. 뒷일은 생각하지 않기로 했다. 그래도 될 것 같았다. 태어나 처음으로 맘껏 슬퍼해보기로 했다. 구겨진 너의 사진을 잘 펴서 여권 사이에 끼웠다. 며칠쯤 슬퍼만 하면서 너만 생각하면서 지내고 싶었다. 너에게로 가자.

구오빠는
나를 멈추게 한다

1

정신없이 짐을 챙기고 수속을 밟을 때는 웅크리고 있던 불안이 비행기를 기다리는 동안 고개를 들었다. 나도 모르게 일을 저지르기는 했는데 어떻게 수습해야 할지. 앞이 캄캄했지만 곧 모르겠다, 하고 곧추세웠던 허리를 풀었다. 해봤자 소용없는 걱정은 접어두고 예쁘고 좋은 생각을 하자. 그렇게 마음을 먹자 떠오르는 건 역시 나의 오빠들이었다.

그들에게는 그들의 이름이 있었지만 나는 나만의 호칭으로 그들을 부르고 싶었다. 그들이 절대 나만의 소유가 될 수 없다는 건 이미 알고 있었다. 그래도 내 안에 있는 그는 분명 단 하나, 나만 아는 그였다. 그것은 당연히 실제의 그도 아니었고 매체에 비치는 그도 아니었으며 주변에서 바라보는 그도 아닐 것이었다. 내가 아는 건 오직 나만의 그였기에 나는 나만 아는 이름으로 그를 부르고 싶었다. 이름을 붙일 때의 원칙이 몇 가지 있었다. 남들도 다 아는 흔한 고유명사일 것, 실체가 있는 사물일 것, 그의 특성을 담고 있지만 쉽게 유추하지 못할 것. 먼지로 꽃을 만들기라도 하듯 나는 내 안의 그를 다듬고 다듬어 이름을 지었다.

첫 번째 그의 이름은 첵스였다. 첵스는 그물 모양으로 생긴 네모난 시리얼. 사방이 꽉 막힌 형태가 그의 성격을 닮아서 따왔다. 첵스를 처음 만난 날은 아직도 생생했다. 초겨울 어둑해져가는 오후, 말 없는 친구와 영화를 보고 헤어진 길이었다. 그날 본 영화가 너무도 좋았지만 심한 목감기에 걸려 목소리가 나오지 않았고 친구 또한 말이 없었기에 우리는 별다른 감상도 없이 각자의 집으로 향했다.

버스에서 내려 신호등이 바뀌길 기다리며 날리기 시작하는 눈발을 쳐다봤다. 원래 눈을 좋아하지 않던 나였지만 그날은 눈이 가득했던 영화의 영향으로 그 장면이 왠지 로맨틱해 보였다. 신호가 바뀌고 차들이 멈췄다. 길을 건너는 동안 건너편 상점에서 노래가 흘러나왔다. 가까이 갈수록 노래는 더 큰 소리로 내 귀를 파고들고 마음을 붙들었다. 길을 건너 노래가 끝날 때까지 가만히 그 자리에 서 있었다. 목소리만으로도 나는 나를 빼앗겼다는 걸 알 수 있었다.

그저 예민하기만 했던 십대에 첵스를 만난 건 행운이었다. 고등학교를 다닐 때 나는 매일 자퇴서를 품고 학교에 갔다. 뭐 요즘도 가슴에 사직서 한 장씩은 품고 회사에 다니지만 그때는 그 결정마저 내 멋대로 할 수 없었던 시기여서 답답하기만 했다. 학교에 도착해서 가장 먼저 하는 일은 가방을 내려놓고 일기장을 펴는 것이었다. 아침마다 일기를 썼는데 말이 좋아 일기지 그때의 기록은 죄다 불만투성이였다. 앞자리에 앉은 마음에 안 드는 반 아이를 험담하거나 내 맘대로 되지 않는 학교 시스템을 불평하거나 결국 아무것도 못 하는 스스로를 짓누르는 문장들.

아무것도 아닌 일에도 쉽게 화가 났고 한번 일어난 화를 억누르기 힘들었고 그렇다고 해서 미쳐 날뛸 정도의 용기도 없었던 시절의 나. 누구나 그런 사춘기를 겪는다고는 하지만 누구나 겪는다고 해서 힘들지 않은 건 아니었다. 그때는 너를 이해해, 정도의 말도 듣기 싫었으니까. 늘 네가 뭘 안다고? 하는 태세를 취하고 있던 나는 당연히 지쳤고 매일이 힘겨웠다. 지금 생각해보면 우스운 얘기지만 그때는 꽤 심각했지.

첵스는 그런 나에게 유일한 빛이었다. 나는 세상에 태어나 처음으로 사랑에 빠졌다. 그의 손 마디마디가 예뻤고 손바닥 가운데에 있는 점마저도 귀여웠다. 말할 때 손사래 치는 버릇도 좋았고 웃을 때 손등으로 입을 가리는 습관도 사랑했다. 매번 싫어, 만 반복하던 나에게 좋아, 라는 감정을 가르쳐준 사람도 첵스였다. 나는 그의 까만 머리칼도 좋았고 머리카락보다 더 까만 눈동자도 좋았고, 그 눈으로 카메라를 바라봐주는 건 더 좋았다. 분명히 카메라를 향한 시선이라는 것을 알면서도 몇 번이나 그 눈빛에 반했고 설렜다.

열일곱 소녀가 사랑에 빠지는 건 너무나도 흔한 일이어서 나는 당당할 수 있었다. 모든 교과서를 첵스의 얼굴로 포장하고 가끔 거기에 쪽! 소리 나게 입을 맞춰도 이상하게 보는 사람은 없었다. 가방에 내 이름 대신 그의 이름표가 붙어 있어도 내 가방은 주인을 잃어버리지 않았다. 어제 본 첵스의 얘기를 하느라 점심시간을 모두 써버렸어도 밥을 먹은 것보다 더 배부르다고 느꼈다.

나는 흔한 일에도 운명을 느꼈다. 아침에 일어나서 제일 먼저 하는 일이 양치질이라든지, 샤워를 할 때는 왼팔부터 씻는다든지, 어제 저녁에 똑같이 우동을 먹었다든지 하는 일로. 하지만 꽤 드문 일도 하나 있었다. 첵스와 나는 초등학교 동문이었다. 물론 나이 차가 커서 그가 학교에 다니는 동안 나는 그 학교에 없었지만 어쨌든 우리는 동문이었다. 그가 고등학생일 때 초등학생인 나와 같은 동네에 살았었다. 그의 어머니는 아직도 우리 동네에 살고 있었다. 그래서 나는 버스를 타면 때때로 한 정거장 지나 내려서 그가 살던 집 쪽으로 걸어오곤 했다. 언젠가 첵스가 걸었을지도 모르는 길이라고 생각하면 괜히 기분이 좋았다. 우리가 한동네에 살았다는 건, 걸어서 닿을 수 있는 거리에서 지냈다는 건 나에게만은 엄청난 운명이었다.

그러나 아무리 운명이었어도 첵스는 텔레비전 속에만 존재하는 사람이었다. 나는 실제로 그를 본 적이 한 번도 없었다. 그를 볼 방법이 내게는 없었다. 콘서트에 가지 못했고 공개방송에 가지 못했고 그의 집에도 가지 못하는 내가 할 수 있는 건 텔레비전에 나온 그를 매일 돌려 보는 것뿐이었다. 콘서트를 가지 못한 대신 샀던 콘서트 비디오는 테이프가 늘어질 때까지 봐서 그가 지나가듯 한 말까지 다 외울 정도였지만 여전히 그는 멀었다. 나는 하루라도 빨리 어른이 되고 싶었다. 성인이 되어 보고 싶은 만큼 첵스를 따라다니고 싶었다. 그러기 위해서 공부했다. 오빠 곁으로 가고 싶어서.

수능이 끝난 뒤 나의 첫 계획은 첵스의 콘서트에 가는

것이었다. 그동안 모아두었던 용돈을 모두 털어 콘서트 티켓을 샀다. 아무래도 혼자 가는 게 불안해서 인터넷 사이트에서 같이 갈 친구도 찾았다. 그렇게 앵과 제나를 만났고 바로 내 눈앞에서 살아 움직이는 첵스와도 만났다. 첵스를 보고 내가 감탄했던 건 그의 잘생긴 외모가 아니라 그가 실재하는 사람이라는 것이었다. 너무 오랫동안 텔레비전과 컴퓨터에서만 보던 첵스가 바로 눈앞에서 말도 하고 노래도 하고 춤도 춰서, 카메라가 아니라 팬들을 직접 바라봐서 그게 신기했고 믿을 수 없을 만큼 좋았다.

처음에는 어디서든 봐도 괜찮다고 자리 따위 상관없다고 말했지만 갈수록 욕심이 늘어났다. 앵과 제나와 나는 현장 판매되는 표를 사기 위해 각자 지하철 첫차를 타고 오기로 약속했다. 나는 엄마, 아빠를 깨우지 않으려고 발끝으로 걸어 고요한 집을 빠져나왔다. 티켓 부스 앞에는 이미 서너 명의 사람이 서 있었다. 우리는 누가 올세라 재빨리 그 뒤로 자리를 잡았다. 어둑한 하늘이 밝아지고 칼바람이 부는 가운데에서 우리 셋은 뭉쳐 있었다. 돌아가면서 화장실을 가고 돌아가면서 음식을 사왔다. 그때 매표소 앞에서 쪼그려 앉아 먹었던 만두는 세상 최고의 맛이었다. 서로가 있었으니까 추위도 매섭지 않았고 부끄러움도 견딜 만했다. 몇 시간 뒤에 첵스와 만나면 분명 이

시간을 후회하지 않을 테니까.

그렇게 새벽부터 바들거리면서 샀던 티켓은 다행히 1층이기는 했지만 아주 앞 번호는 아니었다. 우리는 실망하지 않고 서로를 토닥였다. 다음에는 더 일찍 올까, 하는 우스갯소리까지 섞어가며. 우왕좌왕하다 애매한 자리에 섰지만 콘서트가 끝날 때쯤 그 자리는 명당으로 변했다. 앵콜 공연 때 갑자기 첵스가 우리 쪽으로 오더니 우리에게만, 정말 딱 우리 셋에게만 물을 뿌려주었던 것이다. 우리는 홀딱 젖고서도 깔깔거리며 웃었다. 첵스는 빈 물통을 던지며 우리를 향해 손을 흔들었다. 점이 또렷이 박힌 그 손바닥을 펼쳐서. 그때는 착각이 아니고 정말 첵스와 눈이 마주쳤다. 첵스가 나를 봤다. 옷은 젖었어도 기분은 보송보송했다. 나는 첵스에게 내 영혼을 바칠 준비가 되어 있었다.

그 뒤로는 공연에 가는 목표가 달라졌다. 전에는 첵스를 보기 위해 공연장에 갔다면 이제는 첵스에게 나를 보여주기 위해 공연장에 갔다. 앞자리가 아니면 표를 구하지도 않았고 어떻게 해서든 앞으로 파고들기 위해 노력했다. 첵스는 유난히 팬들 얼굴을 잘 기억해서 자주 보이는 팬들에게는 어떤 식으로든 인사를 해주곤 했다. 공연 시작쯤에 돌출 무대로 나오면서 한 번씩 눈을 마주쳐주며 인사를 건넸다. 정말 신기하게 자기 팬들만 쏙쏙 찾아서 인사한다는 소문이 팬들 사이에 돌았다. 앵과 제나와 나는 그것을 실제로 느끼고 있었다. 딱 나까지만 보고 뒷줄로 시선을 옮겼어! 같은 영접 간증이 이어졌다. 오죽하면 그 꿈같은 마주침에 유일하게 다른 멤버를 좋아하던 앵이 첵스로 본진을 옮길 정도였다.

셋 다 대학생이 되고 기동력이 생기자 우리는 지방 공연을 노리기 시작했다. 대전, 부산, 광주, 강릉 등 전국 팔도 어디든 돌 준비가 되어 있었다. 우리는 첵스가 우리 가까이로 오는 찰나의 시간을 노려 포효하며 우리의 존재를 알렸고 첵스는 픽 웃으며 우리에게 눈인사를 건네곤 했다. 그 시간이 다만 몇 초에 지나지 않았어도 우리에게는 충분했다.

강릉 공연에 갔던 날이었다. 그날은 스탠딩 입장번호 10번이라는 말도 안 되게 좋은 티켓을 구해서 그냥 봐도 딱 보일 정도의 자리에 설 수 있었다. 우리 셋은 늘 그렇듯 기합을 넣고 첵스를 응원했다. 그런데 중간에 첵스가 꽃을 들고 우리 앞에 섰다. 꽃을 주며 노래하는 부분이라는 건 모두가 알고 있었다. 숨도 멈춘 그 순간에 기대감이 서린 수많은 눈빛을 받으며, 첵스는 제나에게 꽃을 건넸다. 그러고는 굳어진 제나를 똑바로 바라보며 노래했다.

세상에 오직 제나만 있는 듯이 제나에게만 눈을 맞추며. 나는 한발 뒤에 서서 제나의 등만 받치고 있었다. 노래는 끝났고 첵스는 떠났다. 다리에 힘이 풀려 휘청이는 제나를 붙잡았을 때, 질투하지 않았다면 거짓말이었다.

그래도 그렇게 가까이서 첵스의 얼굴을 본 건 처음이었다. 첵스의 속눈썹도 헤아릴 수 있을 것 같은 거리였다. 나는 첵스가 제나에게 준 꽃에 손도 대지 않았다. 서로에 대한 예의이기도 했고 존중이기도 했다. 팬질은 함께하는 것이면서도 각개전투이기 때문에 그건 너무나도 당연한 결과였다. 왜 내가 아니었을까, 하는 생각은 해도 해도 답이 없었다. 하긴 그게 나였어도 왜 나였을까, 하는 질문에는 답이 없었을 것이다. 그것은 우연이었고 우연까지 내 맘대로 조정할 수는 없었다. 나는 부럽지 않은 척, 괜찮은 척, 이런 일쯤은 아무것도 아닌 척 울렁거리는 마음을 숨겼다.

그렇게 온 마음을 다해 좋아해도 끝은 찾아왔다. 나는 나보다 첵스가 먼저 우리를 등졌다고 생각했다. 첵스가 속한 그룹이, 우리가 좋아하던 오빠들이 공식 해체를 발표했으니까. 기자회견을 하는 첵스를 보면서 원망도 하고 화도 냈지만 어차피 되돌릴 수 없는 일이었다. 물론 기자회견을 하기 전에 이미 소문이 있는 대로 퍼져 다 알고 있는 사실이었지만 그것을 공식적으로 발표하는 건 느낌이 달랐다. 일말의 기대마저 꺾어놓고 마지막 공연을 준비한다고 이야기하는 그들을 어떻게 받아들여야 하는지 알 수 없었다.

첫사랑의 끝은 서러웠다. 앵과 제나는 각자의 일정이 겹쳐 마지막 콘서트에 가지 못했다. 오직 나만 공연장에 갔다. 예전처럼 첵스와 눈을 맞출 수 있는 자리는 구할 수 없었다. 나는 멀리서, 절대 첵스가 나를 알아보지 못할 곳에서 첵스를 봤다. 친구들 없이 혼자서 그렇게 좋아했던 노래를 따라 부르지도 못하고, 그렇다고 맘껏 울지도 못하고 주춤거리면서. 무대에서 우는 첵스가 내 곁을 떠나가고 있었다. 나는 그를 잡을 수 없었고 그는 나를 몰랐다. 그게 우리의 마지막이었다.

다시는 첵스 같은 사람을 못 만날 거라고 생각했다. 첫 연애가 끝나고 남자친구와 헤어지면서도 하지 않았던 생각을 첵스를 보내면서 했다. 첵스와 헤어진 겨울, 나는 외출도 하지 않고 집에만 처박혀 있었다. 앵은 겨울방학에 미국으로 가족 여행을 떠났고 제나는 지방 부모님 댁으로 내려갔다. 나는 혼자 남아 첵스 생각을 지겹게 하다가 그만하고 싶다고 느꼈다. 마음속에 반짝이던 불빛은 꺼져버렸고 또다시 사위는 어두워졌다. 어둠 속에 나를 가두고 싶었다. 두 번째 사춘기가 시작되려는 조짐이 보였다.

𝒵

하네다 공항에 도착하자 내가 큰일을 저질렀다는 실감
이 났다. 친구들 없이 혼자 해외에 온 건 처음이었다. 늘
앵이나 제나가 함께였는데 지금은 아무도 없었다. 친구들
에게 아무 연락 없이 온 게 마음에 걸렸지만 휴대폰 로밍
도 되어 있지 않아 방법이 없었다. 나중에 하자, 모든 일을
미루고 일단 네가 있던 그곳으로 가자. 그러기 위해서 온
거잖아. 너의 흔적을 어루만지고 싶어서.

짐을 맡길 생각도 하지 못하고 덜컹거리는 캐리어를 계
속 끌고 다녔다. 낡은 캐리어 바퀴에서는 계속 드륵거리
는 소리가 났다. 지하철역을 나오고 나서야 코인로커를
떠올렸지만 되돌아갈 기운도 없었다. 도쿄 변두리의 사차
선 국도. 교차로를 지나 한참을 따라 걷다가 중간에 새로
설치해 유독 반짝이는 가드레일을 찾았다. 은빛 가드레일
아래 꽃 두 송이가 놓여 있었다. 나는 건너편에서 바람에
흔들리는 꽃을 바라봤다. 저편으로 가려면 아래 교차로에
서 길을 건넜어야 하는 거구나. 무단횡단이라도 할까 하

다 달리는 차들을 보고 망설였다. 그냥 이 정도 거리가 좋은 것 같기도 했다.

바람이 세게 불었고 놓여 있던 꽃이 저편으로 굴러갔다. 멀리서 하릴없이 손만 뻗는 나 대신 건너편에서 검은 정장을 차려입은 여자가 달려와 꽃을 주웠다. 그리고 자신이 준비한 꽃다발과 함께 원래 있던 그 자리에 가지런히 내려두었다. 여자는 눈을 감고 손을 모았다. 그 모습을 쳐다만 보다 나도 같이 눈을 감고 손을 모았다. 속으로라도 무슨 말을 건네고 싶었는데 결국 다시 눈을 뜰 때까지 아무 말도 하지 못했다. 캐리어를 열어 엉망인 짐들 사이에서 종이로 접은 꽃을 꺼냈다. 건너편 여자와 눈이 마주쳤다. 여자가 희미하게 웃었다. 여자와 나 사이로 바람이 불고 새가 날고 차가 지나갔다.

나는 종이꽃을 바닥에 내려놨다. 바람을 이기지 못한 꽃은 금세 저편으로 날아갔지만 나는 잡으려 하지 않았다. 짧게 목례를 건넨 여자가 왔던 길로 되돌아갔다. 나는 멀어지는 여자의 뒷모습과 여자가 놓고 간 꽃을 번갈아 쳐다봤다. 가방 옆에 주저앉아 고개를 파묻었다. 바람 아래로 숨고 싶은데 바람은 어디서나 세차게 불었다. 울 것 같았지만 울지 않았다. 여기서는 울고 싶지 않았다. 바람이 좀 불긴 했지만 길은 평화로웠다. 차들은 저마다 제 갈 길을 찾아 달렸고 꽃은 바람에 제법 흔들렸지만 멋대로 구르지는 않았다. 이 평화로운 곳에 왜 너의 핏자국이 스며 있는지.

무겁기만 한 캐리어를 끌고 시내로 갔다. 몇 년 전 너를 보러 왔을 때 묵었던 호텔을 기억해내 그 골목으로 들어섰다. 호텔은 몇 년이나 지났는데도 그대로 그 자리에 서 있었다. 방이 있느냐는 질문에 프런트 직원은 곤란한 표정을 지으며 오늘은 만실이라고 말했다. 비수기인데도 방이 없다는 말에 어리둥절한 나를 보고 직원은 말을 이었다. 한국 아이돌이 이번 주에 공연해서 아마 근처 호텔들은 대부분 방이 없을 거예요. 나는 아, 하고 말끝을 흐렸다. 그 한국 아이돌이 누군지 알 것 같았다. 우리 애들 도쿄 공연이 이번 주였구나, 그것도 까먹고 있었네. 작은 희망을 가지고 근처 호텔을 몇 군데 더 돌았지만 빈방은 없었다. 포기하고 번화가를 벗어나 좀 더 낡고 작은 호텔에 가서야 겨우 방을 구할 수 있었다.

방에 들어가자마자 옷도 벗지 않고 누웠다. 침대는 딱딱하고 커튼은 칙칙했지만 왠지 포근했다. 1초 만에 잠들 수도 있을 것 같았다. 그런데 막상 눈을 감자 잠이 달아났다. 적막한 게 싫어서 텔레비전을 켰다. 생각 없이 채널을 돌리다 익숙한 얼굴에 손가락을 멈췄다. 제나가 좋아하던,

모리였다. 환하게 웃는 모리의 얼굴에 제나가 떠올랐다. 제나는 모리의 웃는 얼굴을 보면 세상 모든 걱정이 다 사라진다고 했다. 그게 모리를 좋아하는 이유라고. 나는 제나가 모리를 따라 웃는 게 좋았다. 모리의 별것 아닌 말에도 깔깔대며 등을 젖히는 제나가 좋았다. 늦기 전에 연락해야지, 하고 휴대폰을 꺼냈을 때는 이미 저녁 8시가 넘어 있었다.

무척 낡고 뭔가 찌든 냄새도 나는 것 같은, 냉장고마저 내 가방보다 작은 호텔이었지만 놀랍게도 와이파이가 터졌다. 나는 제나와 앵이 함께 있는 대화방에 나 여행 왔어, 하고 짧게 말했다. 어디냐는 물음에는 일본에, 하고 말았다. 자세한 설명은 나중에, 라는 내 말에 앵과 제나는 아무것도 묻지 않고 조심해서 다녀오라는 말만 덧붙였다. 나는 소중한 와이파이를 끄고 다시 텔레비전으로 시선을 옮겼다. 빠른 일본어를 다 알아들을 수는 없었지만 때맞춰 웃었고 고개를 끄덕였다.

잠깐만 늘어져 있으려고 했는데 어느새 10시가 넘어버렸다. 웬만한 식당은 문을 닫았을 시간이라 그냥 지갑 하나만 들고 편의점으로 갔다. 도시락 코너에서 언젠가 네가 맛있다고 말했던 도시락을 사고 네가 모델이었던 브랜드의 맥주를 사고 너를 생각나게 하는 하얗고 말랑말랑한

치즈포도 샀다. 방으로 들어가 도시락보다 먼저 맥주를 땄다. 맥주가 목으로 넘어가자 그제야 좀 살 것 같은 기분이 들었다. 네가 광고하던 맥주라 일본에 올 때마다 이것만 먹었었다. 술도 못 마시는 게 맥주 광고 찍었다고 엄청 비웃었는데.

술이 들어가자 종일 굳어 있던 몸이 풀렸다. 누구의 눈치도 보지 않고 노래를 따라 부르고 웃고 텔레비전 속의 사람들에게 말했다. 멍해질 때마다 밀어닥치는 걱정은 발밑에 구겨두고 일단 술을 마셨다. 텔레비전 속 누구도 너에 대해 말하지 않았다. 당연했다. 사람들은 빨리 잊으니까. 나쁜 일일수록 더 빨리 잊고 무시하니까. 나도 그러고 싶었고 그런 사람들 속에 섞여서 나를 찾을 수 없었으면 했다. 그러나 억지로 막아놨던 둑은 무너졌고 그 위로 슬픔이 몰아쳤다. 이제 더는 괜찮을 수 없었다.

갑자기 웃는 사람들을 보기 싫어서 채널을 돌렸다. 돌리고 돌리다 스쳐가듯 구오빠인 주주를 봤다. 다시 채널을 돌렸지만 이미 끝난 것인지 보이지 않았다. 잘못 본 것인가 싶었지만 그 아이가 일본 방송에 나온다 해도 이상할 건 없었다. 그러고 보면 처음 일본 여행을 왔을 때도 주주의 공연을 보기 위해서였고 일본어를 배운 것도 주주의 말을 알아듣기 위해서였다. 그러지 않았다면 너를 만날 일도 없었을 거고 오늘 여기 있을 일도 없었겠지. 시작이 어디부터인지 정확하지는 않지만 어쨌든 주주를 만난 것은 내 인생을 꽤 많이 뒤틀어놓았다. 좋은 쪽으로도 나쁜 쪽으로도.

3

왜 이십대 초반에는 아무 이유 없이 슬플까. 진짜 별다른 이유가 없었다. 첵스와의 이별이 원인인가 싶었지만 그게 다는 아니었다. 생각하고 생각해도 이렇다 할 원인이 없는데 그냥 슬펐다. 그래서 더 말할 수 없었고 스스로도 이해가 되지 않았다. 침대에 고치처럼 몸을 말고 누워 있으면 뜬금없이 눈물이 흘렀다. 미쳤구나 싶을 정도로 많이 울 때도 있었다. 그렇게 울다 잤고 자다 깨면 멍하니 천장만 봤다. 천장을 봐도 아무도 떠오르지 않는 게 쓸쓸했다.

엄마는 방학 동안 영어 학원이라도 다니라고 했다. 일리 있는 제안이어서 알겠다고 했다. 그렇게 대답만 했다. 방청소도 좀 하라고 말했다. 그것 또한 해야 하는 일이니까 고개를 끄덕였다. 끄덕이기만 했다. 여행이라도 가라는 말에도 알겠다고 했고 공부를 하라는 말에도 알겠다고 했고 아르바이트를 해보라는 말에도 알겠다고 했다. 어떤 말에도 고개를 젓는 일은 없었다. 나는 반항하지 않았지만 실행에 옮기지도 않았다. 반항할 여력이 없었다. 싸우기도 말을 섞기도 싫었다. 무기력한 내가 끔찍했다.

내 유일한 친구는 텔레비전이었다. 나는 종일 침대에 눌어붙은 채 손가락만 까닥여 채널을 돌렸다. 텔레비전 안의 사람들은 다들 예쁘고 잘 웃었다. 나는 그들을 따라 웃다가도 금세 표정을 잃었다. 뭐든 재미가 없었다. 그 안에서 주주를 발견한 건 우연이고 운명이며 필연이었다. 한국을 넘어 아시아 최고의 그룹 어쩌고 하는 기나긴 수식어를 줄줄이 달고 나타난 소년은 반짝였다. 웃을 때 눈 밑에 보송보송한 애교살이 도톰하게 올랐고 속눈썹이 나비 날개처럼 팔랑거렸다. 목은 휘어질 듯 가느다란데 어깨는 직각으로 뻗어 탄탄했다. 그 생김생김에 넋을 놓고 있을 때 소년은 귀여운 생김새에 어울리지 않는 묵직한 저음으로 나를 불렀다. 이모, 하고. 이모! 누나도 아니고 이모. 어린 주주는 나이 많은 팬들을 놀려가며 장난기 어린 눈으로 웃었다. 웃었다, 그래서 나도.

스물하나의 내가 열아홉의 소년을 만났다. 소년을 보고 떠올린 것은 바닐라 아이스크림. 하얗고 달콤하고 폭신하기까지 한 궁극의 맛. 소년에게 내가 붙여준 이름은 서주 아이스주, 줄여서 주주. 주주는 예쁘고 예쁘고 예뻤다. 나는 주주를 표현해야 할 때면 언어의 한계를 느꼈다. 더 좋은 말, 더 근사한 말, 더 멋진 말로 주주를 이야기하고 싶어서 오히려 말문이 막혔다. 내가 가진 언어의 서랍은 너무 좁고 얕은데 주주의 아름다움은 지나치게 넓고 깊어서. 그래도 내가 주주를 정말 좋아하게 된 계기는 빛나는 외모가 아닌, 그 너머의 어둠이었다.

이혼, 이민 가정에서 자란 주주는 어릴 때부터 누군가와 멀어지고 어딘가로 옮겨가는 데 익숙했다. 말이 통하지 않는 곳에서 열세 살 소년은 웅크린 채 자신을 지켜야 했고 어린 동생을 위해 단단해져야 했다. 성공해서 동생을 데리러 오겠다는 약속 하나만 남겨두고 홀로 한국으로 돌아온 소년은 외로웠다. 떠나간 미국에서도 다시 돌아온 한국에서도 소년은 늘 외롭고 추웠다. 그 슬픔을 모아 노래를 불렀고 그 노래가 나를 울렸다. 중요한 건 소년의 과거사가 아니고 소년이 품은 우울이었다. 나는 그 축축한 곳에 발을 들여놓으며 들어가면 쉽게 빠져나갈 수 없으리라는 것을 짐작했다.

나는 주주의 슬픔을 상상하는 것을 좋아했다. 홀로 남겨진 밤을 주주가 어떤 마음으로 지새우는지, 동생과 전화 통화 할 때의 목소리는 어떤지, 일이 끝나고 나서 지쳐 잠들 무렵에 울지는 않는지. 주주의 슬픔을 상상하는 동안에는 내 슬픔이 보이지 않았다. 나는 주주를 안타까워하고 안쓰러워하고 보듬는 가운데 나를 잊고 오로지 주주에게만 집중할 수 있었다. 슬픔을 넘어서 내 존재 따위가 별거 아니라는 느낌이 들었다. 나는 주주를 사랑해서 존재하는 것이나 다름없었다.

고작 스물하나인 나는 무척 연약했다. 그래서 내 사랑도 초라했다. 나는 내 모든 존재의 이유를 붙여가며 주주를 사랑하고서도 그에게 그 사랑이 닿지 않을까 봐 불안했고 당연히 닿지 않을 것을 알기에 절망했다. 내 마음을 다 펴주고 싶었으면서도 그가 외면할까 봐 주지도 갖지도 못하고 바닥에 주저앉았다. 우습고도 깊은 사랑이었다. 주주의 가라앉은 목소리나 작은 흐느낌에도 나는 하루를 망치는데, 금세 괜찮아진 듯 웃는 주주가 때로 끔찍했다. 술을 마시면 나는 큭큭 웃으며 그것을 미친 사랑이라고 불렀다.

그래도 친구들이 있었기에 그 시간을 견딜 수 있었다. 우리들의 팬질은 무척 스펙터클하고 익사이팅했다. 내가 주주를 좋아하게 됐음을 선언했을 때 제나는 이미 같은 그룹의 멤버인 희성을 좋아하고 있었다고 밝혔다. 앵은 나와 제나 사이에서 자신은 아무 관심도 없음을 피력했으나 제나는 앵 앞에 그들의 영상을 들이댔다. 그리고 끊임없이 주주와 희성이 속해 있는 그룹 이야기를 해댔다. 결국 앵도 우리 세계에 발을 들였다. 물론 우리의 도움 없이 스스로의 힘만으로 자신의 타입을 찾아 순조롭게.

앵과 제나와 나는 일상을 저당 잡힌 사람들처럼 모이기만 하면 그들에 관한 얘기만 했다. 그들이 어제 입은 옷, 어제 했던 말, 어제 불렀던 노래에 대해 했던 말을 하고 또 했다. 어째서 어제도, 그제도 했던 얘기가 왜 오늘 해도 재밌는지 알다가도 모를 일이었다. 우리는 컴퓨터 속 오빠들을 보고 또 보다가 아무래도 실물을 영접해야겠다고 느꼈다. 누가 먼저랄 것도 없이 공항에 갈 것을 제안했고 다 함께 콜을 외쳤다.

안타까운 건 앵도 제나도 나도 정보라고는 손톱만큼도 없는 모자란 팬이라는 사실이었다. 오후에 스케줄이 있으니까 아침에 입국하는 건 알겠는데 대체 몇 시 비행기로 어떻게 들어오는지는 알 수 없었다. 그래도 우리는 무식하게 용감했기에 무작정 기다리기로 작전을 짰다. 그것도 작전이라고 할 수 있다면. 우리 중 유일하게 자취를 하고 있는 제나의 집에서 밤새 그들의 영상을 돌려 보고 한숨도 자지 않은 채 공항으로 향했다. 너무 일찍 도착한 나머지 휑한 공항에서 우리는 커피 세 잔을 시켜놓고 도란거렸다. 우리는 또 몰랐다. 미리 좋은 자리를 선점했어야 한다는 것을.

제일 먼저 왔으면서도 좋은 자리를 놓치고 어설픈 자리에 다른 팬들과 끼어 서서 그들을 기다리는 동안 설레기도 떨리기도 했지만 사실 제일 큰 감정은 짜증이었다. 나올 듯 나오지 않는 그들을 기다릴 때는 늘 그런 기분이 들었다. 서로를 놓치지 않고 자리를 빼앗기지 않으려고 무릎에 힘을 주고 버텼던 시간은 그들이 등장하면서 깨져버렸다. 그들은 너무도 빠르게 우리를 스쳐 지났다. 표정도 없고 감정도 없이 사람들 사이를 걸어 나가는 주주가 타인처럼 느껴졌다. 아, 원래 타인이었지만.

점심을 먹기 위해 식당에 앉아서 우리는 각자의 감상을 늘어놓았다.

"얼굴이 작아."

"완전 하얘."

"생각보다 키 커."

"엄청 말랐어."

단발적인 감상을 의식의 흐름대로 날리던 나와 앵을 보고 제나가 말을 잘랐다.

"그게 다냐? 뭐 제대로 된 실물 후기 없어?"

"걸음이 워낙 빠르셔서."

"그래, 걸음이 빨랐어. 우리 애기는 다리도 길어."

눈을 반짝이며 오빠를 찬양하는 앵 덕에 우리는 웃음이
터졌다. 신기할 것도 새로울 것도 없는 실물 후기는 그쯤
이면 됐다고 여겼다. 무대 아래의 너희는 늘 무대 위와 달
랐다. 그게 당연하면서도 서운했고 서운하면서도 궁금했
다. 그게 소위 말하는 빠순이들의 한계인지도 몰랐다. 사
생*은 안 돼요, 그건 오빠를 괴롭히는 짓이에요, 하고 정의
롭게 말하면서도 막상 눈앞의 오빠를 보면 따라가고 싶은
마음. 솔직히 말하자면 우리는 사생을 싫어하기보다는 사
생팬이 될 능력이 없었다. 오빠가 언제 어디서 출몰할지
알아야 가지.

아무 정보도 없는 우리는 또다시 우리끼리 언제 해도
좋을 비슷한 이야기를 하다가 천천히 공연장으로 향했다.
공연장은 수원 어딘가였다. 수원의 지리나 공연장으로 가
는 대중교통을 알 리도 없는 우리 셋은 수원역에서 무작

---

* 아이돌의 사생활을 파고 다니는 팬들을 사생팬이라고 부른다. 팬들은 모두
아이돌의 사생활을 지켜줘야 한다고 생각하지만 그 사생활을 엿보고 싶다는
모순된 심리에 시달리곤 한다. 게다가 어디까지가 사생활의 영역인지 혼란스
러운 면도 있다. 공항은 스케줄을 위해 가는 것이기에 그것까지는 사생이 아니
라는 말도 있고 어쨌든 무대 아래는 다 사생 아니냐는 말도 있고. 빠순이 사회
에서도 정의의 선은 제각기 마음속에 있는 것이므로.

정 택시를 탔다. 길도 방법도 몰랐지만 헤매다 늦는 것보다는 돈을 쓰는 것이 인생을 편하게 한다는 것만은 잘 알고 있었다. 타자마자 공연장을 말했더니 기사가 오늘 누가 오느냐고 물었다. 꼭 궁금해하는 사람이 있지. 우리는 대충 얼버무리며 대답을 넘겼다.

나는 무언가 계속 물으려는 택시 기사를 피해 창밖으로 고개를 돌렸다. 우중충한 날씨 때문에 늦은 시간이 아니었는데도 밖이 어둑어둑했다. 비가 오지 않을까 하는 걱정에 심각하게 창밖을 쳐다보다 멈칫했다. 잠깐! 내가 본게 뭐였지?

"제나야, 애들 차 번호 뭐야?"

"2702인가, 2720 중 하나인 것 같은데, 왜?"

"본 것 같아. 애들 밴."

"뭐? 진짜?"

내가 멍하게 대답하고 앵이 놀라 있는 사이 제나가 빠르게 택시를 세웠다. 우리는 길 중간에 내려 차가 보이는 쪽으로 뛰기 시작했다. 뛰고 뛰어서 도착한 곳에는 그들이 타고 다니는 자동차와 몇몇의 팬이 있었다. 나는 그 찰나에 애들 밴을 발견한 내 자신을 셀프 칭찬하며 팬들 옆으로 섰다. 애들은, 아니 우리 오빠들은 작은 순댓국집에서 순댓국을 먹고 있었다. 통유리로 되어 있는 가게 덕분에 우리는 밖에서도 밥을 먹는 그들을 볼 수 있었다. 나의 주주는 그 작은 머리를 그릇에 박을 듯이 깊게 숙이고 순댓국을 말 그대로 흡입하고 있었다. 나는 순댓국에 빠져 있는 그 뒤통수가 너무 사랑스러워 견딜 수가 없었다.

"우리 애기 또 순댓국 드링킹한다."

앵이 자랑스럽게 말했다. 늘 밥을 빨리 먹는다는 윤을 얘기로만 듣다가 그 모습을 실제로 본 앵은 거의 황홀경에 빠져 있었다. 제나는 시선을 희성에게 두면서도 손으로는 계속 디지털카메라를 만지고 있었다. 공항에서 밀리느라 찍지 못한 사진을 여기서는 꼭 찍겠다고 다짐하며. 나는 젓가락으로 작은 깍두기를 한 번에 집는 주주와, 그 것을 입에 넣고 우물거리는 주주와 다 먹은 뒤 수저를 키 맞춰 나란히 정리하는 주주에게 반했다.

아이들이 밥을 먹고 일어나기 시작하자 가만히 있던 팬들이 부산스러워졌다. 가게 문을 나서자마자 차로 쏙 들어가버릴 줄 알았던 아이들은 의외로 가게 앞에서 말하고 웃고 기지개를 폈다. 우리의 시선 따위는 상관하지 않고. 마이크를 통하지 않은 주주의 목소리를 들은 건 처음이었다. 매운 것을 먹어서인지 주주의 입술이 평소보다 도톰해져 있었다. 그 도톰한 입술로 계속 무언가를 말했다. 나는 하나도 놓치지 않으려 귀를 기울였지만 들려오는 건 천사의 종소리 정도였다.

아이들이 떠나고 휑한 식당 앞에서 우리는 다시 택시를 잡아탔다. 제나는 흔들린 수많은 사진 사이로 딱 한 장, 희성의 얼굴이 제대로 나온 사진을 나와 앵 앞에 내밀었다. 감탄과 환호가 우리 곁을 떠나지 않았다. 앵은 아직도 황홀한 눈빛을 지우지 않고 말했다.

"우리 애기 순댓국 국물 옷에 튀었다. 귀엽지, 귀엽지?"

4

아침에 일어났을 때 숙취로 몰려든 두통이 나를 덮쳤다. 나는 몸을 웅크리며 어제의 나를 욕했지만 그렇다고 오늘의 내가 편해지는 건 아니었다. 그냥 계속 이러고 누워 있다가는 이도 저도 안 될 것 같아서 억지로 일어나 샤워를 했다. 머리를 말리고 있는데 노크 소리가 들렸다. 문을 빼꼼 열자 메이드 아주머니가 친절한 미소를 보이며 청소를 하겠다고 말했다. 나는 당황해 더듬거리며 10분 뒤에 와달라고 부탁했다. 아주머니는 더더욱 활짝 웃으며 고개를 끄덕였다. 그러나 문을 닫는 순간 깨달았다. 10분 뒤에 '와' 달라고 말해야 하는 것을 '가' 달라고 말했다는 걸. 물론 아주머니는 잘 알아들은 것 같았지만 자존심 혹은 자아 어딘가에 스크래치가 생겼다.

거리의 사람들은 나만 빼고 다들 바빠 보였다. 나도 서울에 있으면 한창 바쁠 시간이긴 했다. 바쁜 사람들 사이를 거슬러 근처 스타벅스로 들어갔다. 전 세계 어디를 가든 스타벅스에만 있으면 고향에 온 듯 마음이 편해졌다. 따뜻한 라떼를 한 잔 시켜두고 창밖의 사람들을 한참 쳐다봤다. 여행 와서 아무것도 하지 않고 스타벅스에만 앉아 있었던 건 두 번째였다. 첫 번째는 제나가 일하던 스타벅스에서 제나를 기다릴 때. 대학생 때였으니까 거의 10년 전이었다. 나는 지나가버린 시간에 아연했다. 그리고 지금 별다를 거 없이 여기 이렇게 앉아 있는 내가 한심했다.

늘 제나가 부러웠다. 무엇이든 빠져서 하고 후회 없이 돌아서는 건 나로서는 절대 못 할 일이었다. 제나와 나는 같은 시기에 일본어를 배우기 시작했는데 제나가 번역가가 되는 동안 나는 '와주세요'라는 말도 실수하는 지경에 이르렀다. 사람을 좋아하는 일도 마찬가지였다. 제나가 자신을 다 바쳐 희성을 좋아하는 동안 나는 애매한 온도로 주주를 대했다. 너무 좋은 게 두려웠으니까. 너무 좋아서 나를 잃고 주주에게만 집중하는 게 무서웠으니까. 미치고 싶다고 말하면서도 진짜 미칠까 봐 몸을 사리던 사이 주주는 쉽게 멀어졌다.

앵도 부러웠다. 앵에게는 꿈이 있었으니까. 열 살 때 선생님이 되겠다는 결심이 서고 나서부터는 흔들린 적 없었다는 앵의 단단한 인생이 그렇게도 멋져 보였다. 그 좋아하는 팬질을 접으면서까지 공부에 집중하고, 집중해서 시험에 붙고 당당히 꿈을 이룬 내 친구. 앵은 겉으로는 마음을 숨기는 것 같지만 중요한 순간이 되면 누구보다 솔직하게 진심을 내놓을 줄 아는 사람이었다. 그 진솔함은 앵을 더욱 굳세게 만들어 앵은 어디서나 등을 펴고 걸을 수 있었다. 매번 잘 모르겠다고 말하면서도 좋아하는 사람을 위해서라면 어디든 제일 먼저 가서 기다리는 앵의 열정이 예뻤다. 그에 비하면 나는 그저 겁쟁이에 핑계 제조기일 뿐이었다.

10년, 친구들이 멋져지는 10년 동안 나는 조금씩 더 초라해졌다. 하던 공부를 애매하게 멈추고 오랜 시간 백수로 지냈다. 겉으로는 공부한다고 말하고 실제로는 놀기만 했던 그 기간에 여기저기 아는 사람들은 작은 성과를 하나씩 거두기 시작했다. 시험에 붙거나 회사에 들어가거나 진학해 논문을 내놓거나. 그런 사람들을 축하하는 자리에서 나는 어깨를 잔뜩 좁힌 채 고개를 숙이고 있었다. 박차고 일어날 용기도 없어 괜히 휴대폰만 만지작대면 대기 화면에 있던 주주가 나에게 웃어주었다. 그러면 나는 잠시 잠깐 함께 웃을 기운이 났다. 그렇게 터널 안의 시간을 견뎠다.

속이 좋지 않아서인지 커피도 잘 넘어가지 않았다. 나는 반쯤 남긴 커피를 버리고 스타벅스에서 나왔다. 아무 계획도 없고 딱히 갈 곳도 없어서 걷다가도 자꾸 멈췄다. 멈춰서 하늘을 보고 땅을 봤다. 하늘을 볼 때마다 첵스가, 주주가 생각났고 또 너를 떠올렸다. 굳이 떠오르는 너를 붙잡지도 밀어내지도 않았다. 여기는 네가 살던 도시였고 너를 키운 도시였고 네가 떠난 도시였으니까 그리 이상할 것도 없었다.

걷다가 배가 고파져 커다란 간판을 내건 라멘집으로 들어갔다. 나는 카운터 자리에 어색하게 앉아서 쇼유 라멘을 하나 시키고는 두리번거렸다. 라멘은 금방 나왔다. 나는 김이 나는 라멘을 후후 불어가며 입에 넣었다. 뜨거워서 다시 뱉을 뻔한 것을 억지로 밀어 넣고는 우물거렸다. 진짜 맛있다, 하고 중얼거리다가 나는 벽면에 붙어 있던 주주의 사인을 발견했다. 정확히 말하자면 주주를 포함한 멤버 다섯 명의 사인이 모두 담긴 종이를. 오른쪽 귀퉁이에 있는 주주의 이름을 한참 쳐다보다 라멘을 먹는 것도 잊었다. 카운터의 직원이 맛이 없느냐고 물었다. 나는 급하게 젓가락질을 다시 시작하며 아주 맛있다고 대답했다.

밖으로 나와서 앵과 제나에게 메시지를 보냈다.

—타로 라멘집에서 라멘 먹었어.

내 말이 끝나기가 무섭게 제나가 대답했다.

—거기 애들 단골집이잖아.

앵도 마침 쉬는 시간이었는지 바로 말을 건넸다.

—나도 가고 싶었는데. 애들이 다들 진짜 좋아했잖아.

나만 기억을 못 하고 있었구나, 잠시 멍했다.

—그러니까, 사인 있더라. 왜 나만 몰랐어?

내 말에 제나가 쿨하게 덧붙였다.

—모르긴. 너도 그때는 알았는데 지금 기억이 안 나는 거겠지.

그때는 나름 소중한 기억이었을 텐데 왜 잊었는지. 왜 기억은 제자리에 있지 않고 쉽게 날아가버리는지. 나는 그들에 관한 것을 꽤 많이 간직하고 있다고 믿었는데. 발밑이 흔들리는 느낌이 들었다. 그게 나 혼자만의 느낌인지 아니면 짧은 지진이라도 난 것인지 알 수 없었다. 지나가는 사람들은 태연했고 나만 멈춰 있었다. 이번에는 두리번거리지도 못하고 하늘도 못 보고 눈을 감았다.

5

　주주를 좋아하는 동안 나는 내 인생에서 가장 의욕적인 모습을 보였다. 엄마가 말할 때는 하지 않던 영어 공부도 청소도 여행도 다 주주 덕분에 했다. 미국에서 청소년기를 보낸 주주는 데뷔한 지 얼마 되지 않았을 때 모든 영어 단어를 혀를 굴려 발음했다. 하모니를 할머니에 가깝게 발음하는 주주의 모습에 나는 깔깔 웃으며 따라했다. Girl을 말할 때의 r 발음과 Last Tip을 말할 때의 t 연음 처리 같은 건 내 어깨를 으쓱거리게 했다. 사인회에서 영어로 말을 걸면 영어로 대답해준다는 말에 나는 영어 학원 아침반을 등록했다. 학교에 가기 전에 눈도 제대로 뜨지 못한 채 영어 수업을 듣고 공강 시간에 틈틈이 숙제를 했다.

　청소도 그랬다. 지저분하면 잠을 잘 못 잔다는 깔끔이 주주에게 눈을 흘기면서도 나는 매일 방을 청소했다. 주주의 책장 사진을 흉내 내어 내 책장을 정리하기도 하고 노트북 어댑터를 깔끔하게 묶어놓은 걸 보고 따라하기도 했다. 주주가 내 방에 올 것도 아닌데 그를 초대라도 할 것처럼 매일 쓸고 닦았다. 특히 먼지 알레르기가 있는 주주를 위해 먼지는 세심하게 털었다. 물론 그런 내 덕에 만족한 것은 주주가 아니라 엄마였지만 그것만으로도 나는 내가 꽤 괜찮은 인간이 된 것 같은 뿌듯함을 느꼈다.

여행은 말할 것도 없이 주주를 뒤쫓아 간 것이었다. 주주 덕에 처음으로 여권을 만들어 해외에 발을 내딛었다. 나는 겁이 많았지만 주주를 따라서라면 어디든 갈 준비가 되어 있었다. 주주의 등을 보고 따라가면 무섭지 않았다. 주위가 하나도 보이지 않고 오직 주주만 보였다. 공연을 보러 여행 가는 경우가 많았지만 때로는 주주가 갔던 여행 장소에 나중에 가보기도 했다. 우리는 그것을 성지순례라고 불렀다. 그가 찍었던 포즈로 나도 사진을 찍고 그가 먹었던 음식을 나도 시켜 먹고 그가 뛰어놀던 공원에서 나도 뛰어놀았다.

그렇게 나의 이십대는, 나의 청춘은 쨍쨍했다. 주주는 더 멀리, 더 높이 나아갈 것이었고 나는 그런 주주의 뒤를 계속해 좇을 것이라고 믿었다. 그러나 행복한 시간은 짧았다. 끝은 항상 갑작스러운 것이겠지만 그때는 더더욱 그렇게 느껴졌다. 어제까지 어깨동무를 하며 함께 웃던 그룹이 나누어진다고 했을 때 나는 귀가 먹먹해지는 것을 경험했다. 소리가 멀어지고 현실이 멀어지고 사랑이 멀어졌다. 그 모든 것이 나에게서 달아났다.

어릴 때는 툭하면 울어서 나를 따라 울게 만들던 주주가 그때는 울지 않았다. 주주의 표정 없는 얼굴은 너무 많은 말을 하고 있었다. 살짝 내비치는 표정만으로도 주주의 생각을 짐작하는 나였지만 그때 그의 무표정에서 드러난 건 너무 많은 말이어서 알아들을 수가 없었다. 힘들 때 힘들다고 울면 좋겠는데 혼자인 곳에서는 그럴지 몰라도 내 앞에서는 울지 않았다. 조금만 아파도 인상을 찌푸리고 입술을 내밀던 아이는 어느새 자라서 표정을 지운 뒤 고개를 돌렸다. 나는 주주의 시선이 머무는 곳에 자리할 수 없었다. 그래서 그의 표정을 살피면서도 아무 말도 하지 못했다.

위태로웠던 팬덤은 쉽게 갈렸고 두 쪽으로 나뉜 채 서로를 비난하기 바빴다. 멤버들은 거기에 말을 더하지 않았지만 스쳐 지나는 말과 표정만으로도 폭풍우가 쳤다. 앵과 제나와 나는 폭풍우가 잠잠해지기를 바라며 매일 셋이 모여 술잔을 기울였다. 애들을 욕하다가 팬들을 욕하다가 회사를 욕하다가 스스로를 욕하기를 반복했다. 모든 것이 마음에 들지 않았다. 서로에게 상처주기 바쁜 아이들과 그런 아이들 덕에 두 배, 세 배로 상처 입은 팬들이 서로를 갉아먹고 있었다. 그렇게 사랑했던 시간을 지나서.

시끄러운 고함들이 잦아들 무렵, 주주는 뜬금없이 전부 그만두고 싶다고 말했다. 주주가 남긴 트윗에는 점이 마디마디마다 몇 개씩 찍혀 있었다. 나는 그 점들 사이에 숨겨진 말들을 읽고 싶었다. 그의 마음속에 들어가 진심을 들여다보고 싶었다. 그러다 어느 순간 눈을 감고 귀를 막았다. 내가 듣고 싶은 건 주주의 진심이 아니라 내 소망이었으니까. 나를 떠나지 않겠다고, 아무리 힘들어도 도망가지 않겠다고, 함께 여기에서 바람을 맞겠다고. 그 말들을 기다렸지만 주주는 입을 닫았다.

우는 나를 보고 제나가 말했다.

"어차피 언젠가 끝은 와."

나는 울면서도 고개를 끄덕였다. 하지만 끝을 내는 건 주주가 아니었어야 했다. 돌아서는 건 나이길 바랐다. 적어도 마지막은 그렇기를.

"그 새끼 그만두고 미국 가면 나도 따라갈 거야."

제나는 피식 웃으며 대꾸했다.

"그 새끼 못 가."

"그래, 알아. 못 갈 거. 아는데 왜 그렇게 사람 마음 후벼 파는 소리를 하냐고."

"저도 발버둥 치는 거지, 살겠다고."

살겠다고 하는 말이 왜 죽겠다는 말로 들리는지. 아니면 나 죽으라고 그러는 건가. 원망은 끝도 없었다. 나는 주주를 너무 사랑해서 주주에게 멋대로 굴고 싶었는데, 그도 혹시 그런 걸까. 고민해봤자 답도 없는 문제에 매달려 나

119

는 매일 가라앉았다. 그러면서도 취업에 성공했고 회사에 다녔다. 슬프지만 일했고 슬프지만 웃었고 슬프지만 주주를 봤다. 이기적으로 내가 필요할 때만 주주를 찾았다.

주주는 나에게 감정의 끝을 알려준 사람이었다. 사랑의 끝, 미움의 끝, 행복의 끝, 증오의 끝, 슬픔의 끝, 분노의 끝, 허무의 끝, 환희의 끝. 주주는 혼자 있는 나의 바다에 바람을 불게 하고 파도를 치게 하고 배를 띄웠다. 내 바다는 고요할 날이 없었다. 나는 매일 요동치며 그를 사랑하고 원망하고 좋아하면서 미워했다. 양극단에 있는 감정이 한 번에 느껴지기도 한다는 것을 처음 배웠다. 주주를 알기 전으로 돌아가고 싶다는 생각을 하면서도 그가 없는 내 삶이 상상조차 되지 않았다.

주주를 만 번쯤 보고도 떠올린 것은 역시 바닐라 아이스크림. 하얗고 달콤하고 폭신하기까지 한 궁극의 맛. 하지만 막상 다가가면 그는 차갑기만 해서 나는 금세 이를 박아 넣기를 포기하고 겨우 조금씩 핥을 뿐이었다. 닿으면 닿을수록 망가지고 무너져 내리는 그를 보면서 견디지 못해 멀어지다 어느새 다시 그를 품고 싶어지는 나를 참을 수가 없었다. 내 사랑이 주주를 살린다고 믿고 싶었는데 그를 망치는 건 아니었을까, 고민하던 수많은 불면의 밤. 내가 주주를 두고 등을 돌리는 동안, 그는 그렇게 다시 단단히 얼어가고 있었다. 그의 견고한 성을 지킬 수도 부술 수도 없었던 나는 외롭고 슬펐다. 그 시간을 돌이켜봐도 내게 남아 있는 건 외로움과 슬픔으로 빚은 멍밖에 없었다.

그러는 동안 어쨌든 끝은 왔다. 내 소망대로 주주는 어디로도 떠나지 못했고 내가 먼저 주주를 등졌다. 나는 더 편하고 따뜻한 곳으로 내 거처를 옮겼다. 그건 적어도 나에게 있어서는 아주 좋은 끝이었다. 아마 주주에게 있어서도 괜찮은 끝일 거라고 생각했다. 나는 새로 만난 유야의 품에서 온기를 느끼며 가끔 주주를 봤다. 그가 나 없는 곳에서도 잘 지내기를 바라며.

6

아무것도 하지 않고 거리를 헤매는 것이 불안해졌다. 늘 목적을 가지고 움직이는 것에 익숙해져 있는 나에게 일정 없는 여행은 오히려 고역이었다. 나는 더 이상 참지 못하고 호텔로 들어가 짐을 챙겨 나왔다. 떠나올 때 내가 꼭 가보고 싶었던 건 두 곳이었다. 너의 사고 장소와 너의 고향. 이제 너의 고향으로 떠날 차례였다. 나는 신칸센 매표소에서 잔뜩 긴장한 채 오사카행 티켓을 끊었다. 플랫폼을 찾을 때도 바짝 얼어서 잘못된 장소에 서 있다가 겨우 올바른 탑승구를 찾았다. 계속되는 안내 방송에 정신을 차리지 못하고 무거운 캐리어에 진심으로 분노할 무렵 기차가 왔다.

신칸센에 타보는 것은 처음이었다. 네가 고향집에 갈 때 자주 신칸센을 탄다고 말할 때마다 타보고 싶었는데 오늘에야 너를 따라서 갈 수 있게 되었다. 도쿄에서 오사카까지는 약 550km였고 걸리는 시간은 두 시간 반이었다. 우리나라 KTX보다 빠르다는데 체감으로는 이거나 그거나 다 빠르구나 하는 정도였다. 아무튼 신칸센에서 빠르게 멀어지는 풍경을 보다가 나는 금세 슬퍼졌다. 하나둘 도시락 뚜껑을 여는 사람들 덕분이었다. 타기 전에 샀어야 하는데 대체 뭘 한 건지.

나는 비보를 친구들과 함께 나누기 위해 휴대폰을 꺼냈다.

—사람들 다 도시락 먹는데 나만 없어. ㅠㅠㅠㅠㅠㅠㅠ

—불쌍하네. ㅠㅠㅠㅠ

앵은 함께 울어주는 이모티콘을 보내며 애도를 표했다. 제나는 바쁜지 말이 없었다. 앵과 얼마간 수다를 떨다 배고픔에 지쳐 잠이 들었다. 다시 깼을 때 바깥은 어두워져 있었고 도착 시간까지는 20분 정도가 남아 있었다. 나는 습관적으로 휴대폰을 꺼내 들었다. 제나의 메시지가 도착해 있었다.

─신칸센 안에서도 도시락 파는데.

슬픈 일은 참 쉼 없이 일어나지. 나는 쓸쓸한 눈으로 메시지 창을 닫았다. 20분이라는 애매한 시간 안에 도시락을 사서 먹을 것인가 그냥 내릴 것인가를 고민하는 사이 기차는 오사카에 다다랐다. 고민만 하다, 망설이기만 하다 놓치는 것은 나의 특기라 더 슬플 것도 없었다.

도착하자마자 또다시 전쟁은 시작되었다. 무거운 캐리어와의 전쟁, 빠르게 지나가는 일본어와의 전쟁, 헷갈리는 기차역과의 전쟁, 모든 전의를 상실하게 하는 배고픔과의 전쟁. 나는 분명히 신칸센 안에서 너를 그리는 아름다운 추억 여행을 하고 싶었는데 도시락이나 애타게 찾다가 잠이나 처자고, 내려서도 너를 보러 간다는 목적은 미뤄두고 길 찾는 데만 급급하고. 이게 뭐야, 모든 걸 다 때려치우고 집에 가고 싶었다. 내 집, 싸구려 매트리스가 침대를 대신하지만 혼란도 헤맴도 없는 홈 스윗 홈!

아무 데나 드러눕고 싶은 마음을 간신히 억누르고 나라로 가는 킨테츠선 티켓을 샀다. 너의 고향에 가는 길이 이렇게 험난할 줄 알았다면…… 까지 생각하다 딱 멈췄다. 험난하다고 해서 안 할 일이 아니었으니까. 그런 식으로 생각하면 한도 끝도 없었다. 너를 만나지 않았다면……부터 시작해야 하는데 아무리 생각에 생각을 더해봐도 너를 만나지 않는 것보다는 너를 만나는 것이 나았다. 너를 만나고 난 뒤 내가 얼마나 괜찮은 사람이 되었는지는 내가 제일 잘 알고 있었으니까. 물론 아직도 이렇게 불만투성이에 망설이다 모든 기회를 놓치는 프로 게으름머이지만 예전보다 꽤 나은 인간으로 거듭난 건 분명했다.

창밖은 어두워서 딱히 보이는 것도 없었고 나는 너무도 지쳐 모든 게 다 싫어질 지경에 이르렀다. 기차에 탄 것까지는 좋았는데 숙소도 정하지 않았고 가본 적 없는 곳이라 길을 찾아가기도 힘들 것 같았다. 앱을 뒤져 숙소를 몇 군데 검색했으나 어디 있는지 알 수 없어 쉽게 예약 버튼을 누르지도 못했다. 이럴 때 제나가 있었으면 어디든 퍅, 결정을 해줬을 텐데 결정해줄 제나도 없고 길눈이 밝아 내비게이션처럼 안내를 해줄 앵도 없었다. 나는 스스로가 꽤 성숙한 어른이라고 믿고 살았는데 그 모든 게 모래성이었다는 것을 새삼 깨닫고는 어깨가 늘어졌다.

내릴 역이 가까워 오자 사람들이 부산하게 움직였다. 나는 자꾸만 미끄러져 내리는 캐리어를 발로 받치며 한숨만 내쉬었다. 스피커에서 곧 나라에 도착한다는 안내 멘트와 함께 노랫소리가 흘러나왔다. 너의 노래였다. 오랫동안 고향의 홍보대사를 지내고 있어서 나라에 가면 어디든 너의 흔적을 쉽게 찾을 수 있다고 들었는데. 시작이었다, 너와의 만남이. 멍하니 입모양으로만 노래를 따라 부르고 있었는데, 저 앞쪽으로 네가 보였다. 아니지, 너일 리가 없지. 나는 초점이 맞지 않는 눈을 가늘게 뜨며 그 사람을 쳐다보았다. 알록달록한 후드에 미끌미끌해 보이는 바지를 입은 사람은 분명히 너를 닮아 있었다.

뭐지, 하며 굳어 있는 사이 너를 닮은 남자는 기차에서 내렸다. 다른 사람들도 내리고 있었다. 나도 서둘러 짐을 챙겨 기차 밖으로 나왔다. 그 남자를 다시 보고 싶은데, 좀 더 자세히 확인하고 싶은데 이미 개찰구에서도 역 입구에서도 찾을 수가 없었다. 그래, 너 닮은 사람이 어디 한둘이겠어. 데뷔 초부터 남성 팬이 많아서 너와 비슷한 모습으로 꾸미고 다닌다는 건 흔히 알려진 일이었다. 다만 눈으로 직접 볼 기회가 없었을 뿐. 키나 체형까지 너무 비슷해서 놀랐지만 그래, 어차피 너일 리는 없었다.

역에서 나와 다시 막막함과 마주 서 있는데 그 앞으로 네가, 아니 너를 닮은 남자가 지나갔다. 나는 무작정 남자를 쫓았다. 몇 번이나 불렀는데도 이어폰을 끼고 있는 건지 남자는 뒤를 돌아보지 않았다. 무거운 캐리어가 거추장스러웠다. 막무가내로 끌고 가다 보니 캐리어 손잡이가 빠져버렸다. 캐리어는 나동그라졌고 내 손에는 어디에도 연결되지 않은 손잡이뿐이었다. 나는 넘어진 캐리어를 버리고 뛰었다. 뛰어서 남자를 잡았다. 남자는 동그란 눈으로 나를 돌아봤다. 당연히 너는 아니었다. 아닐 걸 알고 있었다. 그런데도 묻고 싶었다.

"유야가 아니지?"

내 눈빛이 어땠는지 나는 몰랐다. 목소리가 떨렸던 거 같기는 했다.

"당연하잖아."

그런데 그 목소리에 말투까지도 너를 너무 닮아서 화가 났다.

"목소리도 비슷하잖아!"

스스로도 이상하다고 생각하면서도 멈출 수 없었다. 이상할 정도로 화가 났고 눈 밑이 뜨거워졌다.

"미안해."

남자의 목소리가 수그러들었다. 미안해, 그 말이 정말 네가 한 말 같아서 더 이상 참지 못하고 울었다. 너를 닮은 남자는 우는 나를 달래지 않았지만 우는 내 곁에서 떠나지도 않았다. 그게 안심이 되어서 더 크게 울었다. 떼쓰듯 주저앉아 울었다. 네가 아니었지만, 네가 아닌 걸 알았지만.

울음이 멎자 내게 남은 건 부끄러움뿐이었다. 나는 참

을 수 없는 쪽팔림의 무게에 짓눌려 고개를 들지 못하고 있었다. 그때 남자가 슬금슬금 멀어졌다. 다행이라는 생각도 들었지만 남자가 가지 않았으면 싶기도 했다. 서운하기도 하고 화도 났다. 이해할 수 없는 감정이 뒤섞여서 아무 결정도 내리지 못하고 있는데 남자가 다시 다가왔다. 남자의 손에는 손잡이가 빠진 내 캐리어가 들려 있었다.

7

남자를 따라서 간 곳은 작은 우동집이었다. 메뉴는 우동, 소바 단 둘뿐이었다. 나는 우동을 손가락으로 가리키고 훌쩍거리던 코를 풀었다. 남자는 신경 쓰지 않고 우동두 개를 주문했다. 민망함에 고개를 들지 못하고 젓가락만 쳐다보고 있는 나에게 남자가 물었다.

"유야 군 팬이야?"

나는 처음으로 남자와 눈을 맞추고 고개를 끄덕였다.

"그럴 거라고 생각했어."

"너도 팬이야?"

남자는 처음 내가 그에게 물었을 때와 똑같이 대답했다.

"당연하잖아."

우동이 나오자 남자와 나는 말없이 그릇에 고개를 파묻고 먹기 시작했다. 반쯤 먹었을 때 남자는 툭 던지듯 물었다.

"한국인?"

"응, 어떻게 알았어?"

"그냥, 느낌이."

남자는 잠시 텀을 두고 다시 말했다.

"일본어 잘하네."

나는 급격히 소심해져서 잘 못해, 하고 기어들어가는 목소리로 대답했다. 남자가 갑자기 큰 소리로 웃었다. 나는 놀라서 젓가락질을 멈추고 남자를 쳐다봤다.

"화낼 때는 확실히 잘해, 일본어."

· 남자를 따라 웃었다. 일본에 온 뒤, 아니 네가 떠난 뒤 처음으로 편하게.

국물까지 싹 다 마시고 빈 그릇을 호쾌하게 내려놓자 남자가 빙긋 웃으며 먹는 것도 잘하네, 하며 칭찬해주었다. 나는 뭔가 뿌듯한 기분이 되어 배불러, 하고 배를 두드리다가 이런 행동을 하면 안 된다는 것을 눈치챘다가 에라 모르겠다, 하며 생각을 그만두었다. 남자는 일어나 우동값을 내 것까지 계산했다. 나는 서둘러 내가 내겠다고 지갑을 꺼냈지만 남자는 거절했다.

"유야 군이 샀다고 생각해."

그 순간 너무 흥분해서 나도 모르게 소리를 높였다.

"멋있어."

이건 완전히 팬질하면서 나오는 반사적 행동이었다. 순간 다시 쪽팔림 수치가 최고점을 찍었으나 더 이상 쪽팔릴 것도 없을 듯해 쿨하게 넘겼다.

"오늘 어디서 자?"

그 물음에 나는 고개를 푹 숙이고 가로저었다. 몰라, 모른다고. 잊고 있었는데 암울한 사실을 이끌어내다니.

"나랑 같이 갈래?"

그 물음에 나는 1초의 망설임도 없이 고개를 끄덕였다. 하지만 끄덕임과 동시에 모르는 사람을 쫓아가는 내 모습에 놀라 움직임을 뚝 멈췄다.

"저기, 나 팔려 가는 거 아니지?"

가만히 서 있는 남자의 모습에 나는 내 일본어가 통하지 않았나 하는 생각이 들어 급하게 다른 단어를 찾았다.

"인신매매라든가."

남자는 또다시 크게 웃었다. 그런 거 못 해, 하면서 휴대폰을 열어 보여줬다. 화면에는 게스트하우스 사진이 있었고 남자는 자기도 오늘 여기 묵을 예정이라고 덧붙였다. 의심이 완전히 걷힌 것은 아니었지만 타인의 호의를 받아들일 필요도 있고 무엇보다 너무 피곤해서 그냥 남자를 따라나서기로 했다. 남자는 억지로 끼워 넣어 손잡이가 덜렁거리는 내 캐리어를 끌고 앞장섰다. 나는 다섯 발자국 뒤에서 남자를 따라붙었다. 남자의 배려인지 우리는 불빛이 밝은 큰길로만 걸었다.

도착한 곳은 반전 없이 남자가 보여준 게스트하우스였다. 남자는 자신의 예약을 확인해 열쇠를 건네받고는 옆에서 나를 기다렸다. 나는 이틀 동안 묵을 1인실을 예약하고 남자와 같이 3층으로 올라갔다. 남자의 방은 4층이라고 했다. 남자는 무척이나 매너 좋게 캐리어를 내 방에 들여다 주고는 위로 올라갔다. 남자의 발걸음을 보고 아쉬운 건 오히려 내 쪽이라는 것을 알았지만 그 생각마저 쪽 팔려서 이어갈 수가 없었다. 이상함과 부끄러움이 넘치는 하루였다.

다른 일을 다 제쳐두고 일단 샤워부터 했다. 뜨거운 물에 몸을 씻자 피곤도 화도 불안도 누그러드는 듯했다. 샤워를 끝내고 바람이 약한 드라이어로 머리를 반쯤 말리다 포기했다. 이 정도 말렸으면 나머지는 알아서 마르겠지, 하고 멍하니 앉아 있었다. 텔레비전도 없어서 방은 적막하기만 했다. 그때 문을 두드리는 소리가 들렸다. 남자가 양손에 캔맥주를 들고 문밖에 서 있었다.

"5층 식당에서 같이 마실래?"

나는 대답할 겨를도 없이 눈앞에 보이는 카디건을 걸치고 남자를 따라나섰다. 그러나 곧 행동이 너무 빨랐다는 후회를 하며 남자와 적당한 거리를 두고 걸음이 빨라지지 않도록 나를 다잡았다. 망설임의 아이콘인 내가 왜 이렇게 생각도 없이 결정에 이르는지 정말 모를 일이었다. 생각이 너무 많아 일을 그르치기 일쑤였는데 이렇게 생각 없이 살 수도 있구나 싶어 스스로도 신기했다.

늦은 시간이어서인지 식당에는 한 사람도 없었다. 우리는 중앙 테이블에 마주 보고 앉아 캔맥주를 땄다. 가볍게 잔을 부딪치면서 대체 한 캔을 누구 코에 붙이려는 거냐! 하는 불만이 일었지만 간신히 참아냈다. 맥주에서는 단맛이 감돌았다. 나보다는 네가 좋아하는 맛이었다.

"이름이 뭐야?"

내 물음에 남자는 잠시 곤란한 표정을 지었다. 나는 재촉하지 않고 가만히 남자를 바라만 보고 있었다.

"웃으면 안 돼."

뜻 모를 엄포에 나는 일단 고개를 끄덕였다.

"미우라."

"미우라."

"켄시로."

"켄시로?"

내 목소리 톤이 높아지는 걸 보고 남자는 역시, 하는 표
정으로 고개를 숙여버렸다. 나는 시무룩한 그 얼굴에 약
속을 어기고 웃음을 터뜨렸다. 켄시로는 네가 17년이나
키운 반려견의 이름이었다. 가족들과 헤어져 먼 곳에서
혼자 사는 너에게 유일한 가족이 되어주었던 존재. 켄시
로는 오래도록 네 곁을 지키다 작년에 세상을 떠났다. 너
의 생일 즈음해서 상태가 좋지 않다는 말이 돌았는데 다
행히 생일을 하루 지나 너의 품에서 잠들었다. 너의 일이
끝날 때까지 마지막 숨을 남겨둔 켄시로에게 무척 고마
워했었다. 현실이 드라마보다 더 드라마틱할 수도 있다고
생각하면서.

"켄쨩."

네가 켄시로를 부르던 호칭 그대로 남자를 부르자 그의
얼굴이 붉어졌다. 남자는 그렇게 부르지 말라고 손사레를
쳤지만 그게 귀여워서 나는 몇 번이나 켄쨩, 하고 불렀다.

"나라에 와서 켄쨩과 만날 줄은 생각도 못 했네."

내가 호칭을 바꿀 생각이 없다는 것을 알아챈 켄은 더
이상 반항도 하지 않고 심드렁한 표정을 유지했다. 약간
뾰로통한 얼굴이 너와 더 닮았다고 생각했지만 말로 하지
는 않았다. 어두운 길에서 볼 때는 몰랐는데 자세히 보자

나보다 꽤 어린 것 같았다. 외국에서는 나이를 묻지 않는 것이 에티켓이라고 배웠으므로 나는 그냥 켄을 내 친구 자리에 놓아두었다.

술을 한 모금 마신 켄은 뾰로통한 표정을 걷어내고 말간 얼굴로 물었다.

"유야 군은 언제부터 좋아했어?"

"7년, 아니 8년 전인가."

너에게 처음 빠진 순간을 기억해내는 건 어렵지 않았다.

8

나에게만 유난히 추운 겨울이었다. 어렵게 들어간 직장에서 버티지 못했고 주주는 내게서 등을 돌리려 하고 있었다. 친구들은 바빴고 나만 한가했다. 나는 남아도는 시간 속에서 계속 나를 갉아먹고 있었다. 이십대 초반에는 이렇게 우울해질 때면 아무나 불러놓고 징징거리거나 혼자서 크게 울어버리곤 했다. 그러나 이십대 후반의 나는 그러지도 못했다. 웅크리고 있으면 나아질 줄 알았는데 그것도 아니었고 꼿꼿이 서면 나아질 줄 알았는데 그것도 아니었다. 어딘가 망가지고 있다는 걸 깨달았을 때는 이미 늦었고 아무 이유 없이 무너져버린 내가 싫었다.

우울할 만한 대단한 이유가 있었으면 했다. 하지만 내게는 아무것도 없었다. 그래서 내 우울을 설명할 방법을 몰랐다. 나는 아무렇지 않은 척 혼자 떠다녔다. 갑자기 일을 그만두고 시간만 많아져 밤새 드라마를 봤다. 드라마를 보는 동안에는 나 말고 다른 사람의 인생을 생각할 수가 있어 편했다. 이런저런 드라마를 닥치는 대로 봤다. 재미가 있으면 있어서 없으면 없어서 봤다. 그러다 〈홈드라마〉라는 이상한 제목의 일본 드라마를 보게 되었다. 우연일 수도 있었고 운명일 수도 있었다. 모든 건 그렇게 오고 갔으니까.

드라마는 버스 사고로 가족을 잃게 된 사람들이 새로이 가족을 이루면서 살아간다는 판타지에 가까운 내용이었다. 조금 눈물 나고 조금 감동스러운 구석이 있는 스토리였다. 나는 어디에도 크게 마음 주지 않으면서 열 편짜리 드라마의 아홉 편을 봤다. 그때까지 너는 내게 특별하지 않았다. 그냥 흔해빠진 감동을 적당히 느끼게 해줄 뿐이었다. 그런데 내가 시들어가는 중에도 어딘가 씨앗이 뿌려졌던 것일지도.

종일 집에만 있는 것도 눈치 보여서 무작정 밖으로 나왔던 날이었다. 버스를 타고 나가서 사람이 많지 않은 정류

장에 내려 골목에 있는 카페로 들어갔다. 오후 4시, 한가롭고 평화로운 시간. 자리에 앉자 아무것도 먹지 않았다는 게 떠올랐고 딱히 식욕은 없었지만 샌드위치와 커피를 주문했다. 샌드위치를 한입 베어 물면서 〈홈드라마〉의 마지막 회를 재생시켰다. 마지막 회는 예상대로 흘러갔다. 새로울 것도, 대단할 것도 없었다. 다만 희망이 지나치게 흘러넘치지 않아서 오히려 좋았다. 따뜻한 샌드위치와 향 좋은 커피와 기울어져가는 햇살 가운데서 나는 너를 알아봤다. 한동안 느껴보지 못했던 포근함 속에서 너를 따라 웃었다.

나는 직감적으로 알았다. 내가 너를 아끼게 되리라는 걸. 너는 또 하나의 기적이 되어 내 안에 자리했다는 걸. 네가 왜 좋았는지 그때는 몰랐다. 하지만 하루하루 지날수록 나는 너를 좋아할 수밖에 없었다. 너를 발견한 것은 내가 나에게 준 선물 같았다. 너는 콘서트나 인터뷰에서 툭하면 사랑에 대해 이야기했다. 내가 그렇게 지겨워하는 사랑에 대해서. 사람은 모두 인연이 있고 그 인연을 소중히 생각하며 살아가야 한다는 얘기를 늘어놓을 때에는 완전히 목사님이야, 하고 키득댔어도 고마웠다.

너는 늘 알록달록한 옷을 입고 동그랗게 웅크려 앉는 것을 좋아했다. 나는 그런 너를 보면 츄파춥스가 연상되었다. 여러 색이 제멋대로 섞여 있는 달콤한 볼(ball). 물러 보이지만 의외로 단단한 심지가 있어 잘 깨지지 않는 사탕. 나는 너를 츄파라고 불렀다. 츄파에게는 어려운 시기를 견디고 꽃을 피워낸 듯한 강건함이 있었다. 한없이 흔들리던 청소년 시기에 고향을 떠나 홀로 연예계에 던져져 몇 번이나 넘어지고 쓰러지면서 피워낸 꽃. 그런 네가 불러주는 노래가 좋았다. 세상에 피지 않는 꽃은 없다고, 함께 꿈을 이뤄나가자고 노래하는 츄파 덕분에 일어날 힘이 생겼다.

내가 너를 좋아한다고 고백했을 때 제나의 첫 반응은 이랬다.

"뭐, 그 아저씨?"

제나는 내 표정의 일그러짐을 놓치지 않았다. 그러나 미안미안, 하고 사과하면서도 여전히 의아한 눈빛을 지우지 않았다. 그도 그럴 것이 데뷔하고 14년이나 지난, 나이도 꽤 있어 이제 아이돌이라고 부르기도 민망한 사람에게 빠졌다는 게 나조차도 이해가 잘 되지 않았으니까. 그냥 좋아졌어, 그게 원래 그런 거잖아. 내 말에 제나는 고개를 끄덕였다.

"그래도 그 오빠 어렸을 때는 되게 예뻤어."

나는 무엇보다 아저씨에서 오빠로 호칭을 바꿔준 제나

의 배려 덕에 신나게 나의 새로운 오빠에 대한 쌓인 얘기를 풀어놓았다.

츄파는 때로 무대에서 과호흡 증세를 보였다. 자신에게로 향하는 사람들의 시선을 피하지 못해 늘 숨이 가빴다. 가끔 무대를 비우고 내려갈 때마다 츄파 곁에는 멤버들이 있고 스태프들이 있고 팬들이 있었다. 그들은 츄파가 다시 무대에 올라올 때까지 아무 재촉도 하지 않고 기다렸다. 기다리면서 울지 않고 웃었다. 너를 응원하고 네 노래를 대신 부르기도 했다. 츄파가 올라오면 아무 일 없었다는 듯이 공연을 이어갔다. 나는 멀리서도 그들의 끈끈함을 느꼈다. 나도 그들 중 하나이고 싶었다. 너를 기다리고 너와 함께 노래하고 박수로 너를 맞아주는 점 하나.

10년 전 공연 DVD를 보면서도 나는 내가 그 자리에 가 있는 것처럼 설렜고 떨렸고 기뻤다. 내가 함께 있지 못한 그 시간을 더듬어나가면서 나는 현재를 살았다. 새 직장을 구했고 그 속에서 여전히 맞지 않는 사람들과 부딪쳤지만 깨지지 않고 마모되는 법을 배웠다. 그러는 가운데 언젠가 너를 만날 것을 의심하지 않았다. 억지로 노력하지도 않고 무리해서 버티지도 않았다. 그냥 살아지는 대로 살아도 괜찮은 걸 알았으니까. 츄파를 좋아하는 건 그래서 편했다. 너의 옆자리는 늘 비워져 있었기에 나는 실컷 한눈을 팔다 돌아와도 그 자리에 다시 앉을 수가 있었다. 다시 앉아 꾸벅거리며 졸 수 있었고 졸다 일어나 너에게 투정 부릴 수 있었다.

너를 좋아해서 더 맑고 힘찼던 봄, 네가 있는 곳에서 큰 지진이 났다. 원전을 무너뜨리고 모든 대중교통과 시설을 마비시킨 지진이 났을 때 나는 뉴스를 보면서 손만 떨었다. 다치지 않고 잘 있겠지 싶으면서도 걱정을 멈출 수가 없었다. 나중에 너는 그날의 기억을 우리에게 털어놓았다. 대피하기 위해 작은 배낭에 물, 식량, 휴대용 라디오 등 생필품을 넣고 밖으로 나오자 같은 맨션에 살고 있는 할머니가 매우 불안한 눈길로 말을 걸었다. 어떻게 해야 하는 거냐고, 어디로 가야 하는 거냐고. 너는 할머니에게 배낭 끈을 쥐어주며 자신만 따라오면 된다고 말했다. 할머니에게 의지하라고 말했는데 오히려 할머니에게 의지한 건 너였다고. 배낭끈을 잡고 있는 은근한 힘 덕에 너는 인연을 느꼈다고 말했다. 우리는 이렇게 다 이어져 있다고.

이어져 있다는 말이 참 좋았다. 내가 아주 멀리 있어도 그 거리감에 아찔해져 눈을 뜰 수 없는 순간에도 너는 내게 이어져 있다고 말했다. 그것은 거리감을 무색하게 하는 유일한 말이었다. 그래서 너를 보러 비행기를 타고 열차를 타고 걷고 또 걸어서 도쿄돔에 도착했을 때 너와 나

138

는 여전히 멀었지만 괜찮았다. 네 행복이 쉼 없이 내게 흘러들어서 한순간도 눈을 뗄 수 없었다. 네 꿈이 놓인 걸음걸음마다 떨어지는 땀에도 나는 숨이 차올랐다. 도대체 사랑이 아닌 무엇으로 내 마음을 표현할 수 있을까. 늘 그랬듯 사랑뿐이었다. 너와 나 사이, 그 먼 거리를 채우는 것은 사랑밖에 없었다.

9

켄은 고개를 끄덕여주었다. 끄덕임은 우리를 이어주는 행위였다. 나는 켄의 이야기도 궁금했다. 아무것도 묻지 않고 허리를 세우고 켄의 입술이 열리기를 기다렸다. 켄은 부끄러운데, 하며 말을 꺼내놓기를 주저했다. 나는 켄을 재촉하지 않았다. 기다리는 건 자신 있었으니까. 기다리는 동안 화를 내고 짜증도 내고 투덜거리면서도 기다리는 것만큼은 누구보다 잘 했으니까. 켄은 뭔가 큰 결심이라도 하는 듯 맥주 한 모금을 꿀꺽 삼키고 비장하게 캔을 내려놓고 말했다.

"별다른 이유 없어. 그냥 나는 그 사람이 약해서 좋았어."

나는 끄덕였다. 다 알고 있는 모습이니까. 사실 이유는 뭐가 되든 상관없었다. 우리는 각자 어느 순간에 너를 보고 네가 좋아졌을 뿐이니까. 사람이 좋은 것에 대단한 이유가 있을 리 없었다.

"흔히 말하는 것처럼 남자답지는 않은 사람이니까. 그런데 또 자세히 보면 그게 그 사람 나름의 남자다움이니까. 말을 하다 보니까 더 모르겠네. 아무튼 좋았어. 정신 차리고 보니 이미 좋아진 뒤였어."

켄에게도 그 사람은 친구고 지인이고 가족이었을 것이다. 그 사람, 차가운 단어라고 생각했는데 켄의 입에서 나오는 그 사람은 따뜻했다. 그 사람, 많은 사람들의 우정이었고 사랑이었던 그 사람. 지금 어디쯤 있는지. 아, 있다고 말하면 안 되는 건가. 없다, 고 말해야 하는 건가.

켄과 나는 한동안 아무 말 없이 빈 맥주캔만 쳐다봤다. 켄은 술을 잘 마시지 못하는 건지 맥주 한 캔에 얼굴이 붉어져 있었다. 그런 것도 너와 닮았네, 하며 혼자 신기해했다. 좋아하는 사람과 닮는다는 건 어떤 기분인지. 억지로 노력하지 않아도 좋아하면 자연스레 닮아지는 게 있다는 건 나도 알고 있었다. 취향이나 생각을 좋아하는 사람에게 맞추는 건 내 습관이었다. 굳이 애쓰지 않아도 그렇게 됐다. 네가 좋아하는 노래들을 플레이 리스트에 매일 넣다 보면 나중에는 네가 추천해주는 곡이 이미 내 플레이 리스트에 들어 있을 때가 있었다. 그렇게 맞아떨어지는 때가. 켄도 그렇게 너를 흉내 내다가 어느 순간에는 아무 노력 없이도 너와 같아지는 때가 온 거겠지. 그게 자신이 된 것이겠지.

"정말 자살…… 한 건 아니겠지."

내가 말했으면서도 나도 놀라고 켄도 놀랐다. 자살이라는 단어가 켄과 나 사이에 무겁게 내려앉았다. 우리는 그 단어를 흩어낼 힘이 없었다. 켄은 아니라고 말하지 않았다. 아니라고 말해주길 바랐는데 아무 말도 하지 않았다. 울고 싶었는데 눈물도 나지 않았다. 몸 안의 모든 수분이 날아가버린 것처럼 나는 바싹 말라 있었다. 네가 있으면 너에게 물을 수 있을까. 그러면 너는 어떻게 대답해줄까.

"약한 사람이라도 그런 생각은 안 할 거라고 믿었어."

"모두가 그랬어."

"그런데 이제 다 모르겠어."

믿었다와 모르겠다 사이에서 켄은 고개를 숙였다. 나는 더 이상 이을 말이 없었다. 내가 무엇을 알고 믿고 사랑했는지. 아무리 고민해봐도 대답은 모르겠다, 뿐이었다.

"집에서 수면제가 나왔잖아."

켄의 말에 반박하듯 내가 말을 꺼냈다.

"그날 수면제를 먹었다는 증거는 없잖아. 일정량만 먹

었을 수도 있고."

하지만 내 목소리에는 힘이 없었다. 분명 너의 집에서
는 수면제가 다량 발견됐다. 츄파는 오래전부터 수면제를
처방받고 있었으니까 놀랄 일은 아니었다. 침실 쓰레기통
에서는 꽤 많은 양의 수면제 포장지가 나왔다. 물론 츄파
가 그날 그것을 다 삼켰다는 증거가 되지는 못했다. 그러
나 반대의 증거도 나오지 않았다. 츄파는 부검 없이 화장
되었기에 확인할 길도 없었다. 너의 가족이 어떤 마음으
로 그런 결정을 내렸는지 나는 알 수 없었다. 확신하기에
덮어둔 것인지, 불안해서 외면한 것인지.

켄은 한숨처럼 말을 흘렸다.

"왜 운전해서 거기까지 갔는지 모르겠어."

사고가 났던 도쿄 외곽 도로는 츄파의 일반적인 동선
안에 없는 곳이었다. 일과 관련된 곳도 아니었고 지인이
살고 있던 곳도 아니었다. 매니저도 모르겠다는 대답만
반복했다. 그날은 쉬는 날이었고 네가 굳이 그곳을 지나
칠 일이 무엇인지 아는 사람은 없었다. 어쩌면 누군가는
알고 있었지만 입을 다물었을 수도.

"애인 만나러 갔을까. 솔직히 그런 거라면 그것도 충격
인데."

내 진지한 추리에 심각해하던 켄이 풋, 웃어버렸다.

"뭐야, 나 심각해."

"알아, 심각한 거. 심각해서 웃긴 거야."

이상한 타이밍에 터져버린 웃음 덕에 우리는 무거운 공기를 걷어낼 수 있었다. 확신할 수 있는 건 없었고 의심만 늘어가고 있었다. 기자들은 멋대로 떠들었지만 팬들은 숨을 죽이고 말을 참았다. 너의 죽음에 아무 말이나 보탤 수는 없었다. 진실을 알고 싶었지만 떠든다고 알아질 진실이 아니었으니까. 예전에 이상한 루머가 돌 때는 츄파가 입을 열 때까지 기다리면 됐는데, 이제는 기다릴 츄파가 없었다. 나는 추워도 더워도 기다릴 수 있는데, 언제까지고 기다릴 준비가 되어 있는데 아무리 기다려도 네가, 없다.

10

알람도 울리기 전에 잠이 깼다. 작은 창문을 열자 차갑고 신선한 공기가 방 안으로 스며들었다. 나는 몸을 힘껏 젖혀 기지개를 켰다. 샤워를 하고 머리를 말리며 여유 있게 모닝 커피까지 마시고 밖으로 나가자 켄이 로비에서 기다리고 있었다. 만나자는 약속 없이도 자연스럽게 함께 걷고 있는 게 재밌었다. 켄은 서툰 발음으로 잘 잤어? 하고 물었다.

"어? 한국어!"

켄은 스마트폰을 꺼내 통역 앱을 클릭했다. 앱은 켄과 비슷한 발음으로 나에게 다시 물었다, 잘 잤어?

"응, 잘 잤지. 많이, 깊게."

"그럼 아침은 카레 먹을까?"

"카레?"

"응, 나만 따라와."

아침부터 카레? 하는 생각이 들었지만 금세 뭐 어때, 하는 마음이 앞질렀다. 카레라는 말을 듣자 배가 고파진 것도 같고. 나는 오히려 켄의 발걸음을 재촉하며 걸었다. 배고파, 배고파, 많이 먹을 거야, 곱빼기로 먹을 거야.

이른 시간이어서인지 손님은 켄과 나뿐이었다. 습관적으로 구석에 자리를 잡으려는 나를 주인이 말리며 중앙 테이블을 가리켰다. 내가 어색하게 웃으며 앉자, 메뉴판을 가져온 주인이 다시 그 자리가 아니고 그 옆자리에 앉으라는 안내를 해주었다. 자리까지 지정해주는 거야? 궁금한 눈빛으로 켄을 쳐다봤지만 켄은 빙긋 웃으며 내 맞은편에 앉았다. 내가 쭈뼛거리며 자리에 앉자 주인은 그때서야 만족한 얼굴로 메뉴판을 내려놓고 말했다.

"유야 군 팬이죠? 여기 유야 군이 오면 앉던 자리예요."

내 눈이 커지는 것을 주인도 켄도 놓치지 않고 웃음으로 답했다.

"여기 자주 왔나요?"

"네, 이상하게 유야 군이 올 때 이 자리만 비어 있어서 몇 번 여기 앉았어요. 그러더니 나중에는 다른 자리가 있어도 여기에만 앉았고."

"아, 그렇구나."

나는 내가 앉은 의자, 테이블을 손으로 쓸어보았다. 언젠가 네가 앉았던 자리.

"주문은 어떻게 하시겠어요?"

"유야가 자주 먹었던 메뉴가 뭐예요?"

주인의 손은 제일 위에 있는 클래식 카레를 가리켰다. 나는 들뜬 목소리로 저도요, 하고 클래식 카레를 주문했다. 켄은 말할 것도 없이 같은 메뉴였다.

"미리 얘기해주면 좋았잖아."

"서프라이즈 선물."

켄과 내가 피식거리며 웃는 동안 클래식 카레는 다갈색의 예쁜 옷을 입고 우리 앞에 주어졌다. 한 숟갈 크게 퍼넣자 달고도 매콤한 맛이 혀를 감싸고 돌았다. 맛있어요, 맛있어요, 한껏 높인 목소리 톤에 주인은 인자한 미소로 화답해왔다. 카레가 조금 매워서인지 눈물이 핑 돌았다.

켄이 고개 숙여 먹지 않았다면 들켜버릴 뻔했다.

카레를 한 톨도 남김없이 깨끗하게 비우고 나는 켄보다
먼저 일어나서 계산대 앞에 섰다. 서둘러 지갑을 꺼내려
는 켄에게 이번에는 내가 말했다. 유야 군이 샀다고 생
각해. 켄이 웃고 나도 같이 웃었다. 주인은 내 빳빳한 지폐
를 받아 들고는 어디서 왔느냐고 물었다.

"한국에서 왔어요."

"멀리서 왔네. 고마워요."

"저도 고맙습니다. 카레 엄청 맛있었어요."

"또 와요."

나는 격하게 고개를 끄덕였다. 반드시 또 올 생각이었
으니까.

켄과 나는 소화도 시킬 겸 사슴도 볼 겸 공원으로 갔다.
나라에 사슴을 보러갈 때 어디서 봐야 하나 걱정할 필요
가 없다는 말을 들은 적이 있는데 그 말이 딱이었다. 나라
역에 도착하자마자 사슴은 어디서나 보였다. 공원 밖 인
도 쪽에서도 한가롭게 걷는 사슴을 쉽게 찾아볼 수 있었
다. 신기한 것은 절대 차도 쪽으로는 나오지 않는다는 것
이었다. 켄은 작게 중얼거렸다. 나라 사슴은 거의 사람 수
준이야.

사슴을 보고 싶었는데도 막상 보자 가까이 다가가기가

겁났다. 나는 사슴과 거리를 두고 스마트폰으로 사진만 찍었다. 사슴들은 사진 찍는 나를 철저히 외면했고 나는 그런 사슴을 설득할 능력이 없었으므로 사진은 구도도 초점도 엉망이었다. 켄은 길가에서 센베이를 사서 사슴들에게 나눠주라며 내게 내밀었다. 나는 아무 생각 없이 센베이를 받았다. 그런데 그것이 불행의 씨앗일 줄이야. 내 손에 센베이가 있다는 것을 알아채자마자 주변 모든 사슴이 내게 달려들었다. 내가 피하면 피할수록 더 내게 파고들었다. 사슴의 짤뚱한 뿔이 내 엉덩이를 치받았다. 나는 더 이상 참지 못하고 센베이를 던져버렸다. 사슴들은 곧바로 나를 버리고 센베이 쪽으로 뛰어갔다. 홀로 패잔병처럼 남아 흩어진 정신을 수습하고 있는데 어디선가 키득거리는 소리가 들렸다. 나는 사슴보다 더 빠르고 더 거세게 켄을 향해 돌진했다.

겨우 사슴들에게서 벗어나 벤치에 앉았다. 켄은 사과의 의미로 캔커피를 내밀었다.

"사슴이 순하다는 건 다 거짓말이었나 봐."

"저 정도면 순한 거 아니야?"

"그런가."

묘하게 설득당해 고개를 끄덕이고 있는데 우연히 사진 하나가 떠올랐다. 나는 스마트폰을 뒤적여 츄파가 사슴과 뽀뽀하는 사진을 켄 앞에 내밀며 물었다.

"이건 대체 어떻게 찍은 거야? 사슴이 가만있을 리가 없는데."

"그게 그 사람의 능력이지."

"아."

이번에도 설득당한 나는 고개를 끄덕이면서 츄파의 사진을 가만히 바라봤다. 사진 속의 츄파는 어리고 밝고 예뻤다. 사슴을 얌전히 만들 줄도 알고 그런 사슴과 뽀뽀를 나눌 만큼 다정한 사람. 지나치는 동물들에게 꼭 말을 걸고 대답을 해주는 사람. 처음 그 사진을 봤을 때 나는 내가 사슴이 아니고 사람인 게 화가 났었는데. 지금은 그냥 그 시간들이 너무 멀어져서 눈이 시렸다.

가고 싶은 데가 있어, 하고 켄에게 다른 사진을 보여주었다. 몇 년 전 츄파가 출연한 방송의 캡처 사진이었다. 그날 츄파는 나라마치를 걷다가 작은 카페에 들어갔다. 카페에서는 라떼 아트로 사슴과 대불(大佛)을 그려주었다. 사슴 라떼는 귀여웠지만 대불 라떼는 웃겼다. 츄파는 몸을 동그랗게 마는 특유의 자세로 웃다가 커피 안에 그려진 대불을 향해 합장했다. 어제처럼 생생한 기억이었지만 실제로 시간은 몇 년이 지나 있었다. 켄은 알겠다고 말한 뒤 자신의 스마트폰으로 검색하기 시작했다. 나는 켄 곁에 앉아서 그 가게가 없어지지 않고 그 자리에만 있어주면 좋겠다고 기도했다.

기도는 이뤄졌다. 켄은 구글맵을 켠 후 찾을 수 있을 거라는 확신을 했다. 길치에 방향치인 나는 켄의 등만 보고 바짝 따라붙었다. 평일 오후였는데도 나라마치는 한산했다. 길에는 사람이 거의 없었고 작은 상점 안에도 손님은 대부분 없었다. 몇몇 가게는 문 닫을 준비를 하는 듯했다. 고작 3시가 조금 넘은 시간이었는데도. 햇살이 낮게 드리워졌다. 간간이 새소리가 들렸고 멀리서 아이들의 웃음소리도 희미하게 느껴졌다. 나는 멈춰 서서 사진을 찍었다. 그 시간을 찍었다. 지금 이 순간을 아주 오래 간직하고 싶었다. 너를 키우고 품어왔던 이 거리를 내 안에 꼭꼭 넣어두고 싶었다.

그러는 동안 켄과 나는 헤매고 있었다. 분명 길 끝에서 오른쪽으로 꺾었는데 걷다 보면 아까 그곳이 또 나왔다. 반대편으로 꺾으면 막다른 길이 나왔고. 고개를 갸웃거리는 켄을 다그치지 않고 나는 계속 주위를 둘러봤다. 블로그에서 캡처해놓은 사진과 대조해보며 몇 걸음 더 걸어 들어갔다. 여기가 맞는데, 하며 매의 눈으로 골목을 살폈다. 마침내 우리가 그렇게 찾아 헤매던 작은 간판을 발견했다. 나는 손을 높이 들어 켄을 불렀다. 켄은 거기였어?

하면서 허탈하고도 후련한 미소를 지었다.

그러나 우리는 카페 안에 들어갈 수가 없었다. 카페는 이미 문을 닫은 시간이었다. 켄과 나는 카페 앞 작은 계단에 쪼그려 앉았다. 한숨 대신 말을 꺼냈다.

"오후 4시에 문 닫는 카페 처음 봐."

"나라는 그런 데가 꽤 많을걸."

"그러게. 다른 집들도 많이들 닫고 있더라."

이런 말을 나누는 와중에도 맞은편 미용실의 문이 닫혔다. 주인인지 직원인지 모를 핑크색 머리의 남자가 열쇠로 문을 잠그고 유유히 골목을 벗어났다. 남자의 뒷모습을 보며 나는 켄에게 물었다.

"그런데 이 동네에는 미용실이 왜 이렇게 많아?"

"그러게, 카페인 줄 알고 가보면 미용실이더라."

"사람도 별로 없는 것 같은데 미용실이 될까."

"안 되어도 괜찮은가 보지."

츄파가 나라를 떠나지 않고 미용사가 되었으면 어땠을까. 그랬으면 네가 원하는 조용하고 평화로운 삶을 살 수 있었을지도. 사람들 머리를 예쁘게 잘라주면서 웃고, 늦은 오후에 가게를 정리하면서 옆집 카페 주인과 인사를 나누고, 집에 돌아가 취미로 기타를 치고, 가까운 친구들과 만나 맥주 한잔 하고 즐겁게 잠드는 삶이 네게 주어졌다면.

그 안에 나는 끼어들 자리가 없겠지만 너는 그것으로 만족할 텐데. 매일 수면제를 먹고 억지로 자고 억지로 일어나는 생활은 할 필요가 없었을 텐데.

켄이 먼저 일어났다. 켄을 따라 일어서는데 옷에 달려 있던 단추 하나가 떨어졌다. 작은 단추는 통통 튀더니 켄과 반대편 방향으로 굴러갔다. 나는 서둘러 단추를 따라 뛰었다. 단추는 멈출 듯 하면서도 굴렀고 잡힐 듯 하면서도 잡히지 않았다. 길 사이로 굴러가던 단추는 어느 순간부터 보이지 않았다. 길가에 있는 홈을 유심히 쳐다보다 아무래도 포기해야겠다는 생각으로 뒤를 돌았을 때 켄은 없었다. 나는 켄이 간 쪽으로 걸으며 켄을 불렀다. 왠지 골목은 조금 전보다 더 조용하고 어두워진 것 같은 기분이었다. 골목 안에는 내 발소리만 울렸다.

11

켄이 간 길로 따라 걸었는데 골목에 들어서자마자 나는 탄성을 질렀다. 골목 안에는 아주 작은 것들로 이루어진 도시가 있었다. 전체를 미니어처로 만들어놓았는지 내 키보다도 작은 집들과 나무가 보였다. 자동차도 내 가방만 한 크기였다. 소인국에 온 걸리버가 된 기분이었다. 이 것도 관광지로 개발해놓은 건가? 이런 데가 있다는 얘기는 한 번도 들어본 적 없는데. 입구 쪽에 안내가 있지 않을까 싶어 골목을 빠져나왔는데 내가 걸어왔던 길은 온데간데없이 사라지고 작은 도시만이 이어져 있었다. 당황해서 원래 있던 곳으로 뛰어가봤지만 달라지는 건 없었다. 지하철역도 보이지 않았고 걸으면서 봤던 미용실이나 카페도 없었다. 나는 작은 도시 한복판에 주저앉아버렸다.

길을 잃었다고 보기에는 어려웠다. 그것보다는 갑자기 딴 세상이 나타난 것 같았다. 이 모든 게 환상일까. 피곤해서 헛것을 보는 건가. 나는 벌떡 일어나 빨간 지붕 위에 손바닥을 얹었다. 느낌이 그대로 전해져 오는 걸 보니 헛것을 본다고 할 수도 없었다. 그래도 믿을 수 없어 나무를 잡아보았지만 나무의 느낌 또한 고스란히 느껴질 뿐이었다. 크기만 작았지 나무인 건 확실했다. 여기에 있는 모든 것은 작지만 분명 존재하는 것이었다. 도대체 여기는 어디이고 나는 왜 여기로 들어오게 된 건지. 지나가는 사람이 있다면 붙잡고 뭐라도 물어볼 텐데 사람의 흔적조차 보이지 않았다. 이건 뭐, 이상한 나라의 앨리스가 따로 없네. 그래도 앨리스는 안내해주는 토끼라도 있었지, 나는 이게 뭐냐고.

빠져나가려고 온갖 골목을 다 헤집고 다녔지만 출구는 보이지 않았다. 출구 따위는 아예 없는지도 몰랐다. 덜컥 겁이 났다. 우선 연락을 해야겠다는 생각에 휴대폰을 꺼냈지만 먹통이었다. 까만 화면에 내 울먹거리는 얼굴만 비쳤다. 이상한 도시에 철저히 혼자 남겨져 아무도 부를 수가 없었다. 주저앉아 좀 울까 하다 말았다. 놀라서 우는 것도 어릴 때나 하는 거지, 서른이 넘어가고 나자 눈물도 잘 나오지 않았다. 눈물 대신 한숨이 푹푹 나왔다. 대체 여기서 뭘 어떻게 해야 하는 건지 알 수 없었다. 일단 여기에 있다고 해서 내가 당장 죽거나 문제가 생기는 건 아니니까 침착하자. 소설이나 영화에 나올 법한 일이 나에게 벌어진다고 해서 덜렁거리면 촌스럽잖아? 최대한 세련되게 넘기는 거야.

나는 어깨를 펴고 걸었다. 도시의 모든 것이 내 아래 있는 게 신기했다. 작은 도시는 생각보다 컸고 골목마다 다른 풍경이었다. 어떤 골목은 유럽풍이었고 또 다른 골목은 일본 옛 도시 같았다. 슬슬 돌아다니다 보니 겁보다는 신이 났다. 나는 내 처지를 잊고 나중에 돌아가면 켄에게, 그리고 친구들에게 다 얘기해야지, 하고 마음먹었다. 그러나 돌아갈 수는 있을까, 하는 생각이 바로 따라붙어서 금세 우울해지려는 것을 억지로 막았다. 망할 때 망하더라도 지금 이 순간을 망치고 싶지는 않았다.

여행자 모드를 켜고 제일 왼쪽에 있는 골목부터 돌아보았다. 일본의 몇 세기 전 모습이 이랬을까 싶었다. 작은 절과 그것보다 더 작은 불상이 입구에 있었고 안쪽으로 들어가면 하얗게 칠해진 성이 보였다. 성은 지붕만 까맣고 다른 외벽은 모두 하얀색이었다. 뾰족뾰족한 끝이 위협적인 척하고 있었지만 졸지에 거인이 되어버린 내 눈에는 모두 귀엽게만 느껴졌다. 나는 내 손바닥보다도 작은 불상 앞에 서서 합장했다. 무엇을 빌어야 할지 정하지 않아 가만히 눈만 감았다.

절 앞에는 기다란 줄이 있었고 그 줄에는 소원지들이 묶여 있었다. 나는 사람들의 소원이 한데 모여 있는 게 좋았다. 바라는 것이 빼곡히 적힌 종이들이 나란히 줄 서 있는 게 예뻤다. 내용은 다를 테지만 마음은 한 곳에 향해 있을 소원들 위에 나의 바람을 얹어 놓으면 괜히 마음이 포근해지곤 했다. 그래서 내 소원 하나를 빌고 나서는 여기 있는 모든 소원이 이루어지기를 함께 빌었다.

다음 골목은 풍차가 있는 것으로 보아 네덜란드의 골목이었다. 풍차는 날개마다 다른 색이 칠해져 있었지만 돌면서 여러 색들이 하나로 얽혀들었다. 나는 바람 부는 골목에서 쉼 없이 돌아가는 풍차를 보면서 머릿속을 비웠다. 바람은 차지 않았다. 바람이 잠시 멎었을 때 풍차의 속도는 확연히 느려졌지만 멈추지는 않았다. 풍차가 완전히 멈추기 전에 다가가 손으로 풍차를 돌렸다. 바람 부는 방향과 반대로 돌려서 다른 풍차들과는 다른 쪽으로 돌게 되었지만 그래도 괜찮았다. 오히려 그래서 더 괜찮았다.

그다음 골목은 입구부터 내 발걸음을 멈추게 했다. 먼 기억 속에 멈춰 있던 익숙한 풍경. 흐릿했던 기억은 한 발짝씩 내딛을 때마다 또렷해지고 있었다. 이 골목은 내가 어린 시절 살던 곳이었다. 높지도 크지도 않은 집들이 올망졸망 붙어 있는 골목의 모습은 옛날 그대로였다. 해 질 무렵의 골목을 사람 사는 소리가 채웠다. 압력밥솥의 치직대는 소리, 그네의 삐걱대는 소리, 동네 아이들이 몰려다니며 다닥다닥 뛰어가는 소리, 무리에서 뒤처진 아이의 훌쩍거리는 소리. 그 소리들에 나는 멈춰서 뒤를 돌아봤다.

골목 끝 구석진 곳에 있던 초록색 대문이 조금 열려 있었다. 늘 문이 잘 닫히지 않던 우리 집이었다. 예전에는 우리 집뿐만 아니라 여러 집들의 문이 열려 있었다. 그 열린 문으로 동네 친구들도 오갔고 옆집 할머니도 오갔고 편지 든 우체부도 오갔고 알 수 없는 물건들을 잔뜩 짊어진 방문판매원도 오갔다. 사람들은 아무렇지 않게 와서 물을 얻어 마시고 사는 얘기를 풀어놓다가 벌써 시간이 이렇게 됐네, 하며 갔다. 숫기가 없었던 나는 엄마 뒤에 숨어서 빨대로 팩에 든 우유를 빨면서 그들을 관찰했다. 얼굴보다는 거무스름하게 때가 낀 손톱 끝, 곧 구멍이 날 것 같은 양말 뒤축, 누런 얼룩이 묻은 소매 안쪽에 시선이 갔다. 다른 사람의 눈이 머물 것을 미처 대비하지 못해 허술하게 놓아둔 틈으로 그들을 들여다보는 게 재밌었다.

곁에 오가는 타인들을 보는 것만큼 텔레비전 속의 사람들을 관찰하는 것도 좋아했다. 엄마는 텔레비전을 바보상자라고 하며 못 보게 했지만 나는 그런 엄마 몰래 어떻게든 〈질투〉와 〈마지막 승부〉와 〈느낌〉을 봤고 〈토요일 토요일은 즐거워〉와 〈일요일 일요일 밤에〉를 봤다. 매주 일요일 아침 〈디즈니 만화동산〉은 놓치지 않았고 〈피구왕 통키〉도 〈축구왕 슛돌이〉도 무척 좋아했다. 그래도 가장 좋아했던 건 역시 〈가요톱텐〉이었다. 매주 노래를 따라 부르고 춤을 따라 추고 마지막에 1위 발표를 두근거리면서 기다리는 그 시간이 얼마나 행복했는지.

집을 지나서 골목을 따라 쭉 걸어 나가자 작은 음반점이 보였다. 초등학교 시절 일주일에 3천 원이던 내 용돈은 거의 음반값으로 사라졌다. 나는 매운 떡볶이를 먹는 것보다 예쁜 핀을 사는 것보다 노래를 듣는 게 좋았다. 양쪽 귀에 이어폰을 끼고 모든 소음을 차단한 채 누군가의 목소리에만 귀를 기울이는 시간이 좋았다.

들어갈 수 없는 음반점 앞을 서성이다 여기저기 때가 탄 금빛 목걸이를 발견했다. 작은 도시인데도 목걸이만은 원래 그 크기여서 유독 튀어 보였다. 늘 내 안주머니에 들어 있던 그 목걸이. 리본 모양의 큐빅이 몇 개 빠져서 초라해진 목걸이를 주워 들었다. 펜던트를 열자 오른쪽에는 엄지 손톱만 한 크기의 거울이 있었고 왼쪽에는 무심한 듯 앞을 보고 있는 그의 사진이 있었다.

반 아이들이 다른 반의 남자아이를 좋아할 때 내게도 그런 사람이 생겼다. 그게 옆 반 아이가 아닌 텔레비전 속의 사람인 건 내게 당연한 일이었다. 드라마에서 나오는 것처럼 사랑하는 이의 얼굴을 목걸이 안에 간직하고 싶었다. 나는 잡지에 있던 그의 얼굴을 몰래 오려 넣고 사람들이 있는 곳에서는 절대 펜던트를 열지 않았다. 친구들이 아무리 보여달라고 해도 절대 안 된다고 고개를 저으며 품에 넣었다. 들키면 안 된다는 것을 막연하게나마 이미 알고 있었다는 듯.

비밀이 폭로되는 순간은 참 허무했다. 피구를 하다가 떨어뜨린 목걸이를 친구가 발견하는 순간, 내 것이라는 사실을 뻔히 알면서도 펜던트를 여는 순간, 나에게 건네면서 별것 아니라는 말투로 개였어? 하고 웃어버리던 순간, 화를 숨기지 못하고 내가 낚아채듯 목걸이를 빼앗은 순간, 혼자 집에 가는 길에 울먹이며 목걸이를 내던지던 순간. 그 순간들이 쌓여 엉망으로 엉켜버렸다. 그때 알았다. 내 소중한 것이 누군가에게는 별것 아니라는 걸. 내 마음은 누군가의 무시를 참아내야 한다는 걸.

어린 마음에 억지를 쓰고 싶었다. 나는 너희들과 다르다고. 그런데 생각해보면 사실 내가 하고 싶은 말은 그 반대였다. 나도 너희들과 똑같다고, 그렇게 누군가를 좋아할 뿐이라고. 하지만 나는 사람들과 다투지 않았고 사람들을 설득하지 않았다. 그저 내 마음을 더 꼭꼭 숨기고 닫아두는 것으로 최선을 다했다. 우스울 정도로 진지하게 텔레비전 속 사람을 좋아하는 내가 불행하지 않도록. 커가면서 나는 쉽게 마음을 들키지 않는 어른으로 자랐고 혹시 들키게 되는 순간이 와도 유연하게 대처할 수 있는 거짓말쟁이가 되었다. 진심을 지키기 위해 그 앞에 수많은 거짓의 성벽을 쌓았다.

다음 골목으로 들어서자 목걸이는 사라졌고 내가 걸어온 옛 골목도 더 이상 보이지 않았다. 뭐 여기에서는 더 놀랄 일도 없을 것 같아 나는 의연하게 걸었다. 이번 골목은 입구만 봐도 어딘지 알 수 있었다. 내가 다니던 대학의 후문 앞 골목. 갑자기 더운 바람이 훅 끼쳐왔다. 이 후텁지

근한 공기의 주인을 알고 있었다. 나의 첫 남자 사람 친구이자 남자친구가 된 T의 것이었다. T와 나는 미팅에서 만나 어색한 분위기를 견디지 못하고 무작정 술만 퍼마시다 새벽에 뼈해장국을 먹으면서 의리를 다졌다. 하지만 남녀 간의 의리는 싸구려 유리컵보다도 깨지기 쉽다는 것을 그때 배웠다.

학교 후문 앞 카페에서 그날따라 유난히 가까이 앉으려 하는 T를 밀어내지 않았던 건 신기해서였다. 현실 남자 앞에서 두근거렸던 게 처음이라서. T가 다가올수록 나는 더워서 계속 손부채질을 하며 물을 마셨다. 그래도 더위는 가시지 않았고 어딘지 습하고 눅눅한 공기는 나를 늘어지게 했다. T 또한 얼음을 씹으며 중얼거렸다. 완전 브라질이 따로 없네. 그러다 갑자기 커피잔을 테이블 멀리로 밀어냈다. 그러고는 눈 좀 감아봐, 하고 말했다. 아주 빠르고 다급한 목소리로. 뭐지, 이 대놓고 하는 준비 동작은? 나는 알면서도 순순히 눈을 감았고 T는 자기도 눈을 감은 건지 어쩐 건지 입술보다 코를 먼저 부딪쳐왔다. 웃음이 나려는 것을 간신히 참고 입을 맞췄을 때, 나는 다시 한 번 놀랐다. 너무 대단하지 않아서.

"원래 첫 키스는 귓가에서 종소리 들리고 그런 거 아니야?"

억울해하며 제나와 앵에게 물었을 때 제나는 얘 왜 순진한 척해, 하고 말을 끊었고 앵은 가만히 끄덕이다가 쟤가보기에는 저래도 야동이 아닌 아동에 가까운 애야, 하고분석조로 말했다. 종소리도 새소리도 없는 키스는 금세 익숙해졌고 원래 그런 거라는 것을 인정하면서도 나는 텔레비전 속의 오빠와 키스를 하면 어떨까, 상상했다. 물론 자주는 아니고 아주 가끔. 역시 상상 속에서는 종소리가 났다. 내가 이 말을 하면 제나와 앵은 반드시 비웃을 테지만어쨌든 상상 속에서라도 듣는 종소리는 달콤쌉싸름했다.

더위가 사그라들 무렵 T의 생일이 다가왔다. 나는 처음맞는 남자친구의 생일을 최대한 성의껏 준비하고 싶었다. 마음은 충만했고 그 충만한 마음을 금액으로 표현하기 위해 아르바이트비를 싹 털어 썩 괜찮은 지갑을 선물로 골랐다. 모든 게 완벽하다고 생각했는데 한 가지 변수가 이모든 노력을 물거품으로 만들어버렸다. 텔레비전 속 사람, 나의 아이돌, 나의 오빠가 하필 그날 콘서트를 할 줄 몰랐지. 남자친구의 생일과 아이돌의 콘서트가 겹치면 다른사람들은 당연히 남자친구의 생일을 고르겠지만 나를 비롯한 대부분의 빠순이는 아이돌의 콘서트를 선택했다.

어떻게 그럴 수가 있느냐고 묻는 사람들에게 나는 아주논리적이고 합리적인 설명을 드릴 용의가 있다. 남자친구의 생일은 사적인 일이기에 서로의 협의에 따라서 약속을 옮기는 것이 가능하다. 또한 생일을 아주 따로 보내자는 게 아니라 그 전날 만나서 함께 있다가 12시에 케이크의 촛불을 불고 축하를 해주면 된다. 이 방식은 그가 생일 당일 저녁을 가족과 함께 보낼 수 있어 기특한 아들 노릇을 할 기회까지 제공한다. 하지만 오빠의 콘서트는 내가 바꿀 수 없는 공적인 일정이고 티켓을 되파는 것은 불법을 행하는 일이며 사이트를 통해 합법적으로 환불을 한다고 해도 금전적 손해를 입는다.

그렇기에 나는 논리적이고 이성적인 사고를 거쳐 T에게 정식으로 일정 변경을 요청했다. 결과는 모두가 예상하다시피 T의 격한 분노였다. T는 나를 이해할 수 없었고 나는 T를 이해시킬 수 없었다. 우리는 어렸고 서로의 화를 어떻게 다스려야 할지 몰랐고 그래서 서로에게 상처 되는 말을 아무렇지 않게 던졌다. 강속으로 날아오는 직구는 묵직하게 가슴을 때렸고 빈정대며 날아오는 변화구는 자존심을 건드렸다.

"그딴 가수 콘서트가 내 생일보다 더 중요하냐?"

"응, 중요해."

"무슨 애새끼도 아니고 아이돌 따위에 빠져서는."

"지 생일 안 챙긴다고 지랄하는 건 애새끼가 아니냐?"

"멍청한 빠순이 계집애."

"내가 너보다 공부 잘한 거 굳이 말로 할 필요는 없을 것 같은데."

그 유치한 싸움 속에서 내가 원했던 건 그냥 헤어지는 것이었다. 어차피 헤어질 것을 알면서 왜 이런 말다툼을 이어가는지 알 수 없었다. 그냥 한 마디도 지기 싫었다. 지금까지 나를 무시해왔던 수많은 일들에 대해 방어가 아닌 공격 태세를 취한 건 처음이었다. 무슨 말이든 되받아칠 준비가 되어 있는 나에게 헤어지자는 수류탄이 날아왔다. 헤어지자. 나는 침착하게 고개를 끄덕여 터지는 수류탄을 온몸으로 받았다. 그 말을 기다리고 있었으니까. 아주 작은 아량을 베풀어 그 말을 할 기회를 T에게 넘겼으니까.

T와 헤어진 그날도 처음 만났던 그날처럼 더웠다. 분명히 일기예보에서 더위는 한풀 꺾였다고 했는데 나의 체감 온도는 달랐다. 나는 혼자 길을 걸으면서 손등으로 몇 번이나 이마의 땀을 닦아냈다. 처음으로 사귀던 남자친구와 헤어졌는데도 눈물은 나지 않고 땀만 났다. 땀은 목덜미를 타고 흘러내렸고 등을 흥건하게 적셨다. 그렇게 더운데도 손부채를 부쳐가며 오기로 걷고 또 걸었다. 특별한 목적지도 없이. 나는 언젠가의 T처럼 중얼거렸다. 완전 브라질이 따로 없네. 우리가 만날 때마다 더워지는 것을 '브

라질에 왔다'고 말하는 T에게 피식 웃어주기만 할 뿐이었
는데 그날만은 공감했다. 우리가 헤어지고 나서도 브라질
의 태양이 각자의 머리 위에 내리쬐고 있다는 것을.

어리석었던 그 시절을 후회하지는 않는다. 그 시간들
을 딛고 일어서 자랄 수 있었다. 작은 도시도 더위는 마찬
가지였다. 그날처럼 뜨거운 브라질 골목을 걸으면서도 더
위에 무작정 화를 내는 대신 이제 나를 숙일 줄 알게 되
어 다행이었다. 소식도 들을 수 없는 T가 어디서든 잘 지
내면 좋겠다고 생각했다. 아주 오랜만에 어른스러운 생각
을 한 내가 기특했고 그런 생각을 하는 사이에 브라질 골
목은 끝나버렸다. 그런데 T의 이름이 태경이었던가, 태균
이었던가, 정확히 기억이 나지 않았다. 뭐, 아무려면 어때.
뒤를 돌았을 때 이제는 사라진 브라질 골목을 지나쳐 미
련 없이 다른 골목으로 들어섰다.

12

이번 골목은 내가 모르는 풍경이었다. 어딘지 짐작도
가지 않는 낯선 골목에서 나는 조심스레 주위를 둘러봤
다. 크기나 모양은 제멋대로인 것 같지만 지붕 색은 채도

가 낮은 오렌지색으로 통일되어 있었고 각진 대문의 모양도 비슷했다. 다른 듯 같은, 묘한 집들이 가도 가도 계속 나왔다. 모든 집들에는 작은 마당이 딸려 있었고 그 안에 나무가 한두 그루씩 자라고 있었다. 푸른빛이 가시고 이제 열매 맺을 준비를 하는 감나무를 쪼그려 앉은 채 한참 쳐다보다 인기척을 느끼고 고개를 들었다. 골목 끝쯤에 파란 페도라를 쓴 누군가의 뒷모습이 보였다. 작은 도시에서 사람을 본 건 처음이었다. 나는 벌떡 일어나 그 사람을 향해 달렸다.

별로 걸음이 빠르지도 않은데 왠지 거리는 좁혀지지 않았다. 나는 다급한 마음에 저기요, 저기요! 하고 불렀지만 듣지 못한 건지 파란 페도라는 계속 걷기만 했다. 그 사람을 놓치면 안 될 것 같아 속도를 높였지만 금세 다리 힘이 풀렸다. 파란 페도라는 코너를 돌아 사라졌다. 급하게 뒤쫓다 발이 꼬여 넘어지려는 순간 누군가 내 팔을 붙잡았다. 나는 간신히 휘청거리는 몸을 일으키며 고맙습니다, 하고 말했다. 내 팔에서 손을 뗀 파란 페도라가, 아니 유야가, 나의 츄파가 눈이 부시게 웃고 있었다.

신을 처음 만난 자의 눈빛이 나와 같을까. 나는 모세의 기적이라도 본 것처럼 흥분을 감출 수가 없었다. 너무 이상한데, 이 상황이 말도 안 되는 것을 아는데 내 앞의 파란 페도라는 분명히 츄파였다. 츄파를 만나면 진짜 츄파가 맞느냐고 물어볼 필요도 없다는 것을 깨달았다. 무슨 말이라도 꺼내고 싶은데 아무것도 소리가 되어 나오지 않았다. 침묵의 시간이 길어질수록 츄파가 가버릴까 봐 두려웠다. 나오지 않는 말 대신 손을 내밀어 츄파의 옷소매를 잡았다. 차마 손은 못 잡고 손 옆으로 길게 나온 소매를 꽉, 절대 놓지 않겠다는 의지로.

츄파는 그런 나를 보고 웃었다. 무슨 뜻인지 다 안다는 듯 고개를 두어 번 끄덕이고 소매를 조심스럽게 끌어 저쪽을 가리켰다. 나는 소매를 놓지 않고 츄파 뒤로 바싹 붙어 걸었다. 그의 걸음걸이를 의식하며 속도를 맞췄다. 소매를 잡은 손이 떨려왔다. 그 떨림이 전해질 것 같아 두려웠지만 아무래도 놓을 수는 없었다. 어떻게 잡은 시간인데 이대로 놓쳐버릴 수는 없었다. 무슨 말이든 하고 싶었다. 너를 붙잡을 수 있는 말을 떠올리고 싶었다. 다짜고짜 사랑해요, 좋아해요, 고백할 수도 없고. 갑자기 내 소개를 하는 것도 너무 어색할 것 같고. 너를 보면 하고 싶은 말이 쏟아져 나올 줄 알았는데 막상 네 앞에서는 아무 말도 내뱉을 수 없는 게 우습고 힘겨웠다.

츄파는 골목 안쪽 빨간 대문 집의 시멘트 계단 앞에 섰다. 그러고는 작은 계단에 자기가 먼저 앉고 옆자리를 손으로 툭툭 털어 내게도 앉으라는 손짓을 했다. 나는 안절부절못하다 츄파 옆에 살짝 거리를 두고 앉아서 다시 소매를 고쳐 잡았다. 츄파가 소리 내어 웃었다. 손으로 입을 가리고 웅후후, 하고. 텔레비전에서 수도 없이 봤던 바로 그 웃음이었다. 나는 감격한 나머지 진짜야, 진짜야, 하고 중얼거렸다. 츄파는 파란 페도라를 벗어 옆에 내려놓고는 헝클어진 머리를 탁탁 털어 정리했다. 삐져나온 한 가닥의 앞머리까지 꼼꼼히 정리한 뒤, 그 모습에 빠져 멍한 내 앞으로 예쁜 얼굴을 들이대며 물었다.

"괜찮아?"

반사적으로 고개를 끄덕이며 말했다.

"괜찮아요."

그런데 그 말을 하자마자 눈물이 쏟아졌다. 의미를 알 수 없는 눈물이 참을 수 없이 흘러나왔다. 나조차 나를 이해할 수 없었다. 잡고 있던 츄파의 소매도 놓고 얼굴을 감쌌다. 이러고 싶지 않은데 이것밖에 할 수 없는 내가 싫었다. 무릎 사이로 얼굴을 파묻고 훌쩍이면서도 츄파가 가면 어쩌지, 하는 걱정을 멈추지 못했다. 이러고 있는 내가 스스로도 황당해서 어떻게든 멈추려는데 츄파의 손이 내 머리를 쓰다듬었다. 츄파의 손은 그리 크지 않은데도 내 슬픔을 다 감쌀 것 같았다. 그 손길에 눈물은 서서히 멎었다. 막상 눈물이 멈추자 고개를 드는 게 더 부끄러웠다.

"물 마실래?"

적당한 타이밍에 다가온 친절을 붙들어 고개를 들었다. 얼굴이 엉망일 텐데 이렇게 바로 옆에서 거울을 꺼내 보는 것도 웃기고 그렇다고 그냥 있기에는 위험성이 너무 컸다. 손으로 화장이 번졌을 것 같은 곳을 대충 문지르고 츄파가 준 물을 받았다. 별수 없어. 이미 추할 만큼 추해졌어. 그냥 물이나 마시자. 목이 말랐던 건지 아니면 츄파가 주는 것이어서인지 물이 너무나 달았다.

"물이 왜 이렇게 달아요?"

"음, 요정이 준 물이니까?"

눈 한 번 깜박이지 않고 깜찍한 말을 하는 게 귀여워서 빠순이 환호를 지르려다가 겨우 참아냈다. 언제까지 귀여울지 궁금했는데 죽어서도 귀엽구나. 내가 눈만 동그랗게 뜨고 쳐다보자 츄파는 고개를 숙이고 부끄러운 듯 웃었다. 그게 또 귀여워서, 더는 참을 수가 없어서 나는 토해내듯 말을 뱉어버렸다. 귀여워, 미치겠어.

응? 하고 되묻는 츄파에게 손을 저어 말을 흩어냈다. 나도 모르게 나온 거라 한국말을 한 게 그나마 다행이었다. 나는 잠시 츄파와 눈을 맞추다 3초도 넘기지 못하고 고개를 숙였다. 너무 가까워서 이미 심장이 튀어나올 듯 날뛰고 있었다. 이렇게 가까운 거리에서 츄파를 보게 되리라는 상상조차 해본 적이 없었다. 심지어 꿈속에서도 츄파를 무대 위에 두고 늘 밑에서 올려다보기만 했으니까. 꿈에서도 이루지 못한 꿈같은 일이 생기는 것을 보면 역시 내가 죽은 게 아닐까, 하는 걱정이 피어올랐으나 설령 그랬다고 해도 이 두근거림은 내게 현실이었다.

고개를 숙이고 있다가 츄파의 운동화 앞코에 시선이 닿았다. 흙이 묻어 때가 탄 운동화 앞코를 말없이 바라만 보다 손가락 끝으로 살살 건드렸다. 츄파는 발을 움직이지 않고 내가 하는 대로 내버려두었다. 1열에서 콘서트를 본 적이 있었다. 유난히 무대와 객석 사이가 가까웠고 신이 난 츄파가 무대 끝까지 나와서 손을 흔들었다. 팔만 뻗으면 운동화 끝 정도는 만질 수 있을 것 같았다. 하지만 내가 조심스레 팔을 뻗었을 때 츄파의 흰 운동화는 가볍게 멀어져갔다. 내 미련 많은 손가락은 차마 떠나지 못하고 츄파가 떠난 허공을 더듬거렸다. 누구의 탓도 아니었다. 내가 나쁜 것도 츄파가 나쁜 것도 아니었다. 이렇게 쉽게 닿았다면 그만큼 애타지 않았으려나. 너의 둥근 발끝, 구겨진 옷깃, 그리고 뻗친 머리카락을 만지고 싶었다고 말하면 너는 웃어줄까, 찌푸릴까.

운동화 앞코에서 겨우 손가락을 떼고 갈 길 잃은 손가

락을 말아 쥐었다. 초라한 내 손을 츄파의 손이 감싸 쥐었다. 깜짝 놀란 내가 고개를 들어도 츄파는 손을 놓지 않고 가만히 내게 눈을 맞췄다. 내가 네게 바랐던 게 이런 것이었나, 하고 생각했지만 쉽게 답이 나오지 않았다. 나는 네 애인이, 가족이, 친구가 되고 싶었다. 너의 곁에서 네 이야기를 들어주고 함께 웃는 게 늘 나의 소원이었다. 하지만 동시에 나는 너의 팬인 것이 좋았다. 우리가 아이돌과 팬으로 만난 것은 최고의 관계일 수도 있다고 생각했다. 너를 사랑하는 만큼 너를 미워했지만 그래도 반짝이는 눈으로 서로를 대할 수 있어서 충분했다고.

사람들은 모르겠지만 나는 매일 너에게 위로받고 있었다. 너의 노래는 따뜻한 손이 되어 내 머리를 쓰다듬어주었고 너의 눈빛은 너른 품이 되어 나를 안아주었다. 그것은 네 바로 옆에 있을 애인이나 가족이나 친구는 절대 느끼지 못할 감정이었다. 그래서 나는 5만 명 사이에 끼어 있어도, 5km 밖에 떨어져 있어도 괜찮았다. 네 시선이 닿지 않는 곳에 있어도 상관없었다. 우리 사이의 거리가 멀고 멀어도 이해했다. 나는 네가 좋았다. 그리고 너에게 충분히 사랑받았다. 내가 소매 끝을 잡고 늘어지지 않아도 너는 떠나지 않았다. 오히려 우는 나를 토닥여주었다. 생각해보면 매일, 매번, 매 순간 너는 그랬다.

밀려드는 감정에 목이 메어 있을 때 츄파는 무슨 생각인지 모를 표정으로 하늘만 쳐다보고 있었다. 그 단정한 얼굴은 내가 잘 알고 있는 너의 얼굴이어서 나는 또 하염없이 너만 바라봤다. 시선의 어긋남 속에서 너만 보는 게 익숙해서 여기가 작은 도시가 아닌 공연장으로 느껴졌다. 너에게 묻고 싶었다. 왜 나를, 우리를 떠났느냐고. 정말 우리를 버린 게 맞느냐고. 너의 삶을 후회하느냐고. 하지만 이렇게 가까이에 있어도, 너의 숨소리가 느껴질 거리에서도 나는 아무것도 묻지 못했다.

"노을 예쁘다. 하늘이 보라색이야."

츄파의 시선을 따라서 나도 하늘을 쳐다봤다. 푸른빛과 붉은빛이 겹쳐지는 경계의 하늘이 보라색으로 물들어 있었다. 경계가 조금씩 흐릿해지며 그 사이로 구름이 흘렀다. 네가 바로 옆에 있는데도 내가 너를 보지 않고 네가 보는 곳을 같이 볼 수 있다는 건 나에게 있어 굉장한 일이었다. 어둑해지는 하늘을 보면서 말 한마디 없이 있었지만 우리 사이에 부는 바람은 훨씬 부드러워져 있었다. 츄파는 여전히 하늘에서 눈을 떼지 않은 채 툭 말을 던졌다.

"늘 내가 믿어달라고 말했잖아. 나를 믿었어?"

나는 바로 고개를 끄덕였다.

"믿었어. 믿고 싶었으니까."

한 치의 거짓도 없는 대답이었다.

"나를 떠나고 싶지 않았어?"

너를 떠나고 싶었던 적이 왜 없겠어. 네가 좋은 만큼 그렇게 미웠는데. 너는 자주 아팠고 나는 그런 너를 걱정하다가 하루를 다 보냈고 그럼에도 너에게 아무것도 해줄 수가 없어서 한없이 초라해져야 했는데. 네가 누군가와 사귄다는 소문이 돌 때마다 나는 너에게 그런 존재가 될 수 없다는 것을 인정하면서도 화가 났는데. 너는 그렇게 큰 사고를 당했고 내 염려와 소망을 내던지듯이 떠났는데. 네가 세상에 없는데도 너의 흔적을 찾아 여기까지 왔는데. 나는 지금도 너를 떠나고 싶은데, 그런데도.

"멀어져도 똑같았어. 어차피 멀었으니까 달라지는 게 없었어."

너야말로 우리를 떠나고 싶었던 게 아니냐고, 목까지 차오른 그 말을 하지 않은 건 네 얼굴이 너무 슬퍼 보여서였다. 분명히 우리를 버리고 더 멀리로 가버린 것은 너인데 왜 네가 그렇게 아픈 표정인지.

츄파는 한참 동안 말을 고르다 어렵게 입을 뗐다.

"항상 진심을 말하고 싶었는데 거짓말을 하게 될 때가 더 많았어."

"그건 우리도 마찬가지야. 네 잘못이 아니야."

171

말로 전할 수 있는 것들은 얼마 없었다. 내 짧은 단어와
버벅대는 머리로는 여기까지가 한계였다. 하지만 하늘이
어두워지는 가운데, 츄파와 나는 한층 더 가까워져 있었
다. 츄파는 츄파대로 나는 나대로 그렇게 따로 생각에 잠
겨 있었다.

나는 꼭 붙잡고 있던 츄파의 소매를 겨우 놓았다. 그러
고는 처음으로 츄파와 제대로 눈을 맞췄다. 츄파의 눈동
자가 흔들리지 않고 나를 가만히 바라봐주었다.

"너를 너무 많이 좋아해서 미안해."

나의 말에, 츄파는 고개를 끄덕이며 대꾸했다.

"나도."

해는 완전히 졌다. 작은 도시에는 달이 뜨지 않았다. 말
하지 않아도 이제 우리가 헤어져야 할 시간이라는 것을
알았다. 파란 페도라를 쓴 츄파가 먼저 일어났고 나도 따
라 일어났다. 츄파는 어깨를 감싸듯이 가볍게 나를 안아주
었다. 등을 토닥여주는 그 손길에 나는 잠시 눈을 감았다.

"먼저 가."

츄파의 말에 나는 어렵게 발을 뗐다. 내가 손을 흔들자
웃으며 함께 손을 흔들어주었다. 골목을 빠져나가는 동안
몇 번이나 뒤를 돌아보았다. 그때마다 츄파는 그 자리에
그대로 서서 나를 안심시켜주었다. 나는 골목 끝에서 아

주 작아진 츄파를 향해 크게 손을 흔들었다. 츄파는 모자를 벗고 깊게 허리를 숙였다. 츄파는 작은 도시에 남겨졌고 나는 더 이상 그 곁에 있을 수 없었다. 이게 끝이 아니기를 바랐지만, 계속 뒤를 돌아보고 싶었지만, 다시 츄파를 향해 달려가고 싶었지만, 그대로 골목을 벗어났다.

13

이번에는 또 어떤 골목이 나올까 싶어서 주변을 두리번거리고 있는데, 잃어버렸던 단추가 나타났다. 갸웃거리며 단추를 주워 들었을 때 저편에서 나를 발견하고 뛰어오는 켄의 모습이 보였다. 켄은 숨을 몰아쉬며 어디에 있었느냐고, 얼마나 찾았는지 아느냐며 목소리를 높였다. 나는 무조건 손을 모으고 잘못했다고 미안하다고 사과했다. 켄은 화내듯이 말한 게 머쓱했던지 앞장서서 길을 걷다가 갑자기 뒤를 돌아보고 말했다.

"잘 따라와."

나는 픽, 웃으며 고개를 끄덕였다. 몇 발짝을 떼는 동안 켄은 몇 번이나 뒤를 돌아보더니 안 되겠다는 듯 내 손목을 붙잡았다.

"깜깜해서 길 잃어버리면 절대 안 돼."

켄은 변명처럼 빠르게 말을 내뱉고는 앞만 보고 걸었다. 나는 얌전히 켄을 따라 걸었다. 고마워, 나를 찾아줘서, 같은 오글거리는 말은 마음속으로만 했다. 백 번 정도.

저녁을 먹고 게스트하우스에 들어갈 때까지 켄과 나 사이에는 어색한 기류가 감돌았다. 무슨 말을 하다가도 대화가 끊기기 일쑤였고 끊어진 대화는 다시 이어나가기 어려웠다. 짧은 인사 끝에 방에 들어왔을 때 나는 드디어 크게 숨을 내쉴 수 있었다. 골목을 빠져나오면 작은 도시에서 겪었던 일들을 켄에게 빠짐없이 다 말할 것 같았는데 오히려 입을 열 수 없었다. 생각이 날 때마다 주머니에 있는 단추만 만지작거렸다. 처음으로 친구들에게도 말 못할 비밀이 생겼다.

슬며시 선잠이 들 무렵 누군가 문을 두드리는 소리가 들렸다. 나는 왠지 모르게 벌떡 일어나 문을 열었다. 문 앞에는 양손에 맥주 한 캔씩을 든 켄이 서 있었다. 어제와 똑같은 모습에 굳어 있던 마음이 풀렸다.

"자고 있었어?"

"아니야, 안 잤어."

나는 문을 활짝 열어 켄을 안으로 들였다. 바닥에 아무렇게나 앉아 캔맥주를 부딪치며 건배를 외쳤다. 켄은 그런 내 모습에 웃으면서 잘 맞춰주었다. 어제는 우리 사이에 테이블이 있었는데 오늘은 아무것도 없었다. 우리는 더 가까이 앉았다.

맥주 몇 모금에도 켄의 볼이 붉게 달아올랐다. 나는 아무리 아껴 마셨어도 맥주 한 캔을 금세 비웠다. 어제는 켄의 페이스에 맞췄지만 오늘은 도저히 그럴 수가 없었다. 나는 빈 캔을 치우고 얼른 새 맥주 한 캔을 꺼냈다.

"잘 마시네."

"네가 너무 못 마시는 거야."

"그렇긴 하지."

"왜 그런 것까지 닮은 거야."

켄과 나는 마주 보고 웃었다. 목적어나 부사어가 없어도 말을 잘 알아듣는 상대와 있는 건 그래서 편했다. 켄은 음악이나 들을까, 하고는 휴대폰으로 음악을 켰다. 익숙한 츄파의 목소리가 들려왔다.

"이 노래 제일 좋아해!"

내가 눈을 반짝이며 말하자 켄은 나도, 하고 대답했다. 그 말에 츄파가 떠올랐다. 내가 츄파를 만났다고 말하면 켄은 어떻게 받아들일까. 일본어를 잘하지 못하니까 제대로 설명할 수 없을 테지. 그런데 한국말이라고 해도 잘 설명할 수 있을지 자신이 없었다. 켄은 내 말을 비웃지 않을 것이라 믿지만 아무래도 말을 꺼내긴 어려웠다. 말로 하면 내가 겪었던 그 모든 일이 한순간에 날아가버릴 것만 같았다.

켄과 나는 노래가 나오는 동안 내내 신나게 떠들었다. 서로 이 곡을 얼마나 좋아하는지 이야기했고 이 곡을 부를 때 츄파가 얼마나 예뻤는지 찬양했고 콘서트에서 이 곡을 들었을 때 얼마나 벅찼는지 되짚었다. 츄파는 내내 우리 사이에 있었다. 우리의 대화 속에, 기억 속에, 그리고 지금 이 시간 속에. 기다리지 않아도 츄파는 이미 와 있었고 내가 내치지 않는 이상 먼저 떠나지 않았다.

밤이 깊었고 켄뿐만 아니라 내 얼굴도 붉어져 있었다. 우리의 대화는 느려졌고 가끔 침묵의 시간도 찾아왔다. 하지만 말 없는 시간도 어색하지 않았다. 츄파의 노래가 공백을 메워주고 있었으니까. 한동안 말이 없던 나는 노래의 전주가 시작되자 늘어져 있던 몸을 일으키며 말했다.

"이 노래 가사 너무 좋아. 특히 그 부분!"

내 말을 받아 켄이 이었다.

"赤から青に変わる間にキスしない?キスしよう(아카카라 아오니 카와루 아이다니 키스시나이? 키스시요우)。"

"맞아, 그 부분. 아는구나."

우리는 신나서 하이파이브를 하고 숨죽여 그 부분을 들

었다. 츄파의 나른한 목소리가 속삭이듯 노래했다. '빨간 불에서 파란불로 바뀌는 사이에 키스하지 않을래? 키스하 자.'

그 곡이 플레이 리스트의 마지막 곡이었는지 노래가 끝나자 아무 소리도 들리지 않았다. 켄과 나는 조용한 가운데 아무 말도 하지 않고 멈춘 휴대폰을 쳐다봤다. 그리고 잠시 뒤 서로를 바라봤다. 눈과 눈이, 시선과 시선이 또렷이 맞았을 때, 나는 호흡을 멈춘 채 숫자를 셌다. 하나 둘. 그리고 셋을 미처 세기 전에 켄의 입술이 다가왔다. 아마도 그건 빨간불에서 파란불로 바뀌는 사이. 짧고 아쉬운 키스는 금세 멀어졌고 우리는 이마를 맞대고 키득댔다.

오빠들은
나를 키운다

1

다음 날 아침, 게스트하우스에서 체크아웃을 할 때 켄이 이미 떠난 것을 알았다. 켄과 나는 서로의 휴대폰 번호도 메일 주소도 몰랐다. 아마 다시 만날 일은 없겠지. 조금 아쉬웠지만 그 아쉬움이 나쁘지 않았다. 우연히 만난 상대와 또다시 우연이 겹친다면 만나겠지만 그러지 않아도 괜찮았다. 한 스푼의 추억, 한 스푼의 아쉬움, 한 스푼의 기대가 있는 것만으로 충분했다.

그래도 한 번 왔던 길을 되돌아가는 것이어서인지 나는 모든 일을 꽤 매끄럽게 처리했다. 길을 헤매지 않고, 개찰구를 한 번에 찾고, 신칸센에서 잊지 않고 도시락을 먹은 후 공항에 제시간에 도착했다. 착착 일을 처리하는 내 모습에 내가 감탄할 지경이었다. 그런데 평소보다 유난히 공항이 붐비는 느낌이 들었다. 뭔가 촉이 왔다. 나는 출국 수속을 하며 내 모든 감각 기관을 동원해 사람들의 시선을 쫓았고 대화를 엿들었다. 그러다 레이더망에 무언가 잡혔다. 공항에 지금, 나의 아이돌이 있다!

날짜를 확인하니 내 아이돌이 공연을 끝내고 서울로 돌아갈 타이밍이었다. 나는 신이 준 타이밍을 놓치지 않은 것에 감사하며 공항을 헤집다가 정신을 차렸다. 이렇게 해서는 절대 못 찾아. 나타날 만한 곳을 생각하자. 카페, 아이스크림 전문점, 햄버거 가게 등등이 떠올랐지만 침착하게 결정을 내렸다. 먼저 공항 스타벅스부터. 스타벅스 커피를 유독 좋아하는 몇몇 멤버를 떠올리며 급하게 발을 옮겼다. 스타벅스는 조용했지만 뭔가 묘하게 들뜬 분위기가 있었다. 또 숨죽이며 사람들의 대화를 조각조각 모았다. 5분, 아메리카노, 인천, 빨간 머리, 루이. 5분 전에 루이가 여기서 아메리카노를 사갔구나.

주문한 아메리카노를 기다리는 동안 대포 카메라*를 든 무리가 한쪽으로 몰려가는 것을 보았다. 나는 나오지 않는 아메리카노와 대거 이동하는 카메라 군단 사이에서 고민에 빠졌다. 양쪽을 몇 번이나 번갈아보다 나는 한걸음씩 픽업대에서 멀어지고 있었다. 괜히 아메리카노를 시킨

나 자신을 비난하고 있을 때 드디어 아메리카노가 픽업대에 등장했다. 나는 누구보다 빠르게 아메리카노를 낚아채서 카메라 군단 사이를 비집고 들어갔다.

틈으로 보이는 건 루이의 무릎이었다. 무릎만 봐도 루이인 것을 알 수 있었다. 나는 찢어진 청바지 사이로 빼꼼 나온 루이의 무릎을 황홀하게 바라봤다. 매니저가 와서 손을 휘휘 내저어 카메라 군단이 해체되자 루이의 전신이 보였다. 루이는 까만 마스크를 얼굴이 안 보일 정도로 올려 쓰고 포켓몬을 잡고 있었다. 신나게 몬스터볼을 던지는 루이를 보면서 주변의 모든 팬들이 숨죽여 앓았다. 귀여워, 귀여워.

멤버들이 사라지자 나는 그때서야 나간 정신을 다시 찾아와 휴대폰을 봤다. 언제 오느냐, 잘 있느냐는 친구들의 말을 무시한 채 현장 속보를 보냈다.

—디디 : 대박, 지금 공항에서 애들 봤어.

메시지를 기다리는 동안 나는 얼음이 녹은 아메리카노를 벌컥대며 마셨다.

---

* 찍덕(찍는 덕후)들은 거의 철새 도래지에서 사용할 법한 카메라 렌즈로 아이돌을 찍는다. 아이돌의 격한 움직임과 미세한 모공까지 담기 위한 그들의 노력은 때로 눈물겹다. 그 거대한 카메라가 대포를 연상시켜 대포 카메라라는 별칭이 붙었다.

—제나 : 헐…….

—얭 : 미친. 얼른 민영이 사진 보내.

—디디 : 내가 사진을 어떻게 찍어. 그냥 프리뷰 올라온 거 봐.

—제나 : 어떻게 겹치냐. 덕계못*을 깼네.

—디디 : 더 대박인 건, 같은 비행기라는 거야.

—얭 : 헐, 진짜? 너 저가항공 안 탔어?

—디디 : 갑자기 나갔는데 저가항공이 어디 있어. 생각 없이 질렀다.

—제나 : 잘 했다. 올해의 참된 지름이네.

—디디 : ○○돈은 그러려고 버는 거지.

친구들과의 격한 대화를 마치고 비행기에 올랐다. 비즈니스석을 지나며 조용하고도 신속하게 좌석을 스캔했다. 나는 3초 안에 루이를 발견했다. 루이는 고개를 떨구고 잠들어 있었다. 모자와 마스크로 가려진 얼굴 대신 하얀 무릎에 시선을 두었다. 루이의 무릎은 하얗고 가운데가 약간 핑크빛이 돌았다. 어떻게 무릎도 핑크핑크하지? 진짜

---

* '덕후는 계를 못 탄다'의 준말이다. 덕후(팬)가 우연히 아이돌을 만나는 것을 '계 탄다'고 표현하는데 덕후는 계를 탈 수 없는 게 이 바닥의 불문율이다. 이상하게 관계없는 사람들은 그들과 잘도 마주치는데 팬들은 한 번 스치기도 어렵기만 하다.

쟤는 신이 만든 역작이야. 감탄에 감탄을 거듭했지만 나는 그 자리에 머물지 못하고 뒤로 뒤로 멀리로 멀리로 가야만 했다.

두 시간의 비행은 짧았고 나는 좁은 이코노미 좌석에서 침까지 흘리면서 잤다. 곧 착륙한다는 기내방송 소리에 잘 떠지지 않는 눈을 억지로 비비며 창밖을 내다봤다. 도시가 장난감처럼 작게 보였다. 건물도, 자동차도, 논도, 밭도 다 작았다. 나는 왼쪽 주머니에 있던 단추를 만지작거리며 작은 도시를 떠올렸다. 이제 다시 찾아갈 수 없는 작은 도시. 기억은 벌써 흐릿해져 있었다. 안타까웠지만 원래 기억은 그러기 마련이니까. 기억은 희미해도 그 보랏빛 노을과 너의 온기는 내 몸 어딘가에 저장되어 있을 게 분명했다.

잠이 다 깨지 않아 눈이 가물거리는데도 비행기에서 걸어 나오면서 루이의 자리를 확인했다. 덮고 있던 이불을 각 잡아 개어놓은 것을 보고 삐져나오는 미소를 참을 수 없었다. 역시 귀엽다, 귀여움으로 우주 정복도 할 거야, 쟤는.

한국 땅을 밟자마자 일상의 압박이 나를 덮쳐왔다. 당연한 것인 줄 알면서도 압사당할 것 같은 공기의 무게에 진이 빠졌다. 집에 돌아와 옷도 벗지 않고 침대로 다이빙했다. 역시 내 방이, 내 침대가 최고지. 홈, 스윗 홈! 침대에 반듯이 누워 천장을 보다 무언가가 빠졌다는 것을 눈치 챘다. 나는 여권 사이에 끼워두었던 츄파의 사진을 다시 잘 펴서 도로 그 자리에 붙여두었다. 구겨진 사진 속에서도 츄파는 환하게 웃고 있었다. 주머니 속에 있던 단추는 텔레비전 앞에 잘 보이게 놓아두었다. 내일부터의 생활이 걱정됐지만 일단 지금은 잠이 걱정을 이겼다. 아주 깊고 단 잠에 빠져드는 동안 천장에 붙어 있는 사진 속 너와 잠 간 눈이 마주친 것도 같았다.

일어났을 때는 1초도 낭비할 수 없는 출근 시간이었다. 나는 눈도 제대로 뜨지 않은 채 샤워를 하고 머리를 말리 고 대충 쿠션 파운데이션을 찍어 발랐다. 늘 타는 역에서 지하철을 타고 간신히 자리를 맡아 앉고 꾸벅거리며 졸다 가 눈을 떴는데 정확히 한 정거장 앞이었다. 이 모든 일을 아무 생각 없이 하고 있는 내가 신기하고 기특하고, 조금 안쓰러웠다. 회사에 들어서자 사람들은 웃는 낯으로 나를 맞아주었다. 갑자기 휴가를 낸 것에 대해 몇 마디는 들을 준비가 되어 있었는데 그런 기미조차 없어서 더 미안하고 민망했다.

빠진 시간 동안 쌓여 있는 일을 처리하느라고 정신이 없 었다. '눈코 뜰 새 없이' 바쁘다는 관용구를 온몸으로 느꼈 다. 그래도 내 자리가 있다는 안정감만은 기뻤다. 매일 일정 없이 둥둥 떠다니지 않고 어딘가 몸을 묻고 앉아 할 일이 있다는 건 다행이었다. 내가 아니어도 내 일을 대신할 사람은 너무도 많았다. 그것을 알고 있었기에 더 매달렸지만 매달린다고 떨어지지 않는 건 아닐 테고. 삶에 감사하는 마음이야 없지 않지만 그것을 어떻게 매일 깨달으며 살 수 있겠어. 바쁜 와중에도 이런 철학적인 생각을 툭툭 내뱉는 내가 우스웠다. 여행 후유증이 재미있게 남았네.

2

퇴근 준비를 할 무렵 앵에게서 메시지가 도착했다. 단 한 마디, 퇴근하고 만나. 내가 응, 하고 대답하자 앵은 먼저 가서 기다리겠다는 말로 약속을 정리했다. 어디서 만날지 언제쯤 만날지도 정하지 않았지만 앵과 나는 어긋나지 않고 아주 잘 만났다. 카페에서 앵은 책을 펴놓고 졸고 있었다. 책 페이지는 고정되지 않아 반쯤 공중에 떠 있고 앵의 머리는 그 페이지에 입을 맞출 듯이 점점 내려가고 있었다. 내가 맞은편에 앉자 그때서야 정신을 차리고 뻑뻑한 눈을 몇 번 깜박였다.

"왜 안 하던 짓을 하고 그래."

"민영이가 읽었다기에 뭔가 해서."

"누나 독서까지 시키는 괜찮은 아이돌이네."

"응, 아이돌은 괜찮은데 내가 안 괜찮아. 늙어서 팬질하기가 힘드네."

내 아이돌과의 나이 차가 10년 가까이로 늘어난 뒤 영과 나는 습관적으로 늙은 누나, 라는 표현을 쓰곤 했다. 이제 곧 누나도 아닌 이모나 어머니가 될 것을 생각하면 고개를 내두르지만 그때쯤이면 정말 팬질을 그만둘 수 있을지 여전히 확신이 없었다.

"빨리 밥이나 먹으러 가자, 배고파죽겠어."

"조금만 기다려. 제나 올 거야."

"제나도 온대?"

"응, 너 만난다고 했더니 자기도 온다고 하더라."

고개를 끄덕이고 커피를 주문하려고 앱을 켜는데 영이 울상이 되어 말했다.

"아, 맞다. 나 오늘 학교에서 일코해제당했어."

앵

방금 우리 반 수업을 마친 수학 선생님이 은서 아직도 안 왔던데요, 하고 출석부를 건넸다. 3일째 지각이었다. 그래도 이틀 동안은 1교시 시작하기 전에 들어왔는데 오늘은 1교시가 끝나도록 오지 않은 모양이었다. 어머니한테 연락하려다가 일단 은서를 만나 얘기라도 먼저 들어야겠다고 마음을 바꿨다. 다행히 2교시 수업엔 늦지 않고 들어갔다는 걸 확인했다. 나는 수업이 모두 끝난 뒤 은서를 상담실로 불렀다.

"요즘 무슨 일 있니? 계속 지각인데."

은서는 고개를 숙이고 입술만 깨물었다. 나는 답을 재촉하지 않고 기다렸다.

"죄송해요. 안 늦으려고 했는데 사녹이 딜레이돼서."

"응?"

"공방 사녹*이요."

나는 순간 아주 빠른 속도로 머리를 굴렸다. 공방이 공개 방송의 준말이고 사녹이 사전 녹화의 준말이라는 것을 내가 아는 척해야 하는지 모르는 척 다시 물어야 하는지 판단이 서지 않았다.

"선생님도 알잖아요. 컴백한 거."

문장의 필수 성분이 빠져 있는데도 다 알아들을 수가 있었다. 그래서 더 대답할 말이 없었다.

"저번 콘서트할 때 공연장에서 선생님 봤어요."

---

* 공개 방송 사전 녹화를 뜻하는 말이다. 아이돌이 컴백하면 음악 방송에서는 팬들을 모아 생방송 전에 녹화를 진행한다. 가요 프로그램은 대부분 생방송이지만 그 안을 채우는 무대는 미리 녹화해두는 경우가 많다. 특히 아이돌은 팬클럽을 동원해 새벽 혹은 아침에 사전 녹화를 하곤 한다.

여기서 무슨 말을 해야 호랑이굴에서 무사히 빠져나갈 수 있을까. 침이 말랐다. 아니라고 해야 하나? 이미 다 들켰는데? 그냥 우연히 표 생겨서 간 거라고? 빠순이는 빠순이를 알아보는 법인데 그걸 믿는다고? 한없이 이어지는 생각을 끊어냈다. 오래 끌어서 좋을 거 없지. 그래, 빠순이의 의리에 운명을 맡겨보자. 학생들에게 거짓말하지 말라고 가르치는 내가 거짓말을 할 수는 없으니까.

"그래, 가고 싶은 마음은 이해해. 그래도 학교는 빠지지 말아야지."

"맞아요. 잘못했어요."

은서는 변명도 없이 고개를 숙였다. 은서가 너무 빨리 잘못을 인정하는 바람에 오히려 할 말이 없어진 건 나였다.

"그럼 매일 새벽에 나온 거니? 부모님은 알고 계셔?"

"당연히 모르죠. 알면 죽어요."

"지각하지 마. 한 번만 더 늦으면 바로 어머니께 말씀드릴 거야."

"아, 진짜 쌤!"

은서는 발끈했지만 금세 다시 고개를 숙였다. 나는 여러 표정이 뒤섞인 은서의 얼굴을 보다 픽 웃어버렸다. 그 소리에 은서도 굳어진 표정을 풀었다. 새벽에는 추울 텐데 안 추웠어? 하고 묻자 아, 진짜 개추워요! 하다가 많이 추웠어요. 하고 말을 바꾸는 은서 덕에 또 웃음이 터졌다. 나는 은서에게 따뜻한 녹차를 건넸다. 은서는 말도 없이 녹차를 마시다가 갑자기 고개를 들더니 뭐 하나 물어봐도 돼요? 하고 말했다.

"쌤은 최애가 누구예요?"

내가 학생에게 이 말을 들을 줄이야. 어차피 일코해제당한 마당에 뭐가 더 문제일까 싶어 나는 솔직히 말했다. 민영이. 그 말에 역시 그럴 줄 알았어요, 쌤은 민영이 팬 상이에요! 라는 대답이 돌아왔다. 대체 민영이 팬 상은 무엇인지. 나는 그래도 손톱만큼 남은 선생으로서의 권위와 체통을 지키기 위해 은서의 최애는 묻지 않았다. 무척 궁금하긴 했지만. 학생과 이런 이야기를 해본 건 처음이라 어색했다. 그래도 기분이 나쁘지는 않았다. 어딘지 모르게 좀 들뜬 거 같기도 했다.

"내가 너 공방 가는 것까진 말리지 않겠는데 지각은 절대 안 돼. 늦을 것 같으면 공방은 신청도 하지 마. 내가 명단 다 확인할 거야. 알았지?"

빠져나갈 구멍이 없는 건 은서도 마찬가지였다. 우리가 같은 업계 빠순이란 사실을 안 이상, 서로를 속일 방법은 없었다. 은서는 곤란한 표정을 짓다가 풀 죽은 목소리로 말했다. 알겠어요, 다시는 안 늦을게요. 귀가 축 늘어진 강아지처럼 눈꼬리 입꼬리가 늘어진 은서의 얼굴을 보자 내 십대가 떠올랐다. 나도 그 무렵에 그랬었다. 오빠를 보러 가고 싶지만 시간도 능력도 없던 그때. 내가 할 수 있는 건 축 늘어져서 녹화해둔 비디오를 보고 또 보는 것밖에 없었다.

"약속해. 안 늦는다고. 활동 끝날 때까지 지각 안 하면 선물 줄

게. 민영이 일콘 우치와."*

은서의 눈이 반짝였다. 그거 빨간색 말하는 거죠? 내가 고개를 끄덕이자 은서는 발을 동동 구르며 신남을 온몸으로 발산했다. 짧은 상담을 마친 뒤 은서도 나도 만족스러운 얼굴로 상담실을 나섰다. 은서는 마지막으로 목소리를 낮춰 말했다. 쌤 본 거 아무한테도 말 안 했어요.

"애가 의리가 있네."

"그렇지. 어른보다 낫다니까."

"그런데 굿즈 귀신이 웬일로 굿즈를 넘겨?"

"두 개 샀어."

"아."

마침 주문한 커피가 나왔고 나는 급하게 커피를 들이켜다 혀를 데일 뻔했다.

"제나는 언제 와? 배고파죽겠는데."

그 말이 끝남과 동시에 제나가 카페 문을 열고 들어왔다.

"쟤는 옛날부터 말만 하면 와."

* 일본 콘서트에서는 부채(우치와)를 굿즈로 만들어 판매한다. 커다란 부채에는 멤버의 얼굴이 크게 프린팅되어 있어 빠순이의 구매욕을 자극한다. 우치와에 '손 키스 해줘', '브이 해줘' 등의 메시지를 써서 흔들면 멤버들이 보고 그 동작을 해주기도 한다.

"그러게, 무서워서 말을 못 하겠다."

제나는 분명히 감지 않았을 머리를 대충 묶고 테가 비뚤어진 안경을 쓰고 올이 풀린 후줄근한 카디건을 입고 나타났다.

"아는 척하기 창피한 몰골인데?"

눈살을 찌푸리는 나에게 앵은 청소년을 선도하는 말투로 달래며 말했다.

"피곤해서 그렇겠지. 그래도 여기 말고 옆 테이블에 앉을래? 대화는 가능할 거 같거든."

제나는 정말 피곤한지 발끈하지도 못하고 테이블에 늘어져 눈도 뜨지 않고 말했다.

"급한 번역 두 장짜리라고 해서 맡았는데 폰트가 7이었어. 상도덕을 못 배운 상도둑들."

"바쁘면 일이나 하지, 왜 나왔어?"

이번에도 앵은 무척 교양 있는 말투로 옳은 소리를 했다.

"너 보고 싶어서 나왔지, 여행 갔다 왔으니까."

"헛소리하지 말고, 용건만 간단히."

주문한 커피가 나와서 더 이상 테이블을 점령하지 못하게 된 제나가 몸을 일으켰다.

"다음 주에 웨딩 촬영 하는데 너희 와야 돼."

앵과 나는 황당함에 입을 다물지 못했다. 결혼한다고 이야기한 지 얼마나 됐다고. 그때도 곧 한다고는 했지만 확정은 아니었잖아?

"결혼을 언제 하는데 웨딩 촬영을 벌써 해?"

"12월."

"뭐? 두 달도 안 남았는데?"

"그러니까 두 달도 안 남아서 죽도록 바빠."

"날 잡았어?"

"응, 식장도 잡고. 12월 17일이야."

"상견례도 하고?"

"응, 지난주에."

앵이 질문 공세를 펼치는 동안 나는 한 마디도 못하고 둘이 얘기하는 것을 듣고만 있었다. 며칠 못 본 사이에 제나가 멀어진 것 같았다. 결혼을 한다고 해서 우리의 관계가 달라질 것도 없는데 괜히 그런 생각이 들었다. 갑자기 닥쳐온 데다 모든 일을 서둘러 처리하고 있으니 옆에서 보는 나까지 정신이 없었다.

"천천히 준비해서 내년에 하지, 왜 그렇게 급하게 해?"

역시 내가 하고 싶은 말을 대신 물어주는 앵이 있어서 그 와중에도 든든했다.

"시아버지가 연로하시고 나 또한 나이가 적지 않은데 해를 넘길 이유가 무엇이며, 마침 맞춘 듯이 식장이 나왔으니 해치우라는 명이시다."

"아, 시아버지와 신부가 함께 나이가 많아?"

"덧붙이자면 신랑도 나이 많음에는 빠지지 않지."

"근거가 굉장히 타당하네."

만담하듯 가벼워진 앵과 제나의 대화에 내가 먼저 픽, 웃어버렸다. 역시 나의 명랑한 친구들, 모든 극의 장르를 코미디로 바꾼다니까.

"아무튼 결론은 그래서 다음 주에 웨딩 촬영을 해야 하고 너희 드레스까지 골라놨으니까 꼭 와서 입어야 한다는 거야."

이 정신없는 와중에도 드레스를 입는다는 사실에 잠시 들뜬 나는 그 기분을 몰래 가라앉히는 데 시간이 걸렸다. 대체 나는 왜 중요한 사실보다 곁다리에 낀 것들에 시선을 빼앗기고 마는 건지. 30년을 넘게 살아도 못 고치지.

웃으며 넘어가려는데 문득 스치는 싸한 느낌에 나는 입을 열었다.

"그런데 결혼식이 며칠이라고?"

"12월 17일."

"그날 혹시?"

"눈치챘니? 하지만 내 의견은 1퍼센트도 반영되지 않은 결과야."

12월 17일, 제나가 그렇게도 좋아하던 희성의 생일. 제나는 매해 그날이 되면 케이크를 안주 삼아 소주를 마셨다. 소맥은 해도 소주만 마시는 것은 싫어하던 제나인데 그날만은 꼭 소주를 마셨다. 몇 년 전부터는 그냥 넘어가곤 했지만 하필 그날이 결혼식이라니. 아무리 희성은 모른다고 해도 이 정도면 인연이 아닐까. 우리가 너무 많은 것에 의미를 부여하는 걸까.

"그러기도 쉽지 않다, 진짜."

"제일 황당한 건 나야."

아무튼 제나는 결혼을 한다. 10년간 좋아했던 아이돌의 생일날. 이것은 소수만 아는 일일 뿐이고, 다수의 입장에서는 12월의 셋째 주 토요일에. 연로한 몸을 이끌고 연로한 남편을 맞아 연로한 시부모님과 부모님 앞에서.

3

제나의 웨딩 촬영 전날 앵과 나는 팩을 붙이고 나란히 침대에 누웠다.

"드레스 맞을까?"

늘어진 뱃살을 문지르던 나의 걱정에 앵은 쿨하게 대답

했다.

"시침질 잘해주니까 맞아지겠지."

"왜 쓸데없이 내가 떨리냐."

"난 아직도 제나가 결혼한다는 게 믿기지 않아."

"역시 식장 들어가봐야 안다니까."

앵과 나는 팩이 잘 흡수되도록 가벼운 손길로 두드려주며 대화를 이어갔다.

"내일 제나 남자친구 처음 보는 거네."

앵의 말에 나는 깊게 고개를 끄덕였다. 이십대 초반에는 서로가 사귀는 남자친구와 함께 만난 적도 있었지만 그 뒤에는 딱히 만나는 사람을 보여주는 일은 없었다. 제나는 금방 헤어질 사람 만나서 뭐하느냐는 주의였고 앵도 나도 오래 만난 사람은 없었기에 자연스레 그렇게 됐다.

"어색할 거 같아."

"처음 보는 아저씨인데 당연히 어색하지."

우리는 킥킥대며 웃었다. 제나의 남자친구는 내 아이돌보다 스무 살이 많았다. 스무 살, 일찍 사고 쳤으면 아들도낳을 수 있는 나이. 잊고 있다가도 나이에 대한 현실적인 타격이 오면 좀 힘이 빠졌다.

"언젠가는 나도 아들뻘 아이돌을 좋아하게 될까?"

비웃을 줄 알고 물었는데 앵은 진지한 얼굴로 되받아쳤다.

"그럼 내가 진짜 잘해줄 거야, 내 아들."

아무 의미 없는 얘기에 우리는 또다시 웃음이 터졌다.

오랜만에 술을 먹지 않고 얌전히 잤는데도 늦잠을 잤다. 머리를 감고 화장을 하고 옷을 입는 동안 집은 난장판이 되어가고 있었지만 돌아볼 여력도 없었다. 앵은 그 바쁜 와중에도 섬세한 손길로 속눈썹을 뷰러로 집고 마스카라로 올렸다. 기력을 잃고 늘어져 있던 앵의 속눈썹이 바짝 일어섰다. 나도 그 옆에서 신중하게 아이라인을 그렸다. 눈꼬리를 살짝 처지게 그려 강아지 눈매를 만들고는 번진 부분을 면봉으로 세심하게 다듬었다. 우리는 대화도 없이 각자의 얼굴에만 집중했다.

촬영장이 잘 모르는 곳에 있어서 어제 밤늦게까지 길 찾기 앱으로 검색해 대중교통 타는 법을 다 저장해두었는데 늦게 일어나는 바람에 쓸모없게 되었다. 좀 더 정확히 말하자면 늦게 일어났는데도 아이브로와 아이라인과 마스카라를 포기할 수 없었기에 우리는 두 번 생각도 하지 않고 집 앞으로 택시를 불렀다. 택시 기사가 도착했다는 메시지에 집을 나서면서 앵은 자기합리화를 시전했다.

"이러려고 돈 버는 거라니까."

"그러기에는 우리가 버는 돈이 너무 약소하다고 생각하지 않니."

앵은 무겁게 고개를 끄덕이며 택시 문을 열었다.

반쯤 촬영이 끝나고 쉬고 있는 적당한 때에 촬영장에 도착했다. 제나는 치렁치렁한 드레스를 입고 핑크빛으로 풀 메이크업을 하고 그와는 어울리지 않는 아주 피곤한 얼굴로 우리를 향해 손을 흔들었다.

"겁나 피곤해. 싫다는 오빠 억지로 끌어다 놓고 한 건데, 오빠보다 내가 더 못해. 만 번 후회하고 있다."

제나의 남자친구는 아주 젠틀하게 웃으며 앵과 나를 향해 목례를 했다. 우리도 따라서 어색하게 인사를 하고 제나 옆에 앉았다. 견딜 수 없는 어색함에 입술을 바짝 물고 있는데 제나가 입을 열었다.

"오빠, 얘기했지? 내 팔다리 같은 친구들이야."

"팔다리가 뭐야."

내가 작게 대꾸하자 제나는 아무렇지 않게 말을 이었다.

"앵이 다리, 네가 팔, 내가 몸통."

가만히 듣고 있던 제나의 남자친구가 의문을 표했다.

"머리는 없어?"

"응, 머리는 없어. 없는 게 분명해. 그렇지 않고서는 멍청한 짓을 그 정도로 많이 할 수 없어."

제나의 말에 모두 풋, 고개를 숙이고 웃었다. 머리가 없어, 는 우리의 흔한 레퍼토리였다. 이미 일을 저질러놓고 더 좋은 방법이 생각났을 때 우리는 늘 그 말을 하곤 했다. 기껏 버스를 두 번이나 갈아타고 도착했는데 어차피 택시를 타는 게 이득이었을 때도 있고 할인 쿠폰을 쓰겠다고 셋이 따로 비행기 티켓을 예매했는데 함께 했으면 할인율이 더 클 때도 있었다. 해외 여행을 가서 호텔방이 추운데도 말을 할까 말까 하다 그냥 떨면서 잠들고, 세 명 모두가 글씨를 잘못 읽어서 엉뚱한 곳에 도착하기도 했다. 그럴 때마다 픽픽 웃으며 한탄했다. 역시 머리는 장식이지, 머리 없이 돌아다니면 남들이 놀랄까 봐 그냥 얹어놓은 수준이야.

셋이 있으면 유난히 바보 같은 행동이 늘었다. 정말 머리가 없기라도 한 것처럼. 그래도 괜찮았다. 일이 어그러지면 잠시 짜증이 나더라도 결국엔 웃고 말았다. 같이 있으면 뭐가 잘 되지 않아도 웃을 힘이 생겼다. 쉬운 길을 돌고 돌아가더라도 친구들이 있으면 걸을 만했다. 머리가 없어도 나쁘지 않았다.

곧 촬영이 다시 시작되었고 제나는 피곤한 얼굴을 싹 지우고 환하게 웃었다. 분명히 매우 계산적인 미소였는데도 예뻤다. 남자친구 품에 안겨서도 편해 보였고 우리한테 하듯이 거친 말을 남자친구에게 내뱉기도 했다. 앵에게 다가가 제나가 왜 만나는지 알겠어, 하고 속삭이자 앵은 웃으며 끄덕였다. 앵과 나는 포토그래퍼 뒤에 서서 열심히 사진을 찍었다. 제나는 어느 때보다도 예뻐서 결혼도 나쁘지 않구나 싶었다. 제나를 보며 눈을 반짝이는 앵에게도 결혼을 추천했다.

"너도 해, 내가 예쁘게 찍어줄게."

"그러게, 처음으로 하고 싶다는 생각이 든다."

"너부터 해. 내가 마지막에 갈게."

"아니야, 너부터 해."

"그러지 말고 날 딱 맞춰서 할까?"

"그럴래? 혼자 남겨지면 외로우니까."

"얼마나 눈물겨운 우정이야."

앵과 나는 쉴 새 없이 키득댔고 제나는 내 욕하는 거 아니지? 하고 카메라 너머를 단속했다. 신랑의 촬영이 끝나고 앵과 나의 차례가 다가왔다. 우리는 드레스를 입으며 새삼스레 자신의 몸에 절망했고 되도 않는 다이어트를 약속하기에 이르렀다. 드레스를 잔뜩 조여서 숨도 크게 쉬지 못하는 상태로 셋이 나란히 앉자 습관처럼 웃음이 터졌다. 우리 진짜 웃겨. 하도 웃어대는 탓에 포토그래퍼가 덜 웃으셔도 된다는 이상한 지령까지 내렸지만 도저히 웃음을 멈출 수가 없었다. 스무 살에 처음 만나 10년이 넘게 서로의 웃음 유발자가 되어주었던 우리가 지금도 함께여서 눈물이 나도록 웃었다.

4

웨딩 촬영을 한 건 제나였는데 오히려 앵과 내가 지쳐 늘어졌다. 저질 체력을 확인할 때마다 역시 운동을 해야 해, 하고 결심을 하지만 작심삼분도 되지 않을 것을 알기에 입 밖으로도 꺼내지 않았다. 제나의 남자친구는 매너 있게 식사 대접을 하며 와인을 권했다. 어떤 자리에서도 술을 거절하는 법은 없었기에 어색하게나마 잔을 받았다. 하지만 한 잔 더, 더! 하고 외치지는 않으려 필사적으로 버텼다. 앵과 나는 서로가 서로의 허벅지를 눌러가며 술을 참았고 더불어 헛소리도 참았다. 어릴 때야 친구의 남자친구 앞에서 실수 좀 한다고 해서 별일은 안 생기지만 이제는 달랐다. 나라도 남자친구의 친구들이 영 별로면 만나고 싶지 않을걸. 게다가 결혼할 사이니 더 조심해야지.

식사를 마친 뒤 제나가 남자친구와 함께 돌아가고 앵과 나는 어두운 길에 남아서 쉽게 발을 떼지 못하고 있었다.

"역시 이대로 집에 가는 건 아니지?"

"아니지, 어차피 각자 혼술할 거 그냥 같이 마시자."

척하면 척인 우리는 피로 따위는 잊고 술집을 향해 전진했다. 호기롭게 나아갔지만 얼마 안 가 발걸음에 브레이크가 걸리고 말았다. 익숙하지 않은 공간에서 어쩔 줄 몰라 하는 꼭 닮은 성격 탓에 앵과 나는 어느 술집에도 들어가지 못하고 헤맸다. 이럴 때 제나가 있었으면 어떤 식으로든 결론이 났을 텐데 우리는 제나 생각만 하며 결정 장애 속에서 헤어나지 못하고 있었다.

"그냥 집에서 마시자."

내가 어렵게 결정을 내리자 앵은 말이 끝나기도 전에 택시를 잡았다. 아니 이 정도로 행동력이 뛰어난데 어째서 결정을 내리지 못하는 걸까, 하고 생각하다 제나가 앵을 다리로 지정한 깊은 뜻을 깨달았다. 우리는 집 앞 편의점에서 두 손 가득 술과 안주를 사고는 당당하게 집에 들어갔다. 나갈 때의 잔해가 집 안을 온통 뒤덮고 있었지만 개의치 않고 앉을 자리만 마련한 뒤 술을 마셨다.

"한 잔도 안 마시면 그냥 안 마실 수 있는데 한 잔만 마시면 멈추질 못하겠어."

"내 말이."

누구랄 것도 없이 비슷한 주량과 술버릇을 가진 우리 셋이었다. 함께 몰려다니며 술을 배워서인지 술 마시는 습관이나 패턴 같은 것이 너무도 비슷해서 편했다. 편한 것만 찾다가 새로운 것을 놓치고 있는지도 모르지만.

앵은 목이 꺾이도록 캔 하나를 깔끔히 비운 뒤 말했다.

"집 생기고 나서 너무 집에서만 마시는 것 같아."

"맞아, 밖에서 마셔야 남자도 만나고 하는데 이래서는 아무것도 안 돼."

"지난달에 만났던 애들 괜찮았는데."

"네가 싫다고 해서 먼저 나왔거든?"

"그랬나? 기억이 안 나. 알콜성 치매 중증."

"너나 나나."

그때 현관 벨이 울렸다. 앵과 나는 둘 다 눈이 동그래져서 서로만 쳐다봤다. 누군지 궁금할 것도 없이 주인공은 제나였다.

"피곤하다더니. 전화도 없이 왔어?"

"전화는 했는데 둘 다 안 받은 거고."

가방에서 꺼내지도 않은 휴대폰에는 부재중 통화가 다섯 건이나 찍혀 있었다. 제나는 원래 여기 사는 사람처럼 자연스럽게 앉아서 맥주를 깠다.

"엄청 피곤했는데 막상 누우니까 잠이 안 오는 거야. 혼자 마시긴 싫고 어차피 너희 마시고 있을 것 같아서 왔지. 텔레파시 죽이지?"

"텔레파시라고 하기에는 너무 고확률의 사건인데. 우리

가 술 안 마시고 각자 얌전히 집에 갈 확률이 얼마나 될 것 같냐?"

"0.0001?"

99.9999의 확률로 함께 술을 마시게 된 우리는 신나게 잔을 부딪쳤다.

"오빠가 우리 셋 말투 똑같대."

픽, 웃으면서 내가 덧붙였다.

"그걸 이제 알았어? 나는 가끔 우리 말하는 거 보면 한 사람이 얘기하는 것 같아."

"맞아, 내가 한 말인지 네가 한 말인지 헷갈릴 때도 많아."

제나는 앵을 가리키며 혀를 찼다.

"특히 얘가 많이 변했어, 옛날에는 세상 조신한 애였는데."

"지금도 밖에서는 그러고 다니니까 걱정 안 해도 돼."

"변한 것만으로는 저렇게 안 돼. 내재된 거침이 발현된 거겠지."

내 말에 제나가 흥분해 침을 튀기며 말을 덧붙였다.

"맞아, 요즘 욕도 제일 잘 해."

앵은 우리의 대화에 눈을 아래로 내리깔고 가장 조신한 표정으로 쌍욕을 내뱉었다. 제나는 목소리를 깔고 굳이 안경테를 끌어올리는 포즈를 취하며 말했다.

"양 선생, 조심해. 내가 언젠가 네 실체를 밝힐 거야."

그 뒤로 우리가 나누었던 수많은 얘기들은 서로의 기억에 거의 남아 있지 않았다. 알콜성 치매가 도진 탓이기도 하고 기억할 필요도 없을 정도로 평범한 술자리인 탓이기도 하고 지나치게 서로 편한 탓이기도 했다. 다만 드문드문 남아 있는 기억을 잇대어보자면, 앵이 혀 꼬부라진 말투로 결혼해도 우리를 버리지 말라며 제나에게 매달렸고 제나는 너희가 버린다고 버려지냐며 목소리를 높였다. 한참을 싸우는 것처럼 버럭대던 앵과 제나는 바닥에 누워서 각자 하고 싶은 말을 내뱉기 시작했다.

"그래도 네 남자친구 괜찮은 것 같아."

"나만 할 수는 없으니까 너희도 다 결혼시킬 거야, 내가."

"너 마지막에 입은 드레스가 제일 예뻤어."

"이 집은 왜 이렇게 더러워. 폭격 맞았냐?"

발끈하고 싶었지만 몸이 자꾸 늘어져 나도 그냥 그 옆에 누웠다. 그리고 혼잣말 놀이에 동참했다.

"너 결혼하는 거 안 싫어."

"등이 너무 뜨거워."

"어디서 맥주 냄새 나."

"네 몸에서 나는 거겠지."

드디어 대화가 이어지기 시작했다.

"안 잘 거야, 나 하나도 안 졸려."

"나도, 어쩜 이렇게 쌩쌩해."

"나도 완전 짱짱해."

그 말 뒤로 아무 말도 들은 기억이 없으니 셋의 허세는 1분도 넘기지 못했던 것 같다.

이틀이나 외박을 한 앵에게 이렇게 집에 안 가도 괜찮냐고 묻자 앵은 나 내놓은 자식이잖아, 하고 쿡쿡 웃고는 말을 이었다.

"어차피 나 갈 데가 여기밖에 없다고 생각하니까 묻지도 않아. 그리고 나이 잔뜩 먹은 딸이 집에 안 들어오면 걱정이 아니라 기뻐해야 하는 거 아니니."

나는 앵을 배웅하며 덧붙일 말은 마음속으로만 했다. 나가서 우리랑 술이나 퍼마시고 다니는 줄 알면 전혀 기뻐하지 않으시겠지. 친구들이 다 떠나고 나자 집은 더럽고 휑했다. 왜 발 디딜 공간도 없는 좁은 집인데 이렇게 휑하게 느껴지는 건지.

나는 청소를 하다가 진이 빠져서 그대로 침대에 누웠다. 똑바로 누우면 츄파의 사진이 보였다. 결국 너와 내가 다시는 못 만날 사이가 되어도 너는 여전히 그 자리에서 웃고 있었다. 예전 모습 그대로. 언제고 눈을 감으면 네 모습들 중 가장 예뻤던 때가 떠올랐다. 누군가의 기억 속에 그렇게 남을 수 있다면 그것도 괜찮은 인생일 것 같았다.

적어도 츄파는 그렇게 생각하길 바랐다. 츄파를 떠올리자 자연스레 켄의 얼굴도 함께 떠올랐다. 츄파와 닮은 순하고 동그란 눈매, 얄쌍한 콧대와 둥근 콧망울, 도톰한 입술. 눈코입이 다 동글동글한 인상이었다.

앵과 제나에게 여행 이야기를 하면서도 나는 중요한 것을 빠뜨렸다. 말을 할 수가 없었다. 켄에 대해서도, 츄파에 대해서도. 믿어주지 않을 거라는 불안 때문이기도 했지만 그냥 나 혼자 간직할 이야기 하나쯤 품어두고 있는 것도 좋을 것 같았다. 말로 꺼내놓는 순간 변색될 이야기는 평생 내 안에 있는 것으로 충분했다.

"잘 있니?"

소리 내어 물어도 대답은 돌아오지 않았다. 알았지만 쓸쓸했고 답답했다. 한 번쯤은 내 말이 소리로 되돌아오고 내 눈빛이 온기로 되돌아오는 사랑을 하고 싶었다. 마음 말고 생각 말고 감각으로 느낄 수 있는 그런 것들이 나를 채웠으면 좋겠다고. 이렇게 혼자 남겨졌을 때 번호 몇 개로 이어질 수 있는 목소리가 있다면 견디는 것이 쉬울 텐데. 그 생각의 끝은 늘 그렇듯 허탈한 웃음이었다. 내가 지금 뭘 하고 있는 거야. 나는 음악을 켜고 멈췄던 청소를 이어갔다. 나의 오빠는 청소하는 나를 위해 열심히 노래를 불러주었다.

5

아침에 회사에 도착하자마자 나는 분위기가 심상치 않음을 느꼈다. 본능적으로 몸을 낮추고 업무 파일을 열었다. 모니터로 들어갈 듯 등을 굽히고 일을 하고 있는데 누군가 내 어깨를 툭툭 쳤다. 나는 지레 겁을 먹고 놀라서 돌아봤다. 김 대리는 놀란 나에게 조용히 따라오라는 눈빛을 보낸 뒤 탕비실 쪽으로 걸어갔다. 나는 괜한 헛기침을 하고 물을 마시러 가는 척하며 빈 컵을 꼭 쥔 채 탕비실로 따라 들어갔다.

김 대리는 주위에 아무도 없는 것을 몇 번이나 확인하고서도 목소리를 잔뜩 낮춘 뒤 말했다.

"아무래도 회사 구조조정 들어갈 것 같아."

나는 눈만 커져서는 아무 대꾸도 할 수 없었다. 처음 든 생각은 내가 잘릴지도 몰라, 가 아닌 이렇게 작은 회사도 구조조정을 한다고? 였다. 말이 좋아 중소기업이지, 중'소' 기업인데 구조조정이라는 게 가당키나 해? 직원 몇 명 자르는데 말이 너무 거창하다는 생각을 지울 수가 없었다. 김 대리는 내 놀란 얼굴을 다른 의미로 받아들였는지 내 어깨를 두드리며 두어 번 고개를 끄덕이고 밖으로 나갔다.

그렇게 조심스레 퍼져 나간 소문은 반나절 만에 전 회

사를 뒤덮었다. 당연했다. 우리 회사는 중'소'기업이었으니까. 회사 분위기는 가라앉아 있었으나 누구도 나서서 말하는 사람은 없었고, 엄청난 일이 있었으나 아무 일도 없는 척 하루가 지나갔다. 나는 그 분위기에 눌려서 허리가 휠 것 같았다. 퇴근해서 집에 돌아와 침대 위에 누워도 회사 생각을 멈출 수가 없었다. 이번 구조조정 인원에 낀다면 어떻게 해야 하는지 대책이 전혀 없었다. 요즘 같은 불경기에 당장 일을 구할 수 있을지 확신이 없었고 바람에 나부끼는 얄팍한 스펙과 경력에 대한 자신도 없었다.

걱정과 불안으로 한없이 벽을 쌓아가고 있을 때 전화벨이 울렸다. 전화벨은 평소보다 음산하게 들렸다. 대기 화면에 떠 있는 집주인이라는 세 글자에 나는 귀신이라도 본 듯 몸을 떨었다. 아주 불길해, 불길한 징조야.

"계약 연장할 거예요?"

"네, 가능하면 하고 싶은데요."

"뭐, 다 알 것 같으니까 짧게 말할게요. 보증금을 좀 올려줘야겠어요. 내가 아가씨 사정 다 아니까 2천까지는 그렇고 천 5백만 올릴게요. 괜찮죠?"

왜 슬픈 예감은 틀린 적이 없나. 사정을 다 아는 사람치고 천 5백은 너무 심한 거 아닌가요. 괜찮죠? 라니요. 총을 겨누고 아직 살아 있느냐고 물어보시는 건가요. 무슨 말로 전화를 끊었는지 기억이 나진 않지만 나도 모르게 네, 하고 대답한 것 같았다. 만약에 회사에서 정리해고 대상자가 되었다는 말을 듣게 되더라도 나는 똑같이 대답하겠지. 네, 하고. 따져보지도 못하고 매달려보지도 못하고 그저 네, 만 하고 돌아서는 나에게 화가 치밀었지만 달리 할 수 있는 일은 없었다.

불행은 어깨동무하고 몰려온다는 말은 틀리지 않았다. 나는 몰려온 불행에 뒤덮여 서랍 구석에 있던 통장을 꺼냈다. 잔고를 봤지만 통장 정리를 한 지 오래되어서 아무 의미가 없었다. 스마트폰 앱으로 잔액 조회를 해보았다. 통장에는 한숨 한 번이면 날아갈 듯한 아주 약소한 자금뿐이었고 적금이라고 들어놓은 것에도 큰 금액이 모아져 있지는 않았다. 나는 잘 쓰지도 않는 다이어리를 펼쳐 생활비를 적기 시작했다.

- 월세 30 (이것도 나름 반전세를 얻어서 깎은 금액이다.)
- 관리비 15 (수도, 전기, 가스, 인터넷은 끊을 수가 없지.)
- 교통비 10 (매일 대중교통만 이용해도 -2 정도가 한계다.)
- 식비 20 (배달 음식을 줄인다면 더 아낄 수 있을까.)
- 기타 잡비 5 (휴지나 샴푸가 똑 떨어지지 않기를 바랄 뿐.)

아무것도 안 해도 80은 그대로 사라졌다. 매달 통장에 80을 넣어놓지 않으면 생활은 불가능했다. 정말 회사에서 잘리면 방을 빼서 다시 엄마 집으로 들어가야 할지도 몰랐다. 그래도 들어갈 엄마 집이라도 있으니 다행인 건가. 다이어리고 통장이고 다 집어던지고 패잔병처럼 엎어졌다. 어제까지만 해도 오늘 내게 이런 일이 닥칠 거라고는 예상도 하지 못했다. 항상 바람은 알 수 없는 곳에서 불어왔고 아무리 피하고 싶어도 숨을 데가 없었다. 고개를 숙이고 몸을 웅크려도 바람은 나를 흔들었다.

회사에서는 모두가 서로의 눈치를 봤다. 어제까지는 동료라고 믿었던 자들과 갑자기 적이 되어 대치하는 기분이었다. 누구의 탓도 아니었지만 이유도 없이 서로 험담을 늘어놓기 시작했다. 나는 내 자리에 앉아 있으면서도 안절부절못했다. 여기가 언제까지 내 자리일지 모른다는 불안이 내 등을 콕콕 찔러댔다. 혼자 돌아앉아 말도 없이 연차를 쓰고 여행을 간 나를 꾸짖었다. 내가 했던 많은 잘못이 내 팔, 다리, 등, 허리를 찔러서 제대로 된 전쟁을 치르기도 전에 지쳐버렸다.

점심시간이 끝나고 돌아오자 팀장은 팀원들을 하나씩 불러 면담을 시작했다. 제일 먼저 불려 간 건 김 대리였다. 김 대리의 뒷모습은 꽤 당당해 보였다. 1년간의 육아 휴직을 마치고 복직한 지 6개월이 된 워킹맘의 단단한 발걸음. 김 대리와 나는 업무가 많이 겹쳤다. 누군가 그만둬야 한다면 둘 중 하나일 수도 있었다. 나는 업무에 집중하지 못하고 계속 팀장실을 흘깃거렸다. 마침내 김 대리가 나왔고 그다음이 나일 것이라고 생각했는데 엉거주춤한 나를 뒤로하고 강 주임이 팀장실로 들어갔다.

이십대의 가벼운 발걸음이 생기 있어 보였다. 머리카락 한 올까지도 세팅되어 있는 것 같은 강 주임은 다른 직원들과 다르게 회사 안에서도 힐을 신고 다녔다. 강 주임은 어디를 가든 또각대며 자신을 부각시킬 줄 알았다. 아직 중요한 일을 많이 맡지는 않았지만 똑똑한 강 주임이라면 내가 하던 일도 금방 배우겠지. 내가 하는 일에 꼭 내가 필요하지 않다는 것은 누구보다 잘 알고 있었다. 주제 파악에 능한 것이 나의 유일한 장점이었고. 한숨을 감추기 위해 크게 숨을 들이마셨다.

강 주임은 면담을 마치고 나와서 이 주임을 불렀다. 나는 잔뜩 긴장한 몸을 풀지 못한 채 이 주임의 뒷모습을 봤다. 이 주임은 지난달에 결혼을 했다. 이 주임의 결혼 상대는 비서실의 직원이어서 회사에서는 사내 부부 1호로 통했다. 사장이 주례까지 보며 결혼을 축하했는데 이렇게 바로 구조조정 인원에 들어가진 않겠지. 게다가 이 주임은 남자니까. 결혼한 남자니까. 곧 아이도 가질 남자니까. 생각이 길어질수록 다른 사람과 나를 비교할수록 나는 더욱 작아졌다. 마음을 웅크리고 웅크려 콩만큼 작아졌을 때, 팀장실에서 나온 이 주임이 나에게 손짓했다.

아무렇지 않은 척 일어섰다. 무릎이 살짝 후들거리긴 했지만 들킬 정도는 아니었다. 등을 펴고 꼿꼿이 걸었다. 일단은 그러고 싶었다. 나는 팀장 앞에 앉아 두 손을 모았다. 조금 어색해서 손을 풀었지만 갈 곳이 없어진 손은 다시 무릎 위로 돌아갔다. 팀장은 파일에 꽂힌 서류를 보고 있었다. 내 이력서인지 인사 고과가 적힌 문서인지 아니면 그냥 업무 파일인지 알 수가 없었다. 입이 말라서 물을 마시고 싶었으나 왠지 손이 뻗어지지 않았다. 숨 쉬는 것조차 잘 되지 않는 기분이었다.

"서 대리 우리 회사에서 일한 지 얼마나 됐죠?"

"3년 되었습니다. 곧 4년 차가 되고요."

"일 처리 깔끔한 편이라 동료들이 편하다고 하네요."

"감사합니다."

팀장은 무심히 넘기던 서류를 덮어두고 나와 눈을 맞췄다.

"결혼 계획은 있나요?"

"당분간은 없습니다."

"그래도 곧 하게 되겠죠?"

"글쎄요, 잘 모르겠습니다."

"여직원들은, 특히 미혼 여직원들은 결혼도 해야 하고 결혼을 하고 나면 육아 휴직도 하게 되겠죠. 그게 한 번이 될지 두 번이 될지도 모르고. 뭐, 다들 사정이야 있겠지만 솔직하게 앞으로의 계획에 대해서 이야기해주면 좋겠어요."

업무에 대해 물어본다면 어떻게든 대답할 준비가 되어 있었다. 내가 그동안 해왔던 일에 부족함이 있다면 그것에 대한 지적은 달게 받을 수도 있었다. 그러나 결혼이나 자녀 계획에 대해 물으면 나도 아는 것이 없었다. 대부분의 여자가 그러하니까, 나도 마찬가지일 거라는 지레짐작에 아니라고 반박할 수도 없었다. 서 대리가 해온 일에 대해, 할 일에 대해 피력할 수는 있어도 여자 서다영의 결혼, 출산, 육아에 대해서는 추측도 어려웠다.

"말씀드렸듯이 당분간은 결혼 계획이 없어요. 혹시 결혼을 한다고 해도 일은 계속할 생각입니다."

더 이상 할 말이 없었다. 고개를 끄덕이는 팀장에게 인사를 하고 밖으로 나왔다. 예상치 못한 질문도 아니었는데 대책이 없었다. 내일도 모레도 같은 대답밖에는 할 수 없을 것이었다. 부양가족이 없어서 정리해고 대상이 될 가능성이 높다는 건 알고 있었다. 하지만 나를 부양해줄 가족도 없었으므로 나에게는 직업이 필요했다. 서울 구석에서 나 하나를 키우는 데에도 돈이 많이 들었다.

나를 지키기 위해 자꾸 떠오르는 생각들을 털어냈다. 어차피 내 힘으로 바꿀 수도 없는 일이었다. 정리해고 대상자가 된다고 해도 별수 없었다. 나는 불안과 불행의 벽 앞에서 분노하고 슬퍼하는 대신 냉정하기를 택했다. 실직을 하면 일단 고용 보험에서 실업 급여를 받고 또 직장을 구하면 돼. 지금보다 회사가 작고 급료가 적을 수도 있겠지만 죽지는 않겠지, 뭐. 어떻게든 될 거야. 나의 긍정적이고 낙천적인 마인드에 내가 놀랄 정도였다. 나는 괜찮았고 괜찮을 것이었다.

6

집에 들어와 밥을 먹고 커피를 마시고 샤워까지 다 했는데도 9시였다. 나는 지루함에 기지개를 펴다가 그대로 누워버렸다. 멍하니 천장을 보고 눕자 또다시 불안이 스멀스멀 기어들기 시작했다. 생각을 버려야 돼! 나는 자꾸 나를 지배하려는 불안을 이기고자 급하게 컴퓨터를 켜고 이름이 ♡인 폴더를 열었다. 역시 생각을 없애는 데는 나의 아이돌이 최고지. 무대 영상을 켜고 온 신경을 집중했다. 나는 노래하는 루이가 좋았다. 춤을 추는 루이도 좋았다. 무엇보다 좋은 건 무대에 있을 때 신나하는 루이의 얼굴이었다. 공연장에 가면 루이는 재밌어 죽겠다는 표정으로 춤을 추고 노래를 불렀다. 팬들은 직업 만족도 백 퍼센트인 루이를 보며 감탄했다. 일하면서 저렇게 즐거울 수 있다니 나는 새삼 루이가 부러웠다.

영상을 몇 개 돌려 보다가 금세 지루해졌다. 연애도 그렇지만 팬질에도 반드시 지루한 시간이 찾아왔다. 인기를 얻어 안정적으로 활동을 이어가는 아이돌은 5년 차쯤 되면 그룹 활동이 급격히 줄고 개인 활동이 늘어났다. 무대가 아닌 드라마나 영화에서 내 아이돌을 만나는 것도 좋았지만 결국 빠순이가 가장 원하는 것은 무대였다. 새롭고 완전한 무대. 모든 멤버가 다 모이고 팬들의 함성이 더해져 완성되는 무대. 5년의 고비를 넘기지 못하고 내 아이돌 또한 활동이 줄었기에 나는 자꾸 한눈을 팔기 시작했다. 눈앞의 아이가 예쁘지 않은 건 아니었지만 새로운 설렘을 가져다줄 새 아이가 있으면 좋겠다는 생각을 막연히 했다.

심드렁한 자세로 최근의 모습을 보다가 점점 더 전으로 옮겨가기 시작했다. 스물다섯의 루이에서 스물셋의 루이로, 갓 스무 살이 된 루이에게까지. 솜털까지 만질 수 있을 것 같은 루이의 스물이 눈앞에 펼쳐졌다. 잔뜩 긴장해 어깨가 굳어버린 루이가 멘트를 하다 말이 꼬이고, 꼬인 말을 수습하다가 결국 웃어버리는. 햇살 같아. 이런 진부한 표현밖에 할 수 없어서 한탄스러웠지만 정말 그랬다. 루이는 햇살같이 웃었다. 지금의 그도 좋지만 나는 스무 살의 그가 너무나 좋았다. 모든 것이 새로워 늘 눈을 반짝이던 루이를 사랑했다. 잘하는 것 하나 없지만 뭐든 열심이었던 루이가 예뻤다. 팬이 생긴 것에 와아, 하는 탄성을 지르며 눈짓으로 고마움을 내보이던 루이를 평생 잊을 수 없을 것 같았다.

내가 루이를 좋아하는 동안 그는 많이 자랐다. 키도 커졌고 어깨도 넓어졌다. 턱선은 더 남자다워졌고 눈매도 날카로워졌다. 이제 더는 소년이 아니었다. 나는 루이의 성장을 멀리서 응원했다. 루이가 인기를 얻고 이름을 알릴수록 내 자리는 점점 더 멀어져갔다. 십만 명 중, 백만 명 중 하나로 밀려나도 아쉽지 않았다. 오히려 아쉬운 건 그의 성장이었다. 다 자라버린 루이가 기특했지만 나는 자꾸 어린 그가 그리웠다. 모든 것에 호기심을 보이던, 어색함에 눈만 깜박이던, 목소리 높여 인사를 하던, 애교를 부리다 손으로 얼굴을 가리던 루이가 보고 싶었다. 다시 돌아오지 않을 시간들을 그리워하며 변해버린 루이와 나를 번갈아 생각했다.

나는 모든 아이돌의 데뷔 초 모습을 가장 아꼈다. 스무 살 무렵의 소년들만 가질 수 있는 싱그러움이 좋았고 기합이 잔뜩 들어간 굳은 얼굴도 좋았다. 뭐든 열심히 하겠다고 입을 꾹 다물 때, 실수를 하고 당황해서 몇 번이고 고개를 숙일 때, 예상치 못한 상황에 놀라서 눈동자가 흔들릴 때 나는 귀여워, 를 연발했다. 그러던 너희는 시간이 지나면 음향 사고에도 놀라지 않고 노래를 잘 불러냈고 진행자들의 짓궂은 장난도 잘 받아넘겼으며 무대를 끝내고 여유 있는 모습으로 팬들에게 손을 흔들었다. 훌쩍 커버린 모습에 감탄하다가도 예전이 그리웠다. 아들의 어린 날을 그리워하는 엄마처럼.

나는 자주 너희를 내 아들, 우리 아기라고 불렀다. 나는 엄마가 되어본 적이 없었지만 아이가 생기면 이렇게 뭐든 퍼주고 싶은 마음이 들지 않을까, 하고 막연히 생각했다. 진짜 아이 엄마들이 들으면 비웃을지도 모르지만 그랬다. 텔레비전 속에 갇힌 내 아이돌은 그렇게 내 가족이 되어주기도 했고 내 친구가 되어주기도 했고 내 애인이 되어주기도 했다. 결국 남이라는 것을 알아도 사랑하는 동안만은 그가 내 가장 가까운 사람이었다. 아무리 가까워도 멀기만 한 모순 속에서도 사랑은 존재했다.

스무 살의 루이에게 눈을 떼지 못하고 있을 때 벨이 울렸다. 누군지 모르지만 일단 겁부터 났다. 혼자 살게 되면서 다른 건 다 좋은데 문득 이렇게 무서워지는 순간들을 견디기 힘들었다. 누구세요, 떨리는 목소리로 묻자 문밖의 사람은 대답 없이 문만 쿵쿵 두드렸다. 나는 잔뜩 굳어서 휴대폰부터 찾아 들었다. 신고를 해야 하나, 대체 누구지. 좁은 원룸에서 몇 발짝 되지 않는 걸음을 떼는데 온갖 두려운 장면이 제멋대로 떠올랐다. 복면 쓴 괴한, 배달원인 척하는 강도, 택배 기사로 위장한 범죄자. 막혀 있던 문구멍을 열어 조심스럽게 눈을 댔다. 문밖에는 모자를 푹 눌러쓴 검은 형상이 보였다. 나는 내 안에 잠재되어 있던 모든 용기를 끌어올려 다시 물었다. 누구세요?

"나야, 나."

검은 형상이 고개를 들어 제나임을 밝혔다. 나는 문을 열자마자 나의 놀람을 욕설로 표현했다. 가까이 살아도 항상 찾아올 때는 전화를 하는 게 예의였는데 갑자기 왜 이러지. 놀람이 안심으로 바뀌자 호기심과 걱정이 고개를 들었다. 무슨 일 있어? 하고 묻자 제나는 거칠게 모자를 벗고 딱 붙은 머리를 헝클며 절망 포즈로 무릎을 꿇었다. 가끔 저렇게 이해할 수 없는 짓을 한다니까. 나는 제나가 정상 궤도로 들어설 때까지 아무 말도 하지 않고 그저 기다렸다.

"오늘 그 새끼 봤어."

뭐? 목소리가 높아졌고 나와 제나는 둘 다 정지 버튼이라도 누른 것처럼 멈춰 있었다. 나는 제나에게서 나온 그 새끼라는 호칭에 대해, 내가 알고 제나가 아는 그 새끼라는 사람에 대해, 제나를 저렇게 패닉으로 만든 그 새끼라는 존재에 대해, 머릿속 데이터를 아무리 뒤져도 결과가 하나밖에 없다는 것을 깨달았다.

"희성이?"

제나가 끄덕일 틈도 주지 않고 이어 물었다.

"어디서? 어떻게?"

제나는 크게 숨을 몰아쉬며 말했다.

"압구정에 예복 찾으러 갔다가."

제나

나는 오늘 낮에 백화점에서 예복을 찾고 시어머니를 만날 계획이었다. 단둘이서 만나는 것은 처음이었으므로 할 수 있는 최대한 단아한 차림으로 시어머니를 기다리고 있었다. 약속 시간보다 조금 일찍 도착한 탓에 주변을 심드렁하게 스쳐 보고 있는데 아주 신경 쓰이는 차 한 대가 시야 안으로 들어왔다. 압구정에는 원래 외제차가 돌멩이보다 많고 개조된 외제차 역시 흔하게 볼 수 있는데도 뭔가 촉이 달랐다. 마치 배트맨이 탈 것 같은, 저 미끈하게 반들거리는 무광택의 검정 차. 자동적으로 누군가가 떠올랐다. 나는 차를 향해 한 발짝 다가갔다. 딱히 의식하지 않고 한 행위였다. 차 유리는 어두워 아무것도 보이지 않았다. 저렇게 까매도 앞이 보이긴 하는 거야, 불법 아니야?

그때 반대쪽에서 시어머니가 나타나 나를 불렀다. 나는 아쉽지만 배트맨 차를 등지고 시어머니에게 달려갔다. 톤을 한껏 높여 어머니, 하고 반갑게 인사를 나누는 와중에도 흘긋거리며 배트맨 차로 계속 시선을 주었다. 예복은 찾았느냐는 말에 네, 하고 대답하다가 운전석에서 내리는 익숙한 실루엣을 포착했다. 멀어도 알았다. 선글라스를 쓰고 있어도 고개를 숙이고 있어도 그건 희성이었다. 빠순이의 모든 촉이, 10년간의 집념이 그가 희성이라는 증거를 들이밀었다.

나는 어딘가에서 희성과 마주칠지도 모른다는 전제하에 늘 시뮬레이션을 돌렸다. 물론 머릿속에서만. 압구정 길에서 우연히 만나는 건 분명 여러 시나리오 중 하나였다. 실수를 막기 위해 그 순간의 멘트까지 준비해두었다. 안녕하세요, 저 희성 씨 팬이에요. 10년 동안 하신 공연 다 봤어요. 하지만 그 시나리오에는 시어머니가 끼어 있지 않았다. 나는 이 상황에 멋대로 끼어든 것이 희성인지 시어머니인지 모르겠다는 생각을 스치듯 했다. 생각을 오래 했으면 다른 결론이 나올 수도 있었다. 그런데 나는 생각하는 법을 잊고 말았다. 사고가 멈추고 본능만이 남았다.

"어머님, 잠시만요."

그 말을 하고 희성에게로 달려갈 때 뭔가 잘못됐다는 것을 알았다. 아주 이상하다는 것도 눈치챘다. 하지만 나는 이미 달리고 있었고 멈출 수 없었다. 누군가를 기다리는 듯, 주변을 두리번거리던 희성이 휴대폰을 꺼냈다. 상대방이 전화를 받지 않는지 왼쪽 눈썹을 치켜올리며 휴대폰의 종료 버튼을 눌렀다. 무언가 맘에 안 들 때 희성은 왼쪽 눈썹을 치켜올렸다. 예전 버릇 그대로야. 스치듯 보이는 희성의 옛 모습에 잠시 마음이 울렁였다. 희성과 내 사이는 점점 가까워지고 있었다. 두려울 정도로 가까워졌을 때, 다섯 발짝쯤 남았을 때 나는 걸음을 멈췄다. 웃기지, 어차피 딱 거기까지인 걸 아는데. 아는데도 왜 거기까지 가고 싶었는지.

희성은 선글라스 너머로 나를 잠깐 보고 시선을 돌렸다. 나는 그 앞에서 5초쯤 더 머물렀다. 더 이상 가까이 가지 않고 더 이상 멀어지지도 못한 채. 희성이 다시 차에 타기 위해 몇 발짝 다가와서 나는 희성이 걸어온 만큼 뒷걸음질 쳤다. 그리고 희성이 차에 타자 희성의 차가 쉽게 빠지도록 거리를 두었다. 배트맨 차는 곧 시야 밖으로 사라졌다. 꿈의 커튼이 걷혔다. 나는 나갔던 정신을 붙잡으며 다시 시어머니 앞으로 걸어갔다. 어리둥절해 있는 시어머니에게 웃으며 말했다. 죄송해요, 아는 사람인 줄 알고 갔는데 아니었네요.

아무 일도 아니었다. 시어머니는 크게 개의치 않고 고개를 끄덕였다. 차를 마시러 가자며 앞서 걷는 시어머니를 재빨리 쫓았다. 예복을 담은 쇼핑백이 거추장스러웠다. 무겁고 커다란 쇼핑백이 스타킹을 긁어 구멍을 냈다. 나는 구멍 난 스타킹과 피부의 붉은 자국을 잠시 내려다봤다. 시어머니가 웃으며 뒤를 돌아봤다. 나도 웃어 보였다. 얼굴 근육이 굳은 것처럼 떨려왔지만 웃었다. 역시 아무 일도 아니었다.

제나의 이야기를 들으면서 나는 함께 심장이 조여드는 것을 느꼈다. 제나도 나도 별일 아닌 것을 아는데, 아는데도 목에 무언가 걸린 것처럼 답답했다. 아는 사람인 줄 알았는데 아니었어요. 그게 그들과 우리 사이의 관계일지도 몰랐다. 제나는 눈썹의 움직임만으로 희성의 기분까지 알아차렸는데 결국 모르는 사이였다. 말을 하면 들릴 정도의 거리였는데 불러보지도 못했다. 공연장에서, 멀리 떨어져 있을 때는 울부짖듯 그렇게 많이 외친 이름이었는데 가까이에 있으니 부를 수가 없었다. 멀리 있을 때 가까움을 느꼈듯이 가까이 있을 때 오히려 멂을 느꼈다.

7

이렇다 할 계획도 대책도 없는 사이 회사에 사내 공고

가 붙었다. 우리 팀의 권고 사직자는 강 주임이었다. 흰 종이 위에 있는 강희진이라는 이름을 한참 쳐다봤다. 강 주임은, 희진 씨는 내가 막내이던 시절 처음으로 받은 후배 사원이었다. 나보다 몇 달 빨리 입사한 김 대리가 희진 씨의 사수였다. 둘은 자주 부딪쳤고 부딪칠 때마다 나에게 와서 서로 험담을 늘어놓았다. 내가 딱히 맞장구를 잘 쳐주는 스타일이 아니었는데도 그랬다. 나중에 알고 보니 별다른 반응이 없어서 오히려 얘기하기 편했다는 대답이 돌아왔다. 그것도 다 옛날 일이지. 예전 기억을 꺼내며 감상에 젖은 내가 우스웠다. 강희진, 그 이름 위에 내 안도의 숨이 내려앉았다.

강 주임은 이달 말까지만 회사에 다닌다고 했다. 그 기간 안에 인수인계를 하고 하던 업무를 마무리한다고. 새로 사람을 뽑는 게 아니었으므로 강 주임이 하던 일은 남아 있는 사람들에게 나눠져 돌아갔다. 나에게 온 것은 비품 관리였다. 나는 엑셀 파일에 정리된 사무용품과 탕비실의 음료, 기자재들이 나열된 목록을 정리하며 옆 파일에 붙여넣기를 했다. 기계적인 손길 사이에서 실수가 툭 튀어 나왔다. 분명 '포스트잇' 항목을 복사한 것 같았는데 붙여 넣은 자리에는 내 이름 '서다영'이 들어가 있었다. 서류 작성자를 잘못 붙여 넣었네. '볼펜'과 '투명 테이프'

사이에 끼어 있는 내 이름이 어색하지 않았다.

점심시간이 되자 사무실은 금세 휑하게 비었다. 급한 거래처 전화를 받느라 나갈 타이밍을 놓친 나와 외근을 다녀오느라 늦게 도착한 강 주임만 남아 있었다. 나는 오랜만에 강 주임과 함께 근처 식당으로 향했다. 팀장님이 있을 때는 잘 먹지 못하는 파스타 전문점에 앉아서 강 주임과 나는 어색하게 시선을 마주쳤다 뗐다 했다.

"선배, 그럴 거 없어요. 제가 원한 일이기도 해요."

"원했다고?"

"그냥 공부하고 싶기도 하고, 여행 가고 싶기도 하고. 모든 게 다 지겨웠거든요."

"그래도 불안하지 않아?"

"당연히 불안하죠. 불안해서 지금까지 아무것도 못 하고 살았는데요."

내 앞에는 얌전히 말린 알리오올리오가 놓였고 강 주임 앞에는 빨갛고 탱글탱글한 아라비아따가 놓였다.

"선배한테는 여러모로 고마운 게 많아요."

"내가 뭐 해준 게 있다고."

대학 선후배 사이여서 처음 회사에 들어왔을 때부터 호칭은 선배였다. 과도 전혀 달랐고 접점이 없었는데도 불구하고 같은 대학 출신이라는 것만으로 이상하게 친근한 느낌이 들었다. 하지만 그만큼 경쟁 심리가 작용하기도 했다. 강 주임은 예쁘고 자신감 넘치는 스타일이라 어딘지 모르게 나를 주눅 들게 만들었으니까.

"업무 중에 궁금한 거 있으면 빨리 물어보세요. 저 그만두면 핸드폰 번호 바꾸고 잠수 탈 거예요."

그 심정이야 충분히 이해가 갔다. 그래도 앞으로의 커리어를 생각하면 그러지 않는 편이 나을 거라는 조언을 할까 하다 그만두었다. 나보다 똑똑한 강 주임에게 충고를 하는 게 주제넘게 느껴졌다. 고작 여기 남는 것으로 겨우 생활을 연명해나가는 내가 누군가에게 조언이나 충고를 할 수 있을 리 없었다.

"뭐, 그만두고 나서 계획은 있어?"

"계획이 없는 게 계획이죠."

그 말을 하는 강 주임의 입술이 글로시하게 반짝였다.

"멋있다."

"지금 정리해고자 놀리는 거예요?"

강 주임이 장난스럽게 눈을 흘기며 웃었다. 나는 마음속으로 다시 한 번 말했다. 멋있다, 역시 멋있어. 안정의 시간이 조금 연기된 것만으로 위로를 삼고 있는 나에게 강 주임의 쿨함이 찬물을 퍼부은 것 같았다. 나는 늘 그렇게 멋지고 싶었다. 강 주임처럼 제나처럼 앵처럼. 하지만 나는 나일 뿐이었고 세 살때 완성된 성격은 서른이 넘자 더 견고하게 굳어져가고 있었다. 이번 생에서 멋있기는 글렀지. 생활 밀착형, 안정 추구형, 안전 제일형 서다영은 그냥 이렇게 살아가는 수밖에.

회사에서 잘리지 않았으므로 일단 한고비는 넘겼다. 다음 고비인 전세금 해결을 위해 은행에 들렀다. 5백은 어떻게든 할 수 있겠지만 당장 천만 원을 마련하기는 힘들었다. 이미 들어가 있는 보증금이 나의 전 재산이었다. 나는 쭈뼛거리며 대출 상담을 위한 창구에 앉았다. 은행 직원은 환하게 웃으며 대출 금액과 사용 용도와 나의 회사 등을 물었다. 나는 고해성사라도 하듯이 고개를 숙이고 나의 처지를 알렸다. 은행 직원은 컴퓨터로 무언가를 검색하고는 상품 브로슈어를 내 앞에 펼치며 말했다.

"소액 대출은 직장인 대출로 받으셔도 되고 아니면 가지고 계신 주택 청약 통장을 담보로 해서 받으실 수도 있어요."

소액이라고 했다. 돈을 만지는 사람한테는 천만 원이 소액이구나. 그 소액을 마련하지 못해 죄인처럼 앉아 있는 내가 우스웠다. 나는 억지로 고개를 빳빳이 들어 올렸다. 그래, 소액인데, 뭐! 소액 정도는 빚을 지고 살아도 내 당당함의 빛을 빼앗지 못해. 대체 왜 이런 허세를 부리고 있는 건지.

은행 직원은 대출 상담을 마친 나에게 여유 자금이 있으시면…… 이라는 전제를 두고 ELS 투자 상품을 추천했다. 제2금융권에서만 할 수 있던 상품이 제1금융권에서도 허용되었다고, 이자율이 높은 투자 상품이라고 했다. 나는 정신없는 설명 속에서 쉴 새 없이 고개를 끄덕였다. 6개월마다 조기 상환이 가능하고 이자율도 보통 적금에 비해 높은 건 알겠다. 잘 알겠는데 나 지금 대출 상담 하러 온 거잖아? 여유 자금이 있으면 대출 상담 같은 것을 할 리가 없고. 안타까운 것이 나인지 내 앞의 은행 직원인지 헷갈리기 시작했다.

8

하루하루는 긴데 일주일, 그리고 한 달은 빠르게 지나갔다. 나는 서류 접수 장과 사인 수십 개를 남발해 대출에 성공했다. 고로 홈, 스윗 홈을 지켜냈다. 당분간은 이사 걱정 없이 살 수 있다는 생각에 안도감이 밀려왔다. 이사 걱정은 없지만 식비와 교통비를 아껴야 했다. 물론 술만 마시지 않아도 식비와 교통비 둘 다 엄청난 절감 효과를 누리리라는 것을 알고 있었지만 아는 것과 행하는 것의 사이는 이역만리였다.

11월 마지막 날, 강 주임의 송별회가 예정되어 있었다. 강 주임은 평소에도 스타일리시했지만 오늘따라 더더욱 반짝이는 글램룩을 입고 출근했다. 마지막 날이기 때문인지 강 주임의 의상을 지적하는 사람은 없었다. 여기저기 인사를 하고 남은 짐을 치우느라고 강 주임의 구두는 유난히 더 또각거리며 돌아다녔다. 그 리드미컬한 소리에 나는 강 주임이 나가면 저 소리가 제일 먼저 그리워질 것 같았다. 이런 생각은 왜 하는 거야. 쓸데없이 감상적인 면이 내 장점일지 단점일지 고민하는 동안 퇴근시간이 다가왔다.

회식 장소는 회사 근처의 삼겹살집이었다. 나는 좁혀지려는 미간을 가까스로 펴고 자리에 앉았다. 회식 장소로 삼겹살집을 택한 누군가에게 잠시 분노하다 목으로 그 분노를 삼켜냈다. 삼겹살이 싫은 건 아니었다. 그 맛있는 고기가 싫을 리가. 싫은 건 누군가 고기를 구워야 하는 상황이었다. 내가 하든 남이 하든 불편하긴 마찬가지였다. 주인공한테 고기를 굽게 할 수는 없으니 오늘은 내가 당첨이었다. 나는 겸허한 마음으로 집게를 들었다. 일단 먹으면, 먹다 보면 치밀어 오르는 화는 가라앉겠지.

소주와 맥주를 황금 비율로 섞은 폭탄주는 한 잔 이상 전달되지 않았다. 장 부장은 늘 소주를 과하게 섞는 경향이 있었다. 특히 술이 한잔 들어가고 나면 더 심해졌다. 농도를 맞출 줄 모르는 장 부장은 계속해서 폭탄주를 제조했고 나머지 직원들은 비율이 안 맞는 폭탄주에 자신을 맞춰가기 시작했다. 강 주임은 아니 주임을 벗어버린 강희진은 술도 예쁘게 마셨다. 나는 여자인데도 희진 씨가 예뻐 보였다. 원래 여자의 예쁨은 여자가 더 알아주는 법이지.

술이 거나하게 취한 장 부장이 희진 씨와 나 사이로 끼어들었다. 나는 자연스럽게 밀려나며 옆 테이블로 옮겨갔다. 장 부장은 희진 씨에게 자기가 마시던 술잔을 내밀었다. 아직도 저 버릇을 품고 사는 사람이 있구나. 정말 순수하게 놀랐다. 자기도 찝찝하지 않을까. 아무리 생각해도 영 마음 열기가 어려운 자였다. 장 부장은 술을 비운 희진 씨의 어깨를 격려하듯 툭툭 두드렸다.

"강 주임 없으면 누구 보는 재미로 회사 오나."

장 부장은 껄껄 웃었다. 내 앞에 앉은 김 대리가 목소리를 낮춰 중얼거렸다. 저런 말 하면 좋아하는 줄 아나 보네. 나는 고개만 끄덕이고 말았다. 그런 말에 일일이 반응하기도 지겨웠다. 장 부장은 계속해서 미인이 회사에 있어야 한다거나 미인이 있어서 회사 다닐 맛이 났다는 되도 않는 소리를 늘어놓았다. 당당하고 예쁜 우리의 희진 씨는 그런 장 부장을 쏘아붙이지 않았다. 쓴웃음 정도는 지었지만 표 나게 쳐내지는 않았다. 나를 포함한 나머지 여직원들은 머리를 맞대고 큰 소리로 건배를 외쳤다. 그 틈을 타 우리 테이블에 있던 유일한 남직원인 이 주임이 강주임과 장 부장 사이로 파고들어 앉았다. 오늘도 부디 평온한 회식 자리가 되기를 바라는 염원을 담아 다 함께 원샷을 했다.

강 주임은 술에 잔뜩 취해서도 똑바로 걸어 택시를 타고 마지막 퇴근을 했다. 나머지 사람들도 손을 흔들며 순식간에 택시를 타고 사라졌다. 나도 택시에 탄 후 감기는 눈을 억지로 뜨고는 습관대로 트위터를 켰다. 몇 시간 못본 사이에 나를 기다리고 있던 수많은 사진들이 다닥다닥 떴다. 아이는 예쁜데 눈은 계속 감겼다. 전쟁 같은 회식을 지나 강 같은 평화를 맞이한 내 몸이 자꾸만 늘어졌다. 기계적으로 사진 클릭, 저장 버튼을 누르는 중에 제나에게서 메시지가 왔다. '내일 나 좀 봐.' 별거 아닌 말인데도 왠지 느낌이 심상치 않았다. 그래서 무슨 일이냐고 묻지도 못하고 그냥 응, 이라고 대답했다.

다음 날 회식의 여파로 직원들은 반쯤 늘어져 있었다. 나도 커피의 힘으로 눈만 뜨고 있을 뿐 제대로 업무를 보고 있지 않았다. 전쟁터의 유일한 승자는 팀장님이었다. 예전부터 팀장님은 가장 늦게까지 회식 자리에 남아 있었으면서도 가장 먼저 출근해서 다른 직원들을 고개 숙이게 만들었다. 오늘도 역시 팀장님은 말끔한 차림으로 꼿꼿이 앉아 서류를 결재하고 있었다. 마침내 기다리던 점심시간이 되었다. 팀장님은 오전 내내 늘어져 있는 팀원들을 채근하거나 압박하지 않았다. 그 대신 죽어가는 팀원들을 모두 챙겨 우거지 해장국집으로 향했다.

해장국을 한 그릇씩 해치운 팀원들은 오후가 되어서야 비로소 업무다운 업무를 진행했다. 나도 흐름을 따라 겨우 오늘 해야 할 일을 마쳤고 퇴근 때가 되어서야 사람으로서의 몰골을 되찾았다. 분명 아침에 일어나기 힘들어 죽고 싶을 때에는 내가 술을 왜 마셨나, 폭탄주를 그렇게 들이붓는 게 사람이 할 짓인가 심히 고민했는데 퇴근 때가 되자 또 슬금슬금 알코올이 당기기 시작했다. 안될 인간이야, 하고 스스로에게 혀를 차고 있는데 제나에게서 메시지가 도착했다. '퇴근하면 우리 집으로 와.' 술의 여신은 참 나를 예뻐도 하시지. 하루도 떨어지려 하시지를 않네.

제나는 문을 열자마자 내 눈앞에 사진 한 장을 들이댔
다. 놀라서 뒷걸음질 치는 내 뒤로 앵이 도착했고 제나는
앵에게도 똑같이 그 사진을 들이밀었다.

"얘 뭐하는 거야?"

앵이 진심으로 궁금한 듯 물었고 나는 동의의 의미로
격하게 고개를 끄덕였다.

"웨딩 사진 나왔어."

제나가 우리 앞에 들이민 사진은 그날 찍은 우리 셋의
사진이었다. 제나는 목을 젖히며 웃고 앵은 허리를 굽히며
웃고 나는 박수를 치며 웃고 있었다. 드레스를 입고도 그
런 건 아무 상관없다는 듯이 멋대로 웃고 있었다. 뭐가 그
렇게도 좋은지 깔깔대는 웃음소리가 들리는 것 같았다.

"포토그래퍼가 차마 이 사진을 앨범에 실을 순 없었다
고 하면서 주더라. 그런데 나는 이게 제일 맘에 들어."

우리 셋은 머리를 맞대고 앉아 본격적으로 웨딩 앨범 관
람에 들어갔다. 그날 분명 면사포를 다 뜯어버리고 싶다고
했던 제나는 면사포 아래에서 눈을 내리깐 채 붙여놓은
길고 풍성한 속눈썹을 우아하게 드리우며 앉아 있었다.

"완전 인생샷이네."

내 감동의 멘트에 제나는 훗, 하면서 턱을 튕겼는데 콧대
가 없어 반쯤 내려앉은 뿔테 안경을 쓴 지금의 제나가 사
진 속 사람과 동일인물이라는 것을 인정하기가 어려웠다.

　미니 자동차를 타고, 비눗방울을 불고, 색색의 안경을 쓴
섹션을 지나 한복을 입고 단아하게 손을 모은 제나를 보자
웃음이 터졌다. 매일 가죽으로 된 라이더 재킷과 구멍이
숭숭 뚫린 레깅스나 입는 제나가 곱디고운 자태로 옷고름
에 손을 얹어놓은 게 어색해 보고 있을 수가 없었다.

　"이 사진 위에 어색어색 땀 뻘뻘, 이런 거 달아줘야 되
는 거 아니냐?"

　앵은 무한 고개 끄덕임으로 긍정했고 사진 당사자인 제
나마저도 웃다가 뒤로 넘어가버렸다. 역시 제나에게는 단
아한 한복보다는 무릎 나온 수면바지가 딱이었다. 앨범
의 마지막 부분에 우리의 사진이 실려 있었다. 얌전한 척
하고 앉아 있는 사진이 한 장, 그런 우리의 모습에 웃음이
터져버린 사진이 한 장. 그렇게 두 장에 우리 셋이 담겨
있었다. 그날의 행복이 만져졌다. 늦었는데도 풀 메이크업
을 했고 맞지 않을 드레스 걱정을 했고 처음 보는 제나의
남편 때문에 긴장을 했고 생각보다 괜찮은 남자인 것 같
아 안심을 했다. 그 모든 기억이 하나하나 되살아났다.

　앨범을 보며 깔깔 웃던 우리를 멈추게 한 건 앵의 배에

서 울리는 꼬르륵, 소리였다. 어찌나 정직한지 정말 문자 그대로 꼬르륵, 이라는 소리가 났다. 우리는 빠른 손놀림으로 밥상 겸 술상을 차려냈다. 아무 일도 없는 날에도 첫 잔은 늘 건배로 시작했으므로 우리는 손을 높이 들어 맥주캔을 부딪쳤다. 캔에서는 둔탁한 소리가 났다.

"오빠도 사진 봤어?"

"아니, 앨범이 오늘 도착해서."

"빨리 보여줘. 완전 웃겠다."

"아마 못 보게 될 거야."

제나의 말에 앵과 나는 멈춤 자세로 눈치를 봤다. 제나가 말을 끊고 맥주를 마셔서 나도 자연스럽게 행동을 이어나갔다.

"나 결혼 안 해."

결혼 발표를 할 때만큼이나 가벼운 말투였다. 나는 골뱅이를 집다 놓쳤고 앵은 테이블 아래로 떨어질 뻔한 맥주캔을 겨우 살려두었다.

"그게 무슨 말이야?"

이번에도 내가 묻고 싶은 말을 앵이 대신했다.

"말 그대로야. 결혼 안 한다고, 엎는다고."

"한 달도 안 남았는데?"

"한 달도 안 남았으니까 다행이지. 결혼하고 나서 이혼

236

하는 것보단 낫잖아."

나는 왠지 모르게 고개를 끄덕였다. 그렇지, 그것보다야 낫지.

"갑자기 왜?"

제나는 캔에 남아 있는 술을 깨끗이 비워내고 새 캔을 따며 말했다.

"아무래도 아닌 것 같아."

제나의 '아무래도'의 의미를 되짚어보다 한숨이 났다. 대부분의 결혼이 그렇듯 절차가 사람을 괴롭혔다. 사실 그런 건 아무것도 아닌데 아무것도 아닌 일에 짜증이 나고 그 짜증이 쌓이고 쌓이던 짜증이 의구심으로 바뀌고 의구심을 이어가는 와중에 대체 왜 결혼을 해야 하지, 라는 궁극의 질문으로 가닿았다. 사실 거기까지 가버리면 대답이 궁해지는 게 당연했다. 사랑하니까, 는 이유가 되지 못했다. 사랑한다는 이유만으로 결혼을 할 수는 없었으니까. 제나는 사랑했지만, 남자친구를 꽤 많이 사랑했지만 굳이 결혼을 해야 하는 이유를 찾을 수 없었다고 했다.

그렇다고 이제 와서 결혼을 뒤집는 게 말이 돼? 같은 제나를 들볶는 말은 앵도 나도 하지 않았다. 그런 말은 가족한테서 이미 들었을 거고 앞으로 스쳐 지나는 수많은 사람들한테도 듣게 될 것이었다. 나까지 굳이 그런 말로 제나를 괴롭히고 싶지는 않았다. 아마 지금은 이야기할 수 없는 많은 마음들이 있겠지. 내게 말 못 하는 것들이 있듯이 제나에게도 말 못 할 일이 있겠지. 제나의 침대 옆에는 나눠주지 못한 청첩장이 쌓여 있었다. 참 가지런히도 쌓여 있어서 자꾸 눈이 갔다. 조금 전까지 우리를 웃게 했던 웨딩 앨범도 그 옆에 놓여 있었다.

"저건 어떡해?"

내가 손가락으로 앨범을 가리키자 제나는 별거 아니라는 듯 대답했다.

"어떡하긴. 그냥 내가 가지면 되지."

"안 버리고?"

"버릴 필요가 없지. 인생샷 더미인데. 웨딩 촬영도 해보고 좋았지, 뭐."

결혼은 하지도 않을 거면서 웨딩 앨범은 가질 거라고 했고 남자친구와는 헤어질 거면서 남자친구를 싫어하는 것처럼 느껴지지는 않았다. 대체 뭐야, 얭과 나는 소리 없이 눈짓으로만 신호를 주고받았으나 역시 답이 나올 리 없었다.

제나는 울지 않았다. 아마 혼자서는 울었을지도 몰랐다. 하지만 적어도 우리 앞에서는 웃었다. 나라도 그랬을 것이라고 생각했다. 이십대 초반에는 조금만 힘든 일이 있어도 서로의 앞에서 울었었다. 누군가 울기 시작하면 나머지는 달래지 않고 그냥 울게 두었다. 때로는 함께 울어주기도 했다. 그렇게 커왔다. 우는 것밖에 할 수 없을 때 혼자 울지 않게 서로 도와주면서.

이제는 많은 것이 달라졌다. 우리는 예전처럼 시시콜콜한 얘기를 늘어놓지 않았고 서로의 일상에 대해 하나하나 알지도 못했다. 힘든 일이 있어도 말로 잘 옮기지 않았고 울 일이 있어도 각자 처리했다. 덜 울고 넘어가는 법도 배웠고 울더라도 안 운 척하는 법도 깨우쳤다. 제나가 파혼에까지 이르는 동안 나도 정리해고 위기를 간신히 넘겼고 보증금 마련을 위해 대출을 받았다. 아마 앵에게도 어떤 힘겨운 일이 있었을지 몰랐다. 언젠가 제나의 파혼 이유를 알게 되겠지. 그게 무슨 이유든 고개를 끄덕여줄 준비가 되어 있었다. 우리는 이해를 해서 함께 있었던 게 아니었다. 함께 있어서 이해하게 되는 게 맞았다.

제나는 웬일로 집에 가겠다는 나와 앵을 붙잡아 자고 가라고 했다. 평소에는 집에 사람을 잘 들이지도 않았고 특히 잘 때는 더더욱 혼자인 것을 좋아하던 제나가. 그래서 우리는 두말 않고 다시 앉았다. 제나는 새 칫솔 두 개를 꺼내 와서 나와 앵에게 하나씩 건넸다. 그러고는 자기도 새 칫솔을 뜯었다. 디자인이 같고 색깔만 다른 세 개의

칫솔. 제나는 팔을 쭉 뻗어 칫솔을 들어 올리며 이거 크로스야! 하고 외쳤다. 그렇네, 하고 앵이 함께 손을 올렸다. 나도 얼른 따라서 크로스를 외쳤다. 제나는 초록, 앵은 분홍, 나는 하양. 우리가 한 그룹을 함께 좋아하던 시절, 최애 멤버의 마이크 컬러.

제나가 먼저 노래를 시작했다. はるかなはるかな宇宙の片すみ(하루카나 하루카나 우츄우노 카타스미). 앵이 이어서 불렀다. こうして二人が出會えた偶然(코우시테 후타리가 데아에타 구젠). 그리고 우리 셋은 합창했다. 奇跡と呼びたいこの氣持を君だけに傳えたいよ(키세키토 요비타이 코노키모치오 키미다케니 츠타에타이요). 그 와중에 앵은 화음까지 넣었다. 또다시 깔깔대며 우리는 웃기 시작했다. 별것도 아닌 일에 이렇게 웃음이 터지고 한 번 터진 웃음을 멈출 수 없고. 이 모습을 보면 우리에게 성장이라고는 1퍼센트도 느껴지지 않았다. 나는 새삼스레 노래 가사를 되새겼다. '아득하고 아득한 우주의 끝에서 이렇게 두 사람이 만난 우연, 기적이라고 부르고 싶은 이 마음을 너에게만 전하고 싶어.'

제나는 침대에 눕고 앵과 나는 바닥에 이불을 깔고 누웠다. 깜깜한 것을 싫어하는 제나가 조도를 낮춘 무드등을 켰다.

"이렇게 셋이 한방에서 자는 거 오랜만이다."

제나가 감상에 젖은 말을 하는 것 또한 오랜만이었다.

"네가 바쁜 척해서 그렇잖아."

"맞아, 깔끔 떨어서 그렇고."

앵과 내가 이어서 핀잔주듯 말했지만 제나는 웃고 말았다. 셋이 여행 가면 한방에 같이 잤다. 엑스트라 베드가 들어오면 늘 제나가 거기 누웠다. 작고 불편하니까 돌아가면서 쓰자고 해도 제나는 한 침대에 다른 사람이랑 자는 것보단 작은 침대에 혼자 자는 게 낫다고 말했다. 더블 베드에는 나와 앵, 엑스트라 베드에는 제나, 그것이 우리의 공식으로 자리 잡았다. 나중에는 제나의 예민함이 한층 심해져 나와 앵이 한방을 쓰고 그 옆방에 묵는 것으로 공식이 바뀌었지만.

"우리 여행 갈까?"

꿈에 부푼 제나의 명랑한 제안에

"방학하면."

앵이 현실을 퍼부었고

"난 인생이 적자라."

내가 비루함을 끼얹었다.

"넌 신혼여행이나 가. 아까우니까."

요즘 돈에 매어 사는 내가 한마디 거들자 제나에게서 빠른 답변이 튀어나왔다.

"안 그래도 아까워서 나 혼자라도 가려고 했거든. 그런데 너무 웃긴 거야, 혼자서 몰디브는. 예전에 어느 드라마에서 나는 나 자신과 결혼한다면서 반지 끼는 여자 봤는데 막 그 여자 생각나고. 그래서 신혼여행은 그냥 버리게."

제나의 말투가 어느덧 평소의 까칠함과 시니컬함으로 돌아와 있었다. 잠이 오지 않았다. 술이 언제 다 깼는지 정신이 맑았다. 제나도 앵도 뒤척이고 있었다. 앵은 벽 쪽으로 돌아누우며 말했다.

"밝은 건 좋은데 그러다 쓸데없는 짓 하지 말고, 힘들면 언제든 얘기해."

가끔 앵은 엄청 언니 같았다.

"사랑해요, 오빠."

가끔 제나는 저렇게 푼수 같았고.

10

제나의 결혼 예정일에는 같이 있어줄 생각이었다. 어차피 제나를 위해 비워놓은 날이어서 다른 일도 없었다. 나는 앵과 둘이 그날 무엇을 할지 계획을 열 개쯤 짰다. 끝장나게 신나서 결혼식을 잊을 정도의 플랜이 필요했다.

6성급 호텔에서 파티를 하자, 클럽에 가서 춤을 추자, 강원도 펜션에서 스파를 하자, 홍콩으로 밤도깨비 여행을 가자, 가라오케에서 인생 술을 마시자, 구오빠 콘서트에 가자. 이 모든 계획 중에 당연히 실행에 옮겨진 것은 구오빠 콘서트에 가자, 였다. 우리를 만나게 해준 우리의 첫 구오빠가 하필 그날 콘서트를 한다고 했다. 이것은 역시 운명이었다. 빠순이로서의 숙명이기도 했고.

안타까운 건 늦게 알아봐 예매 시기를 놓친 덕에 티켓 구하기가 어렵다는 것이었다. 인기가 예전 같지 않은데도 몇 년 만의 완전체 콘서트여서인지 티켓이 전멸이었다. 나는 평소 하던 버릇대로 하루에도 수십 번씩 예매 사이트에서 취소표를 클릭했고 앵은 양도표를 구하기 위해 노력했다. 그러다 마침내, 콘서트를 이틀 앞두고 내가 일을 냈다. 퇴근시간에 우연히 들어간 사이트에서 무려 연석표 두 장을 구했던 것. 나는 회사라는 것을 잊고 소리 지를 뻔하다 간신히 참아냈다. 앵은 나만큼이나 펄쩍 뛰며 좋아했다.

"이제 한 장만 더 구하면 돼. 한 장은 쉽게 구해질 거야."

"아니야, 그냥 제나랑 둘이 가."

"왜? 셋이 같이 가야 재밌지."

"난 안 될지도 몰라. 일단 둘이 가고 내가 시간 되면 현장표라도 사서 들어갈게."

　콘서트를 마다하는 앵은 처음 봤으므로 뭔가 이상했지만 입을 꾹 닫은 앵에게 물어보기도 힘들었다. 나는 일단 고개를 끄덕였다. 제나는 티켓을 구했다는 말에 두말 않고 콘서트에 가겠다고 했다. 그러면서 조심스럽게 앵에게 무슨 일이 있느냐고 물었다. 나도 아는 게 없어서 한숨만 쉬고 말았다. 꼭 이번 일뿐 아니라 요즘 앵이 좀 이상한 것 같다고 제나도 나도 느끼고 있었다. 먼저 말로 하지 않는 것을 억지로 끌어내지는 않는 게 우리의 암묵적 규칙이어서 제나와 나는 그저 기다리기로 했다.

　궁금증은 오래 가지 않았다. 금요일 점심시간이 끝나갈 무렵, 가라앉은 목소리로 앵이 전화를 걸어왔다. 이런 시간에 걸려오는 전화가 기쁜 소식일 리 없었다.

　"할머니 돌아가셨어."

　불안의 실체는 슬픔과 맞닿아 있었다. 앵은 어릴 때 할머니 손에서 자랐다. 할머니를 엄마만큼이나 따랐던 앵이어서 더 걱정이 됐다. 앵이 엄마와는 나란히 자지 않아도 할머니와는 가끔씩 한방에서 잔다고 했던 기억이 났다. 나도 몇 번 뵌 적이 있었다. 나와 앵이 방에서 속닥거리면서 오빠 사진을 보고 있으면 할머니는 우리보다 사진 속 아이가 훨씬 예쁘다고 말했었다. 그러면서도 앵의 머리를 몇 번이나 쓰다듬어주고 나갔다. 나는 그 손길에 눈을 빼앗겼다. 분명 마디가 굵고 거친 손이었는데도 손길만은 무척 부드럽고 보송해 보여서.

제나와 나는 퇴근하고 만나서 빈소에 함께 가기로 약속했다. 병원은 평택 어디라고 했다. 지하철이나 버스를 타기도 택시를 타기도 애매했다. 어떻게 할까, 고민하는 나에게 제나는 자기가 다 해결할 테니 걱정 말고 일이나 하라는 어른스러운 말로 전화를 끊었다. 해결사 제나를 믿고 전화를 끊었어도 일에 집중이 될 리 없었다. 나는 서류를 작성하며 몇 번이나 실수를 했고 그 실수를 되잡느라 평소의 두 배 정도 시간을 잡아먹었다. 걱정한다고 뭐가 해결되는 것도 아닌데 그랬다. 마음을 쓴다는 건 그런 것이었다.

문득 츄파가 떠올랐다. 내가 츄파의 사고와 맞서고 있을 때 내 친구들도 자기 자리에서 이랬을지도 모른다는 생각이 들었다. 처음으로 나 아닌 다른 사람도 힘들었겠구나 싶었다. 몇 번이나 나에게 전화를 할까 말까, 문자를 보낼까 말까, 만나러 갈까 말까 고민한 흔적들에서 온기가 느껴졌다. 그래서 슬퍼도 견딜 수 있었다. 네가 떠난 그날에, 평생 닿아보지도 못하고 영원히 멀어져버린 그날에도 내 슬픔을 이해해주는 친구들이 있어서 버틸 만했다. 누구에게 말도 못 할 일을 너희는 말하지 않고도 알아줘서 눈물을 덜었다.

퇴근하자 제나가 회사 앞에 차를 대놓고 기다리고 있었다.

"누구 차야?"

"렌트했어."

"렌트카 아니던데?"

"오빠한테 빌렸어."

"오빠? 결혼할, 아니지, 결혼하려고 했던 그 오빠?"

"그래, 결혼할 뻔했던 오빠."

제나는 픽 웃으며 농담조로 말했다. 차에서는 안전벨트를 매라는 신호가 울렸고 나는 급하게 안전벨트를 매며 또다시 물었다.

"헤어진 거 아니었어?"

"결혼을 그만둔 거지, 헤어지지는 말자고 했었어."

"그게 돼?"

"그때는 될 것 같았는데 지금은 안 될 것 같네."

나는 제나의 알 것 같기도 모를 것 같기도 한 말을 한참 곱씹고 있었다.

"심각할 거 없어. 오늘 헤어졌어, 드디어."

"오늘?"

"응, 헤어졌는데 차는 빌려준다더라. 마지막 호의라고 생각하고 받았어. 차까지 반납하고 나면 정말 볼 일 없겠지."

제나의 말투는 평소처럼 가벼웠다. 표정도 나빠 보이지 않았다. 내 친구지만 가끔은 정말 무슨 생각을 하고 사는 건지 알 수가 없었다. 저렇게 초연해지기까지 얼마나 속 앓이를 했을까 헤아리면 한숨이 났다.

"세상에 왜 힘들지 않은 사람이 없을까."

내 말에 제나가 큭큭대며 웃었다.

"청소년이냐, 그런 고민을 하게?"

"야, 청소년은 자기만 아픈 줄 알아서 이렇게 고차원적인 고민 못 하거든?"

"그래, 엄청 으른이네, 으른이야."

우리는 평소에도 엄청 아무 말을 늘어놓는 스타일이지만 힘들 때일수록 더더욱 아무 말을 마구 뱉어내는 버릇이 있었다.

병원 주차장에 차를 세우고는 제나가 봉투를 꺼냈다. 나는 준비한 부조금을 제나의 봉투에 합쳐 넣었다. 제나는 가방 속에서 또 다른 봉투를 열어 돈을 꺼냈다. 그건 뭐야, 하고 묻자 제나는 툭 던지듯 대답했다. 콘서트 티켓 양도한 값. 아무리 내일이라고 해도 제나 없이 콘서트에 갈 수는 없었다. 제나가 이건 어차피 쓰기로 한 돈이니까 부조금에 보태자고 말했고 나는 끄덕였다. 그리고 부조금 봉투에 오빠 이름도 넣을까, 하고 농담하는 제나를 향해 웃어주었다. 하루 만에 티켓을 팔고 이별을 하고 차까지 빌려 온 제나가 위대해 보였다.

11

장례식장은 언제 가도 어색하고 어려웠다. 계단을 올라서자 우리가 찾고 있는 2호실이 바로 보였다. 제나와 나는 앞에서 옷매무새를 다듬고 봉투를 낸 뒤 안으로 들어갔다. 상주들이 늘어선 끝에 앵의 모습이 보였다. 앵은 나와 제나의 손을 한쪽씩 잡고는, 꼭 붙들고 울었다. 내 눈에 고여 있던 눈물도 따라서 떨어졌다. 울지 않을 줄 알았는데 예상대로 되는 일은 별로 없었다. 국화를 영정 앞에 놓아두고 할머니께 인사를 올렸다. 두 번 깊게 절을 한 뒤 상주와도 절을 주고받았다. 앵의 어머니가 우리에게 와줘서 고맙다고 말했고, 앵은 훌쩍거리며 다시 손만 잡을 뿐이었다.

나와 제나는 장례식장 가장 구석 테이블에 앉아 멈칫거렸다. 다행히 그런 우리를 먼저 본 아주머니가 알아서 육개장 두 그릇을 내왔다. 흰 플라스틱 숟가락을 육개장 속에 푹 집어넣었다. 붉은 기름이 맺히듯 묻어났다. 나는 성의 없는 손길로 육개장을 뒤적거리기만 했다. 제나도 마찬가지였다. 옆 테이블에서는 친척들로 보이는 어른들이 큰 소리로 웃으며 소주를 따르고 있었다. 그 뒤쪽에서도 멸치조림을 안주로 막걸리를 마시는 무리가 보였다. 나는 뒤적거리던 육개장을 한술 퍼서 입에 넣었다. 육개장은, 맛있었다. 이 와중에도 맛있다는 생각을 하는 내가 우습기도 하고 어이없기도 했다.

나와 제나는 별말도 없이 각자 육개장을 한 그릇씩 비워냈다. 이상하게 잘 들어갔다. 식사를 챙겨준 아주머니가 맥주 두 병과 소주 한 병을 가져다주었다. 평소였으면 무조건 병을 딸 테지만 오늘은 제나가 차를 가져왔다는 것을 잊지 않았다. 주변을 쳐다보며 이 말 저 말을 내뱉고 있을 때 앵이 우리 쪽으로 걸어왔다. 검은색 상복을 입고 흰 리본을 머리에 꽂고 화장기 없는 어두운 얼굴을 하고도 앵은 울지 않고 웃었다. 눈물 자국이 채 지워지지도 않았는데도 웃었다.

"고마워."

"당연한걸, 뭐."

"밥은 먹었어?"

"우리는 먹었어, 너는 뭐 좀 먹었어?"

"나도 엄마랑 먹었어."

차를 가져왔다는 말에 앵은 나와 제나에게 사이다를 한 잔씩 따라주었다. 나는 컵에 가득 찬 사이다를 마실 생각도 않고 바라보고만 있었다. 언제부터 편찮으셨냐는 물음에 앵은 갑자기, 라고 대답했다. 갑자기, 참 무서운 말이라는 생각이 들었다. 연세에 비해 건강하셨는데 건강검진 때도 별 이상이 없었는데 갑자기 감기에 걸렸고 그 감기가 갑자기 폐렴이 되었고 그 폐렴이 갑자기 악화되었다고. 갑자기 앵을 덮쳐온 일들에 대해 제나와 나는 묵묵히 고개만 끄덕였다.

죽음은 늘 예상한 일이지만 막상 겪으면 예상치 못한 일이 되는 것 같았다. 나의 죽음도 누군가의 죽음도 받아들일 준비가 되지 않았다. 아마 그런 준비는 평생 할 수 없을 것이라는 생각이 들었다. 시간이 늦어지자 문상객이 하나둘 돌아가고 나와 제나만 남았다. 앵은 피곤할 텐데 어서 가라고 제나와 나의 등을 떠밀었지만 우리는 발길이 떨어지지 않았다. 여기 남아서 할 수 있는 일도 없는데, 위로도 되어주기 어려운데. 고요한 빈소 옆에서 나와 제나는 괜히 주위를 두리번대고 눈에 보이는 것들을 이야기하고 의미 없는 맞장구를 치고 가끔 한숨을 쉬었다.

더 이상 여기 있는 것이 민폐라고 느껴질 무렵 나와 제나는 자리에서 일어섰다. 배웅을 하겠다며 앵이 따라나섰다. 주차장 구석에서 앵은 어깨를 늘어뜨리며 쪼그려 앉았다. 앵의 등이 동그랗게 말렸다. 앵이 그렇게 작아 보인 건 처음이었다. 그 옆에 나도 쪼그려 앉았다. 앵은 흘러내리는 머리카락을 쓸어 올리며 물었다. 담배 있냐? 제나가 백에서 담배를 꺼냈고 우리는 담벼락에 붙어 앉아 불을 붙였다. 불빛도 잘 들지 않는 주차장 구석에서 서로의 담뱃불을 의지해가며 흰 연기를 내뿜었다.

"이러고 있으니까 꼭 비행청소년 같다."

우리는 또 생각 없이 키득댔다.

"인생이 재미가 없어."

제나가 연기를 길게 뱉으며 한 말에

"뭔가 신박한 게 필요해."

앵이 교사답지 않은 단어를 쓰며 말을 이었고

"맞아, 요즘은 팬질도 덜 재밌더라."

내가 깊은 탄식을 섞어서 마침표를 찍었다.

제나가 다 피운 담배를 바닥에 비벼 껐다. 나도 앵도 아쉬운 마지막 모금을 빨았다. 제나는 다시 담배에 불을 붙이며 말했다.

"그래도 팬질할 때가 제일 나았어. 다시 팬질이나 시작할까?"

앵도 제나를 따라서 얼른 새 담배를 빼물며 대답했다.

"그래, 고등학생이 좋겠어. 파릇파릇한 애기 키우는 기분으로 팬질할래."

나는 제나와 앵이 뿜어대는 연기 사이에서 명랑하게 말했다.

"내가 찾을게, 그 고등학생!"

풋, 우리 셋 다 웃음이 터졌다.

"얘는 이럴 때만 쓸데없이 적극적이야."

"너나 나도 그렇지만, 서다영은 정말 본 투 비 빠순이라니까."

제나와 앵이 나를 가리키며 키득거렸다. 나는 어깨를 으쓱대며 본 투 비 빠순이의 건재함을 알렸다. 우리는 금세 낄낄대며 가벼워졌다. 우리 주위를 맴돌던 무거운 공기는 어느덧 흩어져 있었다. 앵의 늘어졌던 어깨는 조금 올라왔고 제나의 처졌던 목소리는 조금 밝아졌다. 나는 친구들에게 웃음을 되찾아줄 고등학생을 데려오겠다는 사명감에 홀로 불타올랐다.

답답하다, 30분만 드라이브시켜줘. 앵의 말에 우리는 차에 올라 시내로 나갔다. 알 수 없는 어둑한 길로 나가면서 카 오디오를 켰다. 오디오에서는 구오빠의 노래가 흘러나왔다. 구오빠들은 그 시절 어린 목소리 그대로 노래를 부르고 있었다. 느린 노래를 들으며 한창 감성에 젖어 있는데 이어서 비트가 빠른 곡이 나왔다. 순식간에 우리의 흥이 차올랐다. 반주 소리에 맞춰 노래보다 응원 구호를 먼저 외쳤다. 비록 콘서트장은 아니었지만 큰 소리로 노래를 따라 불렀다. 춤도 추고 랩도 하며 잊지 않고 응원 추임새까지 넣었다. 우리의 한 평짜리 콘서트장의 열기는 뜨거웠다.

불빛이 닿지 않는 곳에서도 셋이 있으면 괜찮았다. 넘어지고 엎어져도 덜 부끄러웠고 다시 일어날 힘이 돋아났다. 남들은 하나도 웃지 않을 개그에 말을 보태면서, 깔깔 넘어가면서, 헛소리를 늘어놓을 수 있다면 그것으로 충분했다. 애인과 헤어지고도 할머니를 떠나보내고도 아이돌과 멀어지고도 우리는 함께였다. 이별이 쉼 없이 이어지는 동안 떨어져 나가는 내 살점을 보는 것처럼 애타고 아프고 힘겨웠지만 흔히 하는 말 그대로 내일은 왔다.

12

"나 집 나올 거야."

앵의 말을 듣고도 그냥 웃어넘겼던 건 독립 선배로서 그게 말처럼 쉽게 되는 일이 아닌 것을 알아서였다. 그러

253

나 앵은 나와 달랐다. 일주일 만에 집을 찾아 계약하고 이삿짐센터 예약까지 마쳤다. 타의 추종을 불허하는 앵의 실행력에 제나와 나는 넋을 놓고 쳐다볼 뿐이었다. 그동안은 집에서 반대해서 독립을 못 한다고 생각했는데 그게 아니었던 건지, 아니면 격한 반대를 뚫고 달려간 건지. 아무튼 이사 준비를 착착 해내가는 앵을 보고 제나는 혀를 차며 말했다. 저 기세로 살면 다음 달쯤에는 나라도 하나 세우겠다.

심지어 굳이 방학도 하기 전 주말에 이사 스케줄을 잡는 모험까지 불사하는 앵을 제나와 나는 이해할 수 없었다. 그냥 방학하면 이사해, 하고 말하는 우리에게 앵은 단호하게 고개를 저었다. 나의 소중한 방학을 이사 따위에 할애할 수 없어. 그 투철한 정신력에 결국 우리는 박수를 보냈다. 역시 우리 셋 중에 가장 대단한 인간은 앵이었다는 것을 부정할 수 없었다.

그러나 일사천리로 진행되는 듯했던 일에 갑자기 브레이크가 걸렸다. 시작은 사소한 일기예보였다. 이사 예정일에 비바람과 눈보라가 찾아올 것을 알게 된 앵은 고뇌에 빠졌다. 어차피 센터에서 해주는 거니까 상관없다고 의연함을 유지했으나 여유가 있으니 다른 날로 바꾸는 게 나을지도 몰라, 하는 생각이 자꾸 비집고 들어섰다. 고민이 채 끝나기 전 이삿짐센터에 전화한 앵은 이사 날을 횡설수설 말했다. 제가 22일에 이사 예약을 했는데요, 그날 비가 온다고 해서 23일이 나을지 아니면 아예 다음 주가 나을지, 29일로 예약을 바꾸려고 하는데, 아니 그냥 22일에 그대로 하는 게 나을 것도 같고. 앵의 갈팡질팡하는 마음을 대변하는 언술이었다. 그래서였는지 그럼에도 불구하고였는지 아무튼 앵의 예약은 뒤틀려 22일도 23일도 29일도 아닌 26일에 들어가 있었다.

그때부터 앵의 멘탈은 붕괴되어버렸다. 급박하게 찾은 해결책은 단순했다. 짐은 스스로 싼다. 머리가 안 되면 몸이 고생하는 건 너무나도 당연한 이치였다. 앵은 이삿짐센터를 포기하고 용달차만 불러 이사하기로 마음먹었다. 방학을 하루도 건드리지 않으려 애쓰던 앵은 결국 피 같은 휴가를 내서 짐을 쌌다. 박스를 열어 눈에 보이는 것을 두서없이 집어넣으면서 분명히 후회 비슷한 감정이 밀려왔지만 모르는 척 눈앞의 일만을 반복했다. 버려야 할 것과 챙겨야 할 것을 구분하지 못한 건 불가항력이었다, 정말이지.

제나와 내가 앵의 새 집에 도착했을 때 앵은 박스 더미 사이에서 빼꼼 고개를 내밀고 기괴하게 웃었다. 다크서클은 광대까지 내려와 있었고 볼은 패이고 눈은 푹 꺼져 도

무지 생기라고는 느낄 수 없었다. 말을 걸러 하지 않는 제나가 무슨 공포영화 찍냐? 네 몰골 흉측해, 하며 인상을 찌푸렸고 나는 또 거기에 여러 번 고개를 끄덕여 동의를 표했다. 앵은 박스 위로 엎어져 난 이제 틀렸어, 먼저 가, 하고 연기했다. 상황극에 금세 몰입한 제나가 안 돼, 널 두고 갈 수 없어! 하고 목소리를 높였다. 클라이맥스에 이르러 결국 눈물의 포옹을 하는 둘을 등지고 나는 조용히 짜장면 두 그릇과 탕수육 중(中)자를 시켰다.

짜장면이 오길 기다리는 동안 우리는 짐을 푸는 대신 대충 한곳에 쌓아두었다. 저걸 풀기 시작했다가는 이 일대를 쓰레기장으로 둔갑시킬 것을 모르지 않았으니까. 앵은 제대로 닦지도 않은 바닥에 드러누웠다. 제나는 또다시 혀를 찼지만 아무 말도 보태지 않았다. 나는 앵의 머리카락에 먼지가 닿지 않게 휴지로 근처의 먼지만 대충 쓸어냈다.

"그런데 왜 여기로 이사 온 거야? 너희 학교 여기서 멀지 않냐?"

앵의 원룸은 직장과도 멀고 본가와도 멀고 심지어 제나와 나의 집에서는 아주 멀지는 않았으나 교통이 까다로웠다.

"타협점을 찾기가 너무 힘들었어. 직장 가까운 데로 가라고 하지만 너희 없는 곳에서는 살 수 없어."

"눈물겹네. 그럴 거면 우리 윗집으로 오지 그랬어."

"내가 거기를 안 알아봤을 거라고 생각해?"

아주 짧은 순간이었지만 정적이 흘렀다. 제나는 쭈뼛
선 솜털들을 문지르며 고개를 저었다.

"여기가 학교에서 멀긴 한데 그래도 한 번에 가는 버스
있어. 그래서 고른 거야."

앵은 성공적으로 타협을 마친 것을 자랑스럽게 말했다.
하지만 여전히 어디에도 가깝지 않고 어디서도 가기 까다
로운 거리의 이 집을 어떻게 받아들여야 할지 곤란했다.
일주일 만에 정하니 이런 폐해가 생기지, 하고 생각했지
만 굳이 말로 하지는 않았다. 팩트 폭행도 어쨌든 폭행인
것을 알고 있었으니까.

우리 셋은 먼지 구덩이 속에서 짜장면과 탕수육을 해치
우고 본격적으로 이삿짐을 풀기 시작했다. 첫 번째 박스
를 열면서부터 우리는 웃음이 터졌다. 박스에서는 구오빠
의 세기말 콘셉트의 화보집과 조상 아이돌 팬클럽의 상징
인 하늘색 우비가 나왔다. 이런 것도 가지고 있었어? 하는
물음에 앵은 자기도 오늘 처음 봤다면서 눈을 동그랗게
떴다. 하늘색 우비는 버전별로 두 벌씩 있었다. 이거 왜 두
개씩이나 있어? 하는 질문에 앵은 대답 대신 제나에게 한
벌을 내밀었다.

"이거 네 거야. 네가 집도 하숙집도 안 된다고 해서 내가 받아놨잖아."

예전에는 배송비를 아낀다는 명목하에 함께 택배를 받기도 했고 엄마한테 들키지 않으려고 서로 몰래 택배를 받아준 적도 있었다. 10여 년 만에 제 주인을 찾은 우비는 색도 바래지 않고 튼튼하기까지 했다. 우리 셋은 우비를 입고 나란히 서서 사진을 찍었다. 그리고 짐 푸는 것도 잊고 앉아서 화보집을 펼쳤다. 당최 의도를 파악할 수 없는 비닐 방수복을 입은 오빠들이 하늘 저 너머를 응시하고 있었다. 깔깔대며 구르다 다음 장으로 넘기자 앳된 오빠가 웃고 있었다. 볼에 파랗고 노란 물감을 잔뜩 묻힌 채 웃는 오빠를 보며 우리는 자동적으로 엄마 미소를 장착했다. 내 새끼 이때 엄청 예뻤네. 말해 뭐해, 예쁨과 귀여움을 덕지덕지 처발랐네.

다음 박스에서는 포장도 뜯지 않은 똑같은 CD가 50장 발견되었다. 장사할 거니, 하는 제나의 물음에 앵은 적선할 거야, 하고 제나에게 CD를 내밀었다. 제나는 거절하며 내 쪽을 가리켰는데 앵은 말할 필요도 없다는 듯 고개를 내둘렀다. 우리 집에도 저 CD가 저 정도 쌓여 있지, 그것이 빠순이의 길이지. 그 옆 박스에서도 CD 폭탄은 끊이지 않았다. 최근 덕질을 쉬고 있는 제나는 그것이 놀랍기만 한지 입을 닫지 못했으나 앵과 나는 말없이 구석진 곳에 CD를 밀어 넣기 시작했다.

"이렇게 사면 사인회에 뽑히긴 해?"

제나가 슬프고도 원론적인 물음을 던졌다. 앵의 눈동자가 흔들리며 망설이다가 축 늘어지고 말았다.

"더 사야 돼. 이 정도로는 안 돼."

"니 한 번 간 적 있다고 하지 않았냐?"

"사인은 아니고 관람만."

"관람도 있어? 그건 사인 못 받고 남들 사인 받는 거 구경만 하고 오는 거야?"

"팩폭하지 마. 아이들과 한 자리에서 오순도순 노는 거야."

"그때는 몇 장 샀는데?"

침착하게 대답하던 앵의 눈동자가 또다시 갈 길을 찾지 못하고 헤맸다. 안타까운 나머지 내가 대신 대답을 했다.

"두 장."

"두 장? 막 50장씩 살 땐 안 되고 두 장?"

"그래서 인생이 새옹지마고 공수래공수거고, 복불복인 거야."

초점이 맞지 않는 대답이었으나 제나는 고개를 끄덕거렸다. 그러더니 갑자기 내 쪽을 쳐다봤다. 나는 지은 죄도

없이 숨을 멈췄다. 너도 이 정도 샀지? 하는 제나의 물음에
침을 꼴깍 삼키며 고개를 끄덕였다. 제나는 매우 안쓰럽
다는 듯 내 어깨를 토닥였다. 얘는 그 관람인가 뭔가도 한
번도 안 된 거잖아? 그렇게 사댔는데.

"사인회 때문에 산 거 아니야! 그냥 우리 애기들이 행복
하길 바라는 마음이야!"

앵은 내 외침을 뒤로하고 다음 박스를 풀었다. 그 박스
에서는 구오빠의 CD가 또 아주 여러 장 나왔다. 얘들아,
보이니? 이게 다 누나의 크나큰 사랑이야.

13

올해가 가기 전 츄파가 속해 있던 그룹의 마지막 콘서
트가 있었다. 나는 당연히 가지 못했다. 공연장에서 팬들
은 츄파 대신 그의 파트를 노래했다. 츄파를 사랑한 모든
사람들이 그의 빈자리를 채워 콘서트를 완성했다. 공연이
끝나갈 무렵 남겨진 멤버가 무거운 입을 열었다. 츄파는
자살하지 않았다고. 단호한 목소리는 음지로 퍼져 나가던
소문을 막았다. 팬들은 소리 없이 안도했다. 한숨도 크게
쉬지 않았다. 헛된 소문을 믿지 않았으니까 대단히 기쁠

것도 없었다. 어디선가 퀜도 그 소식을 들었겠지. 아마 그 공연장 안에 있었을지도.

　어차피 진실은 알 수 없었고 그것을 누구에게 물을 수도 없었다. 츄파 본인이 아니면 가족도 멤버도 진실에 닿기는 어려울 것이었다. 팬들에게는 다만, 위로가 필요했다. 우리는 자살하지 않았다는 말을 믿어서 안심한 것이 아니라 믿고 싶어서, 그렇게라도 무언가를 붙잡고 싶어서 고개를 끄덕였다. 너는 죽음을 택하지 않았다고, 네가 그렇게 매몰찬 사람은 아니었다고. 나는 작은 도시에서 만난 츄파의 얼굴을 떠올렸다. 너는 슬퍼 보였지만 웃었다. 그게 어떤 의미인지 다 헤아릴 수는 없었지만 그것만으로 충분했다. 나는 츄파를 만나게 해준 단추를 서랍 깊숙이 넣어두었다.

　한 해가 가고 하는 일 없이 나이만 먹었다. 제나와 앵과 나는 연말을 보내면서 세상에 있는 맥주 중 일부를 우리 몸 안에 넣었다 게우기를 반복했다. 정말 토마토, 그러니까 토하고 마시고 토하고의 연속이었다. 그러나 연말에 허무한 일만 있었던 것은 아니었다. 우리는 새해를 맞이하기 전 여느 때처럼 술을 쌓아두고 가요대전을 시청하고 있었다. 빠순이들에게 가요대전은 종합선물세트 같은 느낌이었다. 우리는 가요대전에서 구오빠와 오랜만에 다시 만날 기회를 얻었고 현오빠의 작살나는 무대를 즐길 시간을 얻었고 마지막으로 새오빠를 찾을 희망을 얻었다.

지나가던 수많은 무대 중 우리의 눈길을 잡아끈 그들의 이름을 검색하면서부터 모든 것은 시작되었다. 식어가는 치킨은 아랑곳없이 우리는 각자의 스마트폰을 들고 그룹과 멤버 이름을 검색하기 시작했다. 그때까지 우리는 그 그룹의 멤버 수가 몇 명인지도 몰랐는데, 모르면서도 자기 타입은 술 취한 와중에도, 의식의 흐름대로, 하나씩 잘도 찍었다. 열 명이 넘는 멤버들이 있었으므로 내 타입을 찾는 건 일도 아니었다. 제작자가 마치 빠순이 마음을 꿰뚫어 보고 '자, 여기 네 타입 하나쯤은 있겠지' 하고 만든 그룹 같았다.

우리는 그날 또 한 번의 덕통사고를 당했다. 안타깝게도 우리가 치인 그들이 고등학생은 아니었다. 그러나 성인이 된 지 얼마 되지 않은 풋풋한 아이들은 살금살금 다가와 내 통장에 빨대를 꽂았다. 덕후계에서는 나이 지긋한 우리가 저 아이들은 뭘까 싶어서 기웃거리는데, 버선발로 달려 나온 아이들이 우리의 손목을 덥석 잡고는 놓아주지 않는 꼴이었다. 우리는 구태여 손목을 비틀어 빼지 않고 아이 몰라, 하며 따라 들어갔다. 천국으로.

거의 10년 만에 우리 셋은 또 한 그룹의 아이들에게 빠져 새로운 덕질을 시작했다. 우리가 좋아하는 셋은 동갑내기들로 각자 다른 계절에 태어나 우리는 그들을 여름이, 가을이, 겨울이라고 불렀다.

여름이를 좋아하는 제나는 휴덕한 기간만큼 인생 덕질에 빠졌다. 데뷔한 지 1년이 지나도록 여름이를 못 알아본 자신의 해태 눈깔을 탓하며 거의 인생을 바칠 기세였다. 중국에서 온 여름이 덕에 제나는, 그러니까 일본어 번역가인 제나는 중국어 기초반에 등록했다. 아직 따자하오, 씨에씨에, 워아이니밖에 하지 못하지만 제나의 집념과 열정으로 보아서는 곧 중국어를 마스터할지도 몰랐다.

가을이를 좋아하는 앵도 만만치 않았다. 예전에는 부끄러워서인지 민망해서인지 팬질을 해도 좋다는 표현을 즐겨하지 않았는데 이번에는 달랐다. 육두문자를 섞어가며 자신의 격한 마음을 표현하는 앵이 어색할 정도였다. 앵은 너무 좋으면 감탄사 대신 욕이 터져 나온다고 했다. 가을이는 앵이 좋아하던 그 어떤 아이돌보다 예뻐서 더더욱 욕을 불렀다. 앵의 오, 시발, 미친, 대미친…… 이 터져 나온 곳에는 반드시 가을이가 있었다.

나의 겨울이를 소개하자면 말이 필요 없었다. 겨울이는 천사이고 요정이고 신이었다. 미국에서 온 겨울이는 처컬릿을 좋아하고 핏자 없이는 못 살며 필니스를 끊어놓고

3일밖에 안 나간 매력적인 아이돌이었다. 잉글리쉬 네이티브 스피커인 탓에 가끔 한국말을 못 알아듣고 머리 위에 물음표를 세 개쯤 띄운 표정을 짓는데 그게 또 귀여워서 나는 매번 환장할 지경이었다. 말은 잘 못 알아듣는 주제에 모르면서도 리액션은 찰떡같이 잘 붙였고 사기꾼 기질도 다분했다. 조용하다가도 갑자기 소리를 지르고 분위기를 잡다가도 눈꼬리를 접으며 사르르 웃곤 했다. 나는 까도 까도 나오는 겨울이의 매력에서 헤어나지 못하고 있었다.

제나와 앵과 나는 한반도가 러시아보다 춥다는 기상 예보가 나온 날에 퇴근을 하고 모였다. 우리는 요즘 약속을 따로 잡지 않고도 이 커피 전문점에 자주 모였다. 아이들의 회사 근처였기 때문에 아이들과 마주칠지도 모른다는 미세한 기대와 사심을 가지고 커피를 마셨지만 우리는 이미 알고 있었다. 덕후는 계를 탈 수 없다는 것을. 게다가 서로의 얼굴도 보지 않고 온통 스마트폰에 얼굴을 파묻고 있어서 우리는 장난처럼 얘기했다. 아마 애들이 옆자리에 와도 못 알아보고 폰만 볼 거야, 우리는.

제나와 앵과 나는 오랜만에 술 없이 커피만 마시며 서로의 오빠를 찬양했다. 오빠들은 우리와 띠동갑이었으나 잘생기고 키 크면 당연히 오빠였다. 오빠는 나이가 아니

라 신분이니까. 나이가 많은 아이돌도 팬 사정권 안에 들
어오면 애기가 되었고 아이인 아이돌도 오빠로 불렸다.
오빠, 내 새끼, 우리 애기, 망할놈 등 이 모든 호칭이 가리
키는 건 오직 한 사람이었다. 우리는 신년 계획으로 팬질
플랜을 세우기 위해 머리를 맞대고 앉았다. 제나가 진지
한 얼굴로 입을 뗐다.

"우리 아직 젊잖아. 한 1년 죽었다고 생각하고 일 다 때
려치우고 애들만 따라다닐래?"

이 말에 앵은 웃지도 않고 심각하게 덧붙였다.

"지금 당장은 어려우니까 올해는 개같이 벌고 내년에
정승같이 팬질하자."

제나는 고개를 끄덕이며 비장하게 말했다.

"내가 차 사고 너는 카메라 사고 너는 캠코더를 사. 우
리 셋만 있으면 뭐든 할 수 있어."

졸지에 캠코더를 담당하게 된 내가 콜을 외쳤다. 카메
라를 맡은 앵이 테이블을 치며 주목도를 높인 뒤 단호한
목소리로 휴직을 선언했다.

"너희 배신하지 마, 나 내년에 휴직계 낼 거야."

"뭐로 휴직계 쓰려고? 공무원 휴직계 내기 어렵지 않냐?"

"솔직히 이건 정말 육아 휴직 쓸 수 있게 해줘야 된다.
나도 내 아들과 돈독하고 친밀한 시간을 가질 필요가 있

어. 덕질도 육아처럼 시작하고 3년까지가 제일 중요하단 말이야."

"내 말이, 나도 우리 애 보게 육아 휴직하고 싶다."

또다시 아무 말 대잔치가 벌어졌다. 우리는 내 새끼를 볼 시간을 주지 않는 회사와 사회와 국가를 개탄스러워하다 숨이 넘어가게 웃었다. 낄낄대는 동안 우리 셋의 휴대폰에 동시에 알림 화면이 떴다. 여러분, 보고 싶어요! 라는 제목이 붙은 실시간 라이브 영상이었다. 우리는 누가 먼저랄 것도 없이 휴대폰 잠금을 풀고 라이브 영상을 켰다.

가을이가 연습실에 앉아서 안녕하세요, 하고 인사했다. 빨간색 후드티에 긴 옷소매를 늘어뜨린 채 손을 흔드는 모습을 보고 앵이 나지막이 중얼댔다, 시발. 곧 이어서 화면에 여름이가 들어왔다. 여름이는 큰 눈을 굴리면서 지금 연습을 하고 있다고 말하며 춤 동작을 보여줬다. 여름이의 돌아가는 골반을 보고 제나가 입을 틀어막았다. 그리고 마침내 우리 겨울이가 화면 구석에 빼꼼 얼굴을 내밀었다. 토끼 흉내를 내달라는 팬들의 말에 겨울이는 두 손을 머리 위로 올려 귀를 만들고 콩콩 뛰었다. 나는 터져 나오려는 심장을 간신히 진정시켰다. 나대지 마, 심장아. 10분 남짓한 영상 덕에 우리는 한없이 행복해졌다.

"당장 쓰자, 육아 휴직."

"우리 오빠 골반, 개섹시."

"토끼라니. 시발, 토끼라니."

대화는 끊어졌지만 웃음은 이어졌다. 이 아이들도 언젠가는 구오빠로 남을지도 몰랐다. 우리는 우리를 가슴 뛰게 해주었던 기억들을 다 잊고 눈살을 찌푸리게 될지도 몰랐다. 하지만 오늘, 지금, 이 순간은 오빠들 덕분에 웃고 있었다. 나는 요즘 우리 겨울이에게 줄 이름을 찾는 중이었다. 오직 나만이 부를 수 있는 이름으로 너를 부르고 싶었다. 초콜릿을 좋아하는 아이니까 초콜릿 종류 중 하나였으면 좋겠어. 트윅스, 허쉬, 가나, 앰엔앰즈, 페레로로쉐, 킷캣, 키세스. 초콜릿 이름을 줄줄이 나열하며 겨울이에게 가장 어울릴 만한 것을 고르고 또 골랐다. 급할 필요는 없었다. 나는 겨울이를 아주 오래, 길게, 진득하게 보고 싶으니까.

한 살 더 먹었지만 나는 연애 대신 달달한 팬질을 다시 시작했다. 거리감에 무력감에 울게 될 걸 알면서도 또다시 사랑에 빠졌다. 사실 그들은 천사보다는 악마에 가까웠다. 내 일상을 흔들고 현실을 뒤엎으며 생활을 조이는. 나는 영혼을 팔아서라도 그들을 보고 싶었고 더 가까이로 가고 싶었다. 그들은 별이고 꿈이었다. 꿈 없이 일상에만 갇혀 살아가는 내게 그들은 우주를 건네주었다. 나는 늘

꿈의 언저리를 맴돌고 맴도는 행성에 지나지 않았다. 그래도 그들은 내 우주에 불을 켜주었다. 나는 그 흔들리는, 흐릿한 불빛에 의지한 채 걷는다. 사랑하는, 그들에게로.

■ 본문의 노래 가사는 도모토 츠요시(堂本剛)의 〈ナイトドライブ〉와 동방신기(東方神起)의 〈明日は来るから〉에서 인용했다.

언젠가 글 쓰는 내 뒷모습을 보고 동생이 말했다. 춤을
추는 것 같다고. 눈을 감고, 자판을 두드리는 내 어깨가 경
쾌하게 들썩이는 모습을 상상한다. 나도 이제 상상만 한
다. 글 쓰는 게 이토록 즐거웠던 때가 있었다. 밤에 자려고
누우면 쓰고 싶은 이야기가 한없이 차올랐다. 길을 걷다
가도 책을 읽다가도 소설 속 인물이 끊임없이 말을 걸어
왔다. 꼬박 20년을 그렇게 지냈다.

소설가가 되고 작품을 발표하고 책을 내는, 꿈만 같은
일들이 현실로 다가왔다. 그런데도 예전처럼 즐겁지 않았
다. 글 쓰는 게 어렵고 힘들었다. 소설이 버거웠다. 이야기
가 나를 찾아오지 않았다. 그런데도 쓰는 것밖에 할 줄 아

는 일이 없어서 책상에 앉았다. 앉아서 가만히 나를 들여다봤다. 나를 채우고 있는 서사를 꺼내놓기 위해서.

오직 즐겁기 위해서 썼다. 소설이라는 자각도 없이. 누구의 눈에 들려 노력하지 않고, 어디에 발표하려 애쓰지 않고 그저 썼다. 한 장을 쓰면 다음 한 장이 보였고 그 한 장을 쓰고 나면 또 다음 한 장이 다가왔다. 멋대로 쓰다 보니 끝이 났다. 끝을 내자 처음으로 욕심이 생겼다. 누군가에게 이 이야기를 들려주고 싶다고.

나를 이루는 것 중 어느 조각은 분명 오빠들의 손길이 닿아 있다. 나는 감정의 격랑을 온몸으로 안으며 나와 타인과 삶을 배웠다. 오빠들이 키운 나는, 크고 작은 부침들은 있었지만 어쨌든 잘 자라서 썩 나쁘지 않게 지내고 있다.

이 소설이 책으로 나올 수 있게 도와주신 분들이 많다. 용기도 기운도 없이 늘어져 있던 시간에 내 등을 부드럽게 밀어주신 권지예, 성석제, 전성태 세 분 심사위원께 감사드린다. 선생님들의 격려가 없었다면 여기까지 올 수 없었을 것이다. 부족한 작품을 위해 애써주신 자음과모음 편집부 김정은, 안태운 편집자에게도 감사의 말을 전한다. 그리고 무엇보다 오랜 시간 내 덕질에 함께해준 덕질 메이트 세은, 미정, 서진, 미진, 연수에게 고맙다고 고백해본다.

이 작품을 통해 쓰는 즐거움을 되찾았다. 나는 여전히 소설이 좋다. 나를 작고 초라하게 만들지라도 소설을 쓸 수 있어 다행이다. 2n년 차 문학 덕질 중인 내가 소설가가 되어 책을 낸다는 것. 이것이야말로 덕업일치의 현장이고 성덕(성공한 덕후)의 길이 아닐까. 나는 앞으로도 오랜 시간 소설에 기대고 빚지며 살아가게 될 것 같다.

2019년 봄
박사랑